KB260804

태율 신무협 판타지 소설

촉산혈성

蜀山血星

태율 신무협 판타지 소설

축산혈성 6

태율 新무협 판타지 소설

초판 1쇄 찍은 날 § 2008년 3월 12일
초판 1쇄 펴낸 날 § 2008년 3월 17일

지은이 § 태율
펴낸이 § 서경석

편집장 § 문혜영
편집책임 § 한지윤

펴낸곳 § 도서출판 청어람
등록번호 § 제1081-1-89호
등록일자 § 1999. 5. 31
어람번호 § 제2-1441호

주소 § 경기도 부천시 원미구 심곡1동 350-1 남성B/D 3F (우) 420-011
전화 § 032-656-4452 팩스 § 032-656-4453
http://www.chungeoram.com
E-mail § eoram99@chollian.net

© 태율, 2006

ISBN 978-89-251-1230-5 04810
ISBN 89-251-0346-X (세트)

촉산혈성
劚山血星

천하오시(天下傲視)

6

[완결]

Fantastic Oriental Heroes

태율 신무협 판타지 소설

도서출판 청어람

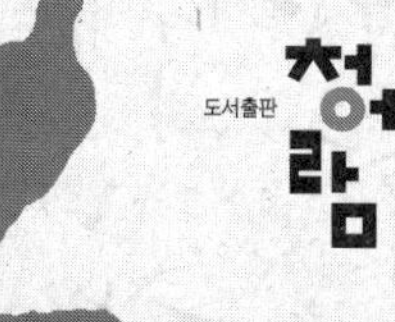

목차

제35장 광룡도제(狂龍刀帝) ·· 7

제36장 음모중첩(陰謀重疊) ·· 55

제37장 운명 같은 기연 ·· 105

제38장 폭풍전야(暴風前夜) ·· 157

제39장 도고마성(道高魔盛) ·· 203

제40장 염왕강림(閻王降臨) ·· 253

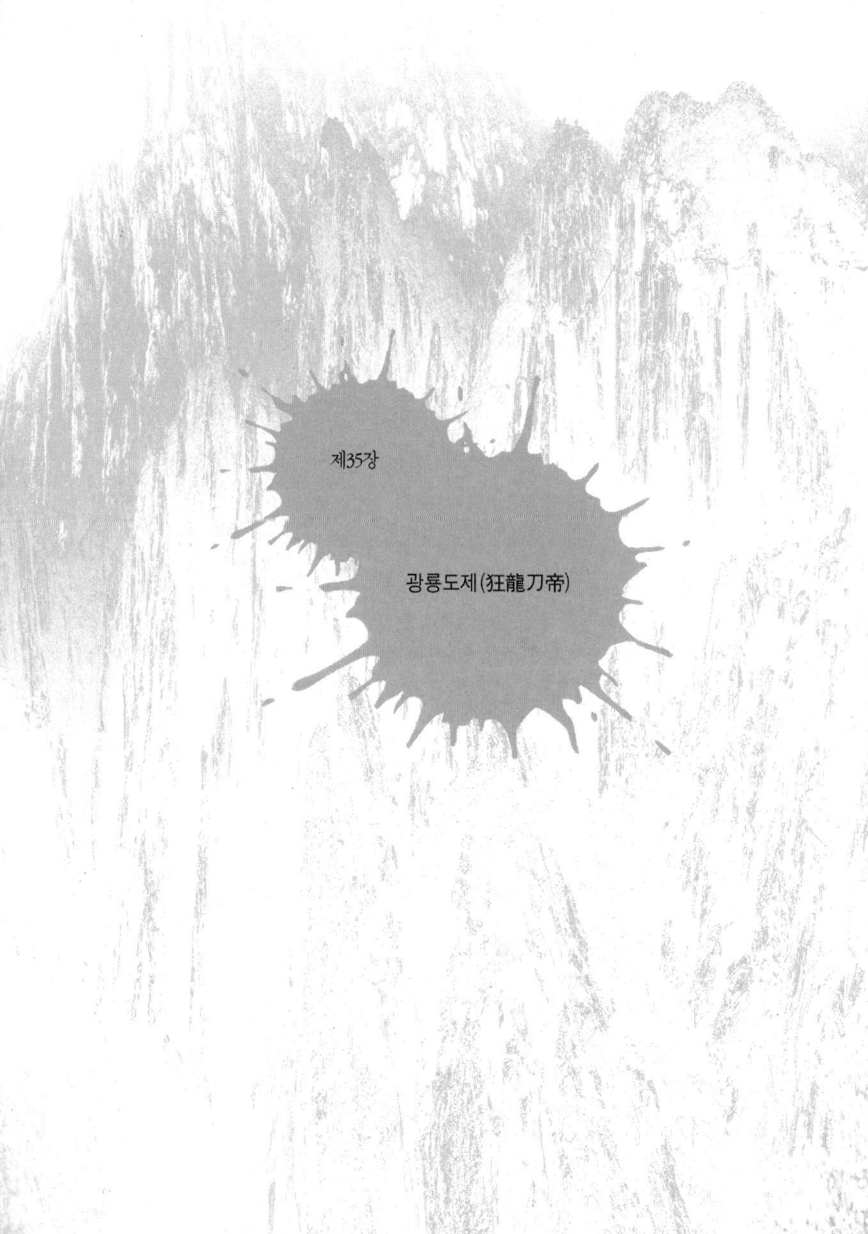

제35장

광룡도제(狂龍刀帝)

　칠채홍련사(七彩紅連蛇)는 작은 뱀이다.

　다 자란 성체라 할지라도 길이가 세 치를 넘지 않으며, 타고
난 성질이 사나워 무리를 이루지도 않는다. 더구나 움직임이
은밀하여 좀처럼 쉽게 모습을 드러내지 않는다.

　그런 칠채홍련사가 구름처럼 밀려들고 있었다.

　단리백은 이를 악물었다.

　한 마리의 칠채홍련사가 코끼리 스무 마리를 절명시킬 수
있을 만큼 지독한 독을 지니고 있음을 익히 아는 단리백이다.
하물며 수를 헤아리기도 힘들 만큼 몰려오는 칠채홍련사의 파
도 앞에서는 그라 할지라도 가슴이 서늘해지지 않을 수 없었
다.

예전의 그였다면 수천 수만 마리라 할지라도 강기벽을 시전해 간단히 짓이겨 버릴 수 있었지만, 지금처럼 손가락 하나 까딱할 수 없는 상태에서는 한 마리의 칠채홍련사조차 어찌할 힘이 없는 것이다.

스르륵.

얼음 바닥을 긁는 듯한 소름 끼치는 소리를 내며 빠르게 접근하는 칠채홍련사의 무리.

칠채홍련사 무리와 거리가 좁혀질수록 단리백은 메스꺼움을 느끼며 자신도 모르게 인상을 찌푸렸다. 한데 덩어리져 꿈틀대는 징그러운 모양새는 둘째 치고, 코를 파고드는 역한 비린내에 속이 다 뒤집힐 것만 같았기 때문이다.

그사이에도 칠채홍련사와의 거리는 더욱 좁혀져 고작 일 장 정도만을 남겨놓고 있었다.

단리백은 마음이 조급해졌다. 만독불침(萬毒不侵)이 아닌 이상, 저 안에 묻히고도 살아날 방법이 없었다.

그때였다.

퍼석.

흙이 바스러지는 소리와 함께 단리백의 몸이 한 치쯤 아래로 꺼졌다.

자신의 몸을 떠받치고 있던 흙이 조금씩 무너지는 것을 발견한 단리백의 눈에 이채가 떠올랐다.

그가 위치한 곳은 유황천의 끝 자락이었다. 뜨거운 물을 머금은 지반은 진흙처럼 무르게 변해 있었는데, 거기에 단리백의 체중이 더해져 서서히 물속에 잠겨가고 있었던 것이다.

단리백은 실소를 머금었다.

너무나 갑작스런 사태에 당황한 나머지 자신이 갈증을 견디다 못해 물을 찾아 이곳까지 기어왔다는 사실조차 잊고 있었다.

과연 뜨거운 유황천이 칠채홍련사를 막아줄지는 알 수 없었지만 지금으로선 달리 방법이 없었다.

단리백은 남은 힘을 쥐어짜 몸을 움직이려 노력했다. 하지만 굳어진 사지는 그의 의지를 벗어나 있었고, 칠채홍련사의 무리가 지척에 이르도록 간신히 몇 번 움찔한 것이 고작이었다.

다행히 물을 머금은 지반은 약해질 대로 약해져 있었다. 그처럼 미약한 충격에도 무너져 내리기 시작한 것이다.

첨벙.

커다란 흙더미와 함께 단리백의 신형이 유황천에 처박혔다.

'큭!'

단리백은 터져 나오는 신음을 간신히 삼켰다.

유황천은 너무도 뜨거워 마치 용암 속에 몸을 담근 것만 같았다. 순식간에 살이 벌겋게 익기 시작했고, 코를 찌르는 유황 특유의 악취는 머릿속을 헤집어놓았다.

그렇지만 달리 방법이 없었다.

이를 악문 채 고통을 견디는 한편 단리백은 간신히 머리만 물 밖에 내놓은 채 주위를 살피기 시작했다.

사방에 칠채홍련사가 깔려 있었다.

어림잡아도 수천 마리는 되어 보이는 칠채홍련사가 유황천을 에워싼 채 귀에 거슬리는 소음을 토해내고 있었다.

유황천 안으로 들어서는 칠채홍련사는 한 마리도 없었다. 간혹 무리에 떠밀려 몇 마리가 유황천 안에 떨어지긴 했으나 발광하듯 꿈틀거리다 이내 벌겋게 익은 몸을 뒤집은 채 죽어 나갈 뿐이었다.

순간 단리백의 눈에 의아함이 떠올랐다.

한눈에 봐도 칠채홍련사는 유황천을 두려워하는 것이 분명했다. 간혹 튀어 오른 물방울만 닿아도 발작하듯 경련을 일으키며, 적아 구분 없이 독니를 드러내는 모습만 봐도 알 수 있었다. 그럼에도 불구하고 칠채홍련사는 좀처럼 물러설 기미를 보이지 않았다.

그뿐만이 아니었다.

첨벙. 첨벙.

마치 보이지 않는 벽에 떠밀리기라도 하듯 한두 마리씩 유황천 안으로 뛰어들기 시작했다. 물론 떨어지기 무섭게 죽어 나가고 있었으나 그 수가 점차 늘기 시작하자 단리백은 비로소 칠채홍련사가 무언가에 쫓기고 있다는 것을 깨달았다.

간혹 세모꼴 머리를 치켜들어 주위를 살피는 모양새도 그러했고, 죽음을 마다 않고 열탕에 뛰어드는 행동 또한 그것 말고는 설명이 되지 않았다.

단리백이 그 이유를 깨닫는 덴 오랜 시간이 걸리지 않았다.

부우웅.

처음엔 거의 들리지 않다가 시간이 지날수록 점차 가까워지는 소리.

잠시 후 칠채홍련사 너머로 모습을 드러낸 것은 하늘을 뒤덮을 정도로 새카만 무리를 이룬 벌이었다.

벌 떼는 곧장 칠채홍련사를 공격하기 시작했다.

키이익!

벌이 몸통에 침을 박아 넣을 때마다 칠채홍련사는 미친 듯이 몸부림치며 벌을 떼어놓으려 했다. 하지만 이도 잠시, 단말마의 경련과 함께 칠채홍련사가 떼 지어 죽어나가기 시작했다.

"……!"

단리백은 경악을 금치 못했다.

독물로 유명한 남만에서조차 사대독물로 이름 높은 칠채홍련사였다. 스스로 지닌 독이 강한 만큼 독에 대한 내성 역시 높다 알려진 칠채홍련사가 벌의 공격에 순식간에 절명해 버린 것이다.

이때 유황천의 증기에 휩쓸린 벌 한 마리가 단리백의 눈앞으로 떨어졌다.

"혈봉(血蜂)……."

직접 본 적은 없으나 과거 읽었던 고서에 적힌 특징과 일치했다.

피처럼 붉은 날개와 갈고리 같은 발톱, 날카로운 톱처럼 맞물린 턱과 유달리 발달한 침선(針線)은 다른 벌에게서 찾아볼 수 없는 혈봉만의 특징이었다.

보통의 꿀벌은 침 끝이 갈고리 모양으로 되어 있어서 일단 적의 몸에 침이 박히면 다시 빠지지 않는다. 그래서 내장이 침에 딸려 나와서 죽게 되는데, 혈봉은 말벌처럼 침 끝이 매끈하게 되어 있어서 침을 쏘더라도 죽지 않는다. 마치 바느질하듯이 계속해서 공격을 할 수 있는 것이다.

오래전에 멸종된 것으로 알려져 있는 혈봉은 과거에는 한 마리만 나타나도 반경 십 리 안은 초토화가 되었다 한다. 대상을 가리지 않고 닥치는 대로 공격하는 혈봉의 타고난 흉포함 때문이다. 더구나 집채만 한 황소조차 침에 쏘이고 나면 즉사를 면치 못할 만큼 가공할 독을 지니고 있었다.

단리백은 천천히, 그리고 깊게 숨을 들이마셨다. 그가 아는 혈봉은 독물을 넘어선 마물(魔物)이었다. 자칫 혈봉을 자극했다간 비명조차 지르지 못하고 절명하고 말 것이 틀림없었다.

단리백은 극도로 긴장한 채 조심스럽게 움직여 유황천에 잠수했다. 금방이라도 얼굴이 익어 껍질이 벗겨질 것처럼 뜨거웠지만 이를 악물어 간신히 참아냈다.

그렇게 얼마나 시간이 흘렀을까.

문득 피부가 따끔거릴 만큼 강렬한 예기를 느낀 단리백이 고개를 숙였다.

"……!"

단리백의 눈이 더없이 크게 홉떠졌다.

자신을 바라보는 한 쌍의 눈.

인간의 것이 아니었다. 하물며 짐승의 것이라고도 할 수 없을 만큼 무시무시한 안광의 주인은 크기를 짐작할 수 없을 만큼 거대한 뱀이었다.

거대한 뱀은 깊은 유황천 밑바닥에 똬리를 튼 채 머리만 들어 단리백을 응시하고 있었는데, 눈빛을 마주한 것만으로도 온몸의 피가 싸늘히 식어가는 느낌이었다.

단리백은 두려움을 넘어 황당함마저 느끼고 있었다.

이처럼 거대한 뱀이 존재한다는 이야기는 들어본 적도 없다. 스스로 환각을 보고 있는 게 아닌가 하는 착각이 들 정도였다.

그때였다.

스윽.

거대한 뱀이 움직이기 시작했다.

똬리를 틀고 있던 몸을 풀어내더니 서서히 단리백을 향해 접근해 왔던 것이다. 느리게 움직이고 있음에도 불구하고 뱀은 순식간에 단리백과 거리를 좁혔고, 거대한 덩치로 인해 뱀이 지나간 곳은 소용돌이 같은 물살이 휘몰아쳤다.

너무나 놀란 나머지 단리백은 자신도 모르게 입을 벌리고 말았다. 그 순간 말로는 형용할 수 없을 만큼 뜨거운 물이 입안으로 왈칵 밀려들어 왔다.

결국 단리백은 수면 위로 머리를 내밀었다.

"우웩!"

역겨운 유황물을 한참 동안 토해내던 단리백의 신형이 그대로 굳어졌다.

우우우웅.

자신을 에워싼 채 위협적으로 날갯짓을 하는 수만 마리의 혈봉을 뒤늦게 발견한 것이다.

'제길!'

단리백이 내심 욕설을 삼키고 있을 때였다.

갑자기 단단한 무언가가 발목을 붙잡나 싶더니 단리백의 신형이 물속으로 쑥 딸려 들어갔다.

단리백은 또다시 한 모금의 유황물을 들이켜고 말았다. 하지만 이어진 놀라움에 비하면 아무것도 아니었다. 자신의 발을 물고 있는 거대한 뱀을 발견했기 때문이었다.

어이없고 기가 막혀 단리백은 아무런 생각도 할 수 없었다.

간신히 목숨을 부지하여 여기까지 이르렀건만, 결국 짐승의 먹이로 전락하고 만 자신의 몰골이 한없이 비참하게 느껴졌다. 하지만 이내 의아함이 밀려왔다.

한입에 자신을 집어삼키리라 생각했던 뱀은 자신을 잡아당길 뿐 아무런 위해도 가해오지 않았던 것이다. 그러고 보니 뱀이 발목을 물고 있음에도 불구하고 고통이 느껴지지 않았다. 심지어 자신을 바라보는 뱀의 눈빛에서는 장난스러운 기색마저 느껴졌다.

'먹잇감조차 안 된다는 뜻인가?'

이때 거대한 뱀이 물고 있던 단리백의 발목을 놓았다. 그리곤 단리백을 향해 자신의 얼굴을 바짝 들이댔다. 커다란 야명주 같은 눈으로 단리백을 유심히 살피던 뱀이 혀를 내밀어 슬쩍 단리백의 뺨을 훑은 것도 그때였다.

단리백이 와락 인상을 찌푸리자 뱀은 그런 그를 관찰하듯 물끄러미 바라보더니 주둥이를 이용해 단리백의 이곳저곳을 툭툭 건드렸다.

그러기를 잠시.

아무런 반응이 없는 단리백에게 흥미를 잃었음인지 뱀은 커다란 입을 벌려 단리백을 덥석 물었다. 하지만 종유석(鍾乳石)마냥 커다랗고 날카로운 한 쌍의 송곳니는 단리백의 어깨를 뚫고 들어오지 않았다. 다치지 않을 정도로 가볍게 물어 물 위로 끌어 올렸을 뿐이다.

"쿨럭!"

수면으로 다시 나온 단리백은 연달아 기침을 토했다.

몇 번의 기침으로 유황물을 토해낸 단리백은 의아한 눈으로 뱀을 바라봤다. 비로소 뱀이 자신을 해치려는 의도가 없음을 깨달은 것이다.

아니나 다를까.

수면 위로 고개를 내민 채 잠시 단리백을 응시하던 뱀이 천천히 그에게 다가섰다. 그리곤 무시무시한 모습과 어울리지 않게 단리백에게 자신의 얼굴을 부비는 것이 아닌가.

나름 친근감을 표시하는 뱀의 행동에 단리백은 실소를 머금었다.

단리백의 귀에 위협적인 날갯짓 소리가 들려온 것도 그때였다.

부우우웅!

"……!"

단리백의 얼굴이 바위처럼 굳어졌다. 고개를 들자 수만 마리의 혈봉이 자신을 향해 비처럼 쏟아지는 광경이 눈에 들어왔기 때문이다.

이때 거대한 뱀이 허공을 향해 머리를 치켜들었다.

가아아아아!

계곡 전체를 흔드는 묵직한 소리가 뱀의 입에서 터져 나왔다. 단리백을 향해 무섭게 날아들던 혈봉이 힘없이 후두둑 떨어져 내린 것도 동시였다.

단리백은 놀라움을 금할 수 없었다.

단순한 포효가 아니었다. 가히 음공이라 해도 손색없을 만큼 강력한 충격파 앞에 절반이 넘는 혈봉이 맥없이 떨어져 내린 것이다.

뱀의 포효가 묘한 여운을 남기며 허공으로 흩어지자 남아 있던 혈봉조차 달아나듯 뿔뿔이 흩어졌고, 언제 그랬냐는 듯 장내엔 적막이 내려앉았다. 사방에 즐비한 칠채홍련사와 혈봉의 시체만이 방금 전의 혼란을 말해주고 있을 뿐이었다.

단리백은 두어 번 크게 숨을 들이마셔 두근거리는 가슴을 진정시켰다. 상황으로 미루어 뱀이 자신을 도와준 것은 분명하지만 생각을 거듭할수록 의아함은 늘어만 갔다. 어째서 뱀이 자신을 구했는지 이유를 알 수 없었기 때문이다.

단리백은 말없이 뱀을 응시했다. 하지만 한참의 시간이 지나도 뱀은 단리백에게 그 어떤 위해도 가해오지 않았다. 오히려 단리백을 보호하듯 거대한 몸으로 주위를 휘감은 채 간혹 호기심 어린 눈빛을 던질 뿐이었다.

이윽고 한참의 시간이 지나 단리백이 입을 열었다.

"고맙다는 말부터 해야겠군. 네가 아니었다면 나는 이곳에서 죽고 말았을 것이다."

특별히 의미를 담아 던진 말이 아니었다. 다만 자신에게서 눈을 떼지 않는 뱀의 눈빛과 시선을 마주하는 순간 자신도 모르게 튀어나온 말이었다. 그런데 놀랍게도 뱀은 마치 단리백의 말을 알아듣는 것처럼 고개를 끄덕였다.

"내 말을… 사람의 말을 알아듣는 것이냐?"

이번에도 뱀은 고개를 끄덕였다.

단리백의 얼굴이 황당함으로 물들었다. 제아무리 체구가 거대하다 할지라도 짐승이 지성을 지니고 있다니… 오래된 기담에서나 나올 법한 이야기를 현실로 마주한 것이다.

연이어 들이닥친 죽음의 위기에서 벗어난 뒤 마음의 안정을 찾은 단리백은 비로소 뱀의 생김새를 제대로 확인할 수 있었다. 그와 더불어 황당함은 점차 놀라움으로 바뀌어갔다.

"이무기……."

뱀과 용의 중간자적 존재.

민담에서 자주 언급되는 영물이었다.

　영특한 뱀이 수천 년의 수행을 거쳐 깨달음을 얻으면 용이 되는데, 뱀의 껍질을 벗고 용이 되기 직전의 상태가 바로 이무기였다.

　용이 되어 하늘로 승천하면 수천 년간 쌓아온 수행의 결정체인 여의주(如意珠)를 이용해 천둥과 번개를 다루며, 바람을 부르고 비를 내리게 하는 호풍환우(呼風喚雨)의 능력을 발휘하여 인간에게 이로운 존재가 된다. 그러나 끝내 뱀의 껍질을 벗지 못하고 이무기로 남게 되면 그 원한이 쌓여, 오히려 비를 말라 버리게 하는 악한 존재가 되어버린다.

　확실히 눈앞의 뱀은 얼핏 용의 모습을 닮아 있었다. 작지만 분명한 한 쌍의 뿔이 돋아나 있었고 몸통에는 조악한 형태의 다리마저 달려 있었던 것이다.

　단리백이 문득 피식 웃음을 흘렸다.

　'하긴… 눈앞에서 신선이 되는 인간도 보았는데, 이무기의 존재를 믿지 못할 것도 없지.'

　이무기는 바닥에 누운 채 웃음을 흘리는 단리백을 물끄러미 바라봤다. 그리곤 이내 조심스럽게 움직여 단리백을 툭툭 건드렸다.

　이무기의 의도를 짐작한 단리백이 씁쓸한 웃음을 머금은 채 입을 열었다.

　"나는 지금 몸을 움직일 수 없다."

　그러자 이무기는 알겠다는 듯 한차례 고개를 끄덕이더니 단리백의 옷자락을 물었다. 그리고 어디론가 움직이기 시작했다.

순식간에 바람처럼 주위를 스쳐 가는 경물들을 바라보며 단리백은 이무기의 빠른 움직임에 처음 놀랐고, 그처럼 빠르게 이동하고 있음에도 불구하고 미약한 흔들림조차 느껴지지 않는다는 사실에 두 번 놀랐다.

이윽고 목적지에 도착한 듯 이무기는 단리백을 내려놓았다.

"여긴?"

단리백이 의아한 얼굴로 이무기를 바라봤다.

그도 그럴 것이 이무기가 그를 내려놓은 곳은 아무것도 없는 황량한 곳이었기 때문이다. 무너져 내린 지 얼마 되지 않은 듯 무수한 바위 더미가 암벽처럼 사방을 에워싸고 있었다.

이무기 역시 당황스러운 듯 바위가 쌓여 있는 이곳저곳을 밀어보기도 하고 두드려 보기도 했으나 바위는 꼼짝도 하지 않았다.

이무기는 다시 암벽을 따라 어딘가로 이동하기 시작했다.

약간의 시간이 흘러 그들이 도착한 곳은 처음 조우했던 유황천이었다.

단리백을 내려놓은 이무기는 난처한 눈빛으로 유황천과 단리백을 번갈아 바라보았다. 하지만 그것도 잠시, 이내 단리백을 덥석 물고는 주저없이 유황천으로 몸을 던졌다. 그리고 유황천의 밑바닥을 향해 거침없이 내려가기 시작했다.

'크윽!'

반면 단리백은 죽을 맛이었다. 채 낫지도 않은 화상에 또다시 뜨거운 물이 닿자 미칠 듯이 쓰라렸기 때문이다. 더구나 한참을 내려가도 유황천은 끝이 보이질 않았다. 시간이 지날수록 숨이 차왔고, 단리백의 안색은 점차 파리하게 질려갔다. 하지만 이어질 고통에 비교하면 이는 아무것도 아니었다.

'동굴?'

간신히 유황천의 밑바닥에 도달했나 싶더니 이번엔 시커먼 동굴이 입을 벌리고 있었다.

이무기는 동굴 속으로 헤엄쳐 들어가기 시작했다.

"……!"

동굴에 들어서자 전신을 쥐어짜는 듯한 지독한 압력이 들이닥쳤고, 단리백은 터져 나오는 비명을 간신히 삼켜야만 했다.

그것은 단순한 동굴이 아니었다. 지하의 유황천이 흐르는 수맥이었던 것이다.

동굴은 길고 협소했다. 게다가 곳곳에 비죽이 솟구친 바위는 칼날처럼 날카롭기 그지없어, 스치는 즉시 그대로 온몸이 갈가리 찢길 것이 틀림없었다.

다행히 이무기는 동굴에 익숙한 듯 매끄럽게 빠져나가고 있었다. 하지만 그렇다고 해서 단리백이 받는 고통이 줄어드는 것은 아니었다. 지독한 수압만으로도 견디기 힘들었는데, 거기에 수맥을 따라 흐르는 유압이 더해지자 금방이라도 온몸이 으스러질 것만 같았던 것이다.

지옥과도 같던 사투는 근 일각 동안 지속되었다.

이윽고 동굴에서 빠져나온 이무기가 수면 위를 향해 헤엄치기 시작했다.

"콜록, 콜록."

완전히 물 밖으로 빠져나온 단리백이 연거푸 기침을 토했다. 하지만 이내 눈앞에 펼쳐진 광경 앞에 놀라움을 금치 못했다.

유황천 뭍에 인접한 널따란 분지. 그리고 중간에 위치한 작은 모옥.

오랜 세월에 시달려 금세라도 무너질 것처럼 위태하게 기울어져 있었지만 인간의 손이 탄 것이 분명한 건물을 발견하게 되자 단리백의 가슴은 심하게 요동치기 시작했다.

하나 이어질 놀라움에 비하면 이는 아무것도 아니었다. 그곳에서 단리백은 오랜 시간 잠들어 있던 과거의 비사와 마주해야만 했던 것이다.

*　　　*　　　*

운남성 여강에 위치한 설산(雪山).

일 년 내내 녹지 않는 만년설과 빙하로 뒤덮여 있어 범인의 접근을 허락지 않는 천연의 금지(禁止).

산에 쌓인 눈이 마치 한 마리의 은빛 용이 누워 있는 모습과 같다 하여 옥룡설산(玉龍雪山)이라고도 불린다.

깎아 세운 듯한 열세 개의 봉우리와 그 아래 끝없이 펼쳐진 운해(雲海), 더불어 살아서 요동치는 것 같은 준엄한 산세는 태고의 아름다움을 고스란히 간직하고 있었다.

특히나 최고봉인 선자두(扇子陡)의 절경은 보는 이로 하여금 절로 탄성을 토하게 만드는 신비함을 지니고 있었다.

그 선자두의 자락, 천지를 뒤덮은 새하얀 눈 사이로 여러 채의 크고 작은 전각이 자리 잡고 있었다. 빼어난 경치와 더불어 설산을 더욱 유명하게 만든 이유. 강호무림인에게 있어 오랜 세월 경외의 대상이 되어온 설산검문이 그곳에 자리 잡고 있었다.

건물은 비록 낡고 검소했으나 오랜 세월을 통해 얻은 고아함이 곳곳에서 묻어나고 있었다. 대부분의 건물들이 중앙의 커다란 전각을 중심으로 오밀조밀하게 모여 있었는데, 중앙의 전각이 당대 설산검문의 주인이 거하는 태사각(太師閣)이었다.

휘이잉.

눈송이를 휘말아 올리며 태사각 주위를 맴돌던 바람이 반쯤 열린 창문으로 스며들었다.

팔락.

방 안을 휘돌던 바람은 눈을 감은 채 누워 있는 여인의 옷자락을 흔들었다. 그러고도 미련이 남았음인지 창백한 그녀의 얼굴을 한차례 쓰다듬고는 조용히 사그라졌다.

차가운 바람에 잠을 깬 한초설이 천천히 눈을 떴다.

주위를 더듬던 그녀의 눈동자가 점차 초점을 찾아갔고, 비로소 이곳이 자신이 거하는 처소임을 깨닫고 나직이 한숨을 흘렸다.

"윽!"

침상에서 신형을 일으키던 한초설이 짧은 신음을 흘렸다. 몸을 움직이기 무섭게 지독한 통증이 엄습해 왔던 것이다.

고개를 숙이자 어깨를 동여맨 붕대가 눈에 들어왔다. 상처가 벌어졌는지 핏물이 배어 나오고 있었다.

침상에서 내려선 한초설이 창가로 다가가 창문을 열었다. 하지만 이내 얼굴을 찡그리며 고개를 돌렸다. 만년설에 반사된 햇살이 눈부시게 쏟아져 들어왔기 때문이다. 그러나 잠시 후, 그녀는 창문에 바짝 다가서서 만년설을 업고 있는 선자두를 눈에 담았다.

그렇게 얼마나 시간이 흘렀을까.

침상에 기대어진 현사검을 집어 든 한초설이 태사각을 나섰다. 하지만 채 몇 걸음을 옮기기도 전에 그녀를 붙드는 다급한 음성이 있었다.

"안 돼요!"

고개를 돌린 한초설은 커다란 눈으로 자신을 바라보는 소녀를 발견하고 슬쩍 미소를 머금었다.

열다섯이나 되었을까.

여우 가죽으로 만든 털 조끼를 입고, 긴 머리를 질끈 묶어 갈래를 땋은 모습이 새하얀 눈마냥 순수하다. 장난기 묻어나는 눈망울은 여느 또래의 아이들과 마찬가지였지만 오뚝한 코와 발그레한 볼은 깨물어주고 싶을 만큼 귀여웠다.

"뭐야, 사매였어?"

자신도 모르게 한초설을 따라 웃던 소녀가 그제야 정신을 차리고 뾰로통한 표정을 지어 보였다.

소녀는 종종걸음으로 한초설에게 다가서더니 들고 있던 탕약을 불쑥 내밀었다.

"또 선자두에 오르려고 그러죠? 몸도 다 낫지 않았으면서 자꾸 왜 그래요? 저번에도 사저(師姐)가 소리없이 사라지는 바람에 사부님한테 저만 꾸지람받았잖아요."

"대충 둘러대지 그랬어."

"사문의 어른을 속이는 건 기사멸조(欺師滅祖)의 죄에 해당돼요."

목소리가 높아지는 우금의 입을 한초설이 손으로 재빨리 막았다.

"쉿, 너 그러다 시집 못 간다?"

"우읍?"

"자고로 여인의 음성은 봄바람처럼 사근사근해야 해. 그래야 남정네 마음을 설레게 하지. 사매처럼 기가 드세면 남자가 도망가 버린다고."

"정말이에요?"

우금이 자신의 손을 치우며 조심스러운 얼굴로 반문하자 한초설이 빙그레 웃음을 머금었다.

"그래도 시집은 가고 싶은가 보지?"

"언니!"

그제야 한초설이 자신을 놀렸음을 깨달은 우금이 빽 소리를 질렀다.

"또 그런다. 나중에 시집 못 가서 후회해도 모른다? 어디 그때 가서 울며불며 시집보내 달라 그러기만 해봐."

장난스레 우금의 볼을 몇 번 두드린 한초설이 다시 걸음을 옮기려는 순간, 우금이 재빨리 그녀의 앞을 가로막았다.

"이 약 전부 다 마시기 전엔 아무 데도 못 가요."

한초설이 얼굴을 찡그린 채 눈앞의 탕약을 바라봤다. 무엇을 달여 만들었는지 모르겠지만 이처럼 쓰디쓴 약은 난생처음이었다.

"이런 거 말고 술이나 가져다 달라니까."

우금이 새초롬히 눈을 흘기더니 고개를 저었다.

"흥, 어림없어요. 또다시 사부님께 경을 치긴 싫네요."

한초설이 짐짓 근엄한 표정을 지으며 우금을 응시했다.

"검문 제자 우금."

"네? 넷!"

한초설이 갑자기 엄숙한 음성으로 입을 열자 우금이 얼떨떨한 얼굴로 황급히 대답했다.

"당대 검후가 누구지?"

"그야… 당연히 사저죠."

"그럼 내가 본 문에서 제일 높지?"

"네……."

"그럼 내가 명령하면 사매는 당연히 따라야겠지?"

“…….”

뭐라고 대답해야 할지 고민하는 기색이 역력한 우금을 바라보며 한초설은 내심 웃음을 삼켰다. 그러나 우금은 말간 눈으로 한초설을 바라보던 이내 고개를 흔들었다.

“그래도 안 돼요.”

“왜?”

“사저보다 사부님이 더 무서워요.”

우금과 한초설의 팽팽한 눈싸움도 잠시.

한초설이 한숨을 내쉬며 고개를 끄덕였다.

“알았어. 이것만 다 먹으면 되는 거지?”

낚아채듯 약이 담긴 그릇을 빼앗은 한초설은 숨도 쉬지 않고 단숨에 약을 비워 버렸다.

“크, 쓰다.”

“여기 사탕.”

그제야 우금이 배시시 웃으며 소매 속에서 사탕을 꺼내 내밀었다.

사탕을 입에 넣고 오도독 씹으며 한초설이 다시 걸음을 옮기기 시작했다. 그 순간 우금이 재빨리 그녀의 소매를 붙들었다.

“왜 또?”

“사부님한테 혼난다니까요.”

“그냥 약 먹고 잔다 그래.”

“감히 어떻게 사부님께 거짓말을 해요.”

"왜 못해. 그냥 해. 거짓말도 해봐야 늘어."

"절대불가!"

한초설이 지그시 우금을 노려봤다.

이에 우금이 움찔했지만 입술을 앙다문 모양새가 좀처럼 소매를 놓아줄 기색이 아니었다.

한초설의 입매에 의미심장한 웃음이 맺힌 것도 동시였다.

"그러고 보니 우리 우금이도 이젠 제법 처녀티가 나는걸. 어디, 가슴은 얼마나 컸는지 볼까?"

한초설이 슬쩍 손을 내밀자 우금이 화들짝 놀리며 멀찌감치 떨어졌다.

"오! 비류표(飛流飄)가 많이 늘었네?"

우금의 신법을 치켜세운 한초설이 말을 이어갔다.

"하지만 아직 나를 따라오려면 한참 멀었지. 잘 봐. 내가 시범을 보여줄게. 본 문의 독문신법인 비류표는 말이지……."

채 말이 끝나기도 전에 한초설의 신형이 우금의 눈앞에서 사라져 버렸다.

우금이 정신을 차렸을 때는 이미 한초설은 긴 눈보라를 꼬리처럼 달고 멀리 사라지고 있었다.

"히잉. 또 당했어."

우금이 발을 동동 구르고 있을 때 인자한 음성이 들려왔다.

"저 망아지 같은 녀석. 언제쯤 철이 들려나."

"사, 사부님!"

어쩔 줄 몰라 하는 우금을 향해 단리영은 슬쩍 웃음을 머금었다.

"놔둬라. 저 고집을 누가 꺾겠느냐. 공연히 네가 고생이 많구나."

"하지만 아직 사저는 상처도 다 낫지 않았는데……."

단리영이 나직이 한숨을 흘렸다.

"제 녀석도 답답한 게지. 어쩌겠느냐, 시간이 약인 것을."

멀어지는 제자의 뒷모습을 바라보는 단리영의 눈빛에 안타까움이 서렸다.

"아프네……."

인상을 찡그린 한초설이 나직이 신음을 흘렸다. 우금과 장난치느라 무리하게 운신한 탓에 어깨의 상처가 더욱 벌어진 것이다.

한초설은 잠시 걸음을 멈추고 주위를 둘러보았다.

어딜 봐도 온통 흰색 일색이었다.

일 년 내내 눈이 쌓여 있는 설산이었지만 근래 들어 내린 눈은 전례를 찾아보기 힘들 만큼 엄청난 폭설이었다. 게다가 어젯밤부터 불기 시작한 혹한의 강풍이 사방에 눈보라를 날려 일 장 앞의 사물도 구분하기 힘들 지경이었다. 하지만 평생을 이곳에서 지내온 그녀에게 선자두로 향하는 길을 찾는 건 그다지 어려운 일이 아니었다.

이따금 옷깃 사이로 스미는 바람이 살을 에는 듯 시렸으나 그녀는 좀처럼 걸음을 멈추지 않았다.

그렇게 한참을 쉬지 않고 걷던 그녀는 문득 바람이 멎었음을 깨닫고 고개를 들었다.

준엄한 산세가 굽어보는 능선의 아름다운 자태가 눈 안에 가득 들어왔다.

때마침 구름이 걷히고 아슬하게 걸린 석양이 타는 듯한 노을을 드리웠고, 우뚝 솟은 고봉에 덧씌워진 만년설 위로 노을이 미끄러져 부서지고 있었다. 그 아래 도도히 흐르는 구름의 바다는 장엄한 풍광에 신비함을 더해주고 있었다.

잠시 멍하니 서 있던 한초설이 다시금 걸음을 옮기기 시작했다.

이제 정상까지는 불과 백여 장만을 남겨놓고 있을 뿐이었다.

발아래 부서지는 눈의 비명 소리를 벗 삼아 한참을 쉬지 않고 오르던 한초설의 걸음이 멈춰 섰다. 자신보다 먼저 선자두에 오른 선객을 발견한 것이다.

"어?"

한초설의 눈이 휘둥그레졌다.

그런 그녀를 향해 선객이 천천히 돌아섰다.

얼핏 차가워 인상이었지만 보일 듯 말 듯 걸쳐진 부드러운 미소가 아름다운 중년의 미부였다. 아흔의 나이를 앞두고 있음에도 불구하고 본래의 아름다움은 여전해서 그 어디에서도 세월의 흔적을 찾아볼 수 없었다.

"태사부님!"

한초설이 날 듯이 뛰어 중년 미부의 품에 뛰어들었다.

가볍게 한초설을 안아 든 여인이 나직이 웃음을 터뜨렸다.

"다 큰 처녀가 어리광은."

"언제 오셨어요?"

한설연은 손을 뻗어 한초설의 뺨을 꼬집는 것으로 대답을 대신했다.

"아얏! 왜요?"

"몹쓸 녀석. 어찌하여 너는 갈수록 성질이 고약해지느냐."

"제가 뭘요?"

"영아에게 들었다. 네 녀석이 매일같이 사부의 속을 썩인다 며?"

한초설의 표정이 흐려졌다. 하지만 언제 그랬냐는 듯 밝은 미소를 지어 보였다.

"헤헤, 사부님이 그래요? 나 말 안 듣는다고?"

"그래, 이 녀석아. 본 문의 역사 이래 너처럼 말 안 듣고 고 집불통인 제자는 찾아볼 수 없다고 하며 고개를 흔들더라."

"하지만……."

말끝을 흐린 한초설은 손을 들어 자신의 가슴을 가리켰다.

"가만히 있으면 여기가 아파서 견딜 수가 없는걸요."

한초설의 얼굴에 떠오른 처연한 미소를 마주하자 한설연은 가슴 한편이 아려오는 것을 느꼈다. 자녀를 두지 못한 그녀였 기에 자신의 성을 물려줬을 때부터 한초설은 이미 딸과도 다 름없었다. 그래서 그녀의 마음앓이가 안쓰럽기 그지없었다.

따듯한 눈으로 가만히 한초설을 바라보던 한설연이 그녀를 끌어안았다.

"우리 초설이가 벌써 사랑을 하는구나."

가슴 가득 온기가 느껴지는 한설연의 음성에 한초설은 꾹꾹 눌러두었던 눈물이 왈칵 솟구치는 것을 느꼈다. 하지만 애써 참으며 장난스런 표정을 지어 보였다.

"벌써라뇨. 제 나이가 몇 살인데요. 다른 여자들은 벌써 살림을 꾸리고도 남을 나이예요. 이러다 사부님처럼 노처녀로 늙어 죽을지도 모른다구요."

"그 녀석이 그리도 좋으냐?"

자신의 머리를 쓰다듬으며 묻는 한설연의 인자한 음성에 애써 웃던 한초설의 표정이 결국 무너졌다.

눈앞이 급격히 흐려지더니 세상이 온통 뿌옇게 잠겼다.

방울방울 떨어지던 눈물이 이내 흐느낌이 되나 싶더니, 한초설은 결국 어깨를 들썩이며 울음을 터뜨리고 말았다.

"엉엉엉! 나 이제 어떡해요. 어떡해요, 태사부님. 가슴이 아파요… 너무 아파서… 숨도 쉬지 못하겠어요."

"불쌍한 것."

자신의 옷자락을 적시는 한초설의 눈물에 한설연은 안타까운 한숨을 흘리며 그녀를 더욱 세게 끌어안았다. 그러나 한번 터져 나온 눈물은 좀처럼 멈추지 않았다. 한설연은 이러다 한초설이 혼절이라도 하지 않을까 심히 걱정하지 않을 수 없었다.

한초설의 등을 토닥이며 한설연이 입을 열었다.

"기다려 보자꾸나. 후용이를 보냈으니 뭔가 소식을 가지고 돌아올 게다."

한초설이 눈물을 훔치며 고개를 들었다.

"하 백부께서요?"

"얼마 전에 간신히 심마를 떨쳐 냈단다."

"하지만 검단곡은 아무도 접근할 수 없어요. 사부님조차 몇 번이나 발걸음을 돌리셨는걸요."

"그가 익힌 화룡신공(火龍神功)은 그 어떤 열양공력과도 견줄 수 없음을 잊었느냐? 자고로 불은 독과 상극이니 그 아이라면 충분히 검단곡에 들어설 수 있을 것이다. 게다가 피독주까지 얻는다면……."

"피독주요? 사천당가의?"

한설연이 고개를 끄덕이자 한초설은 더욱 의아할 뿐이었다. 한설연의 남편인 백자강이 과거에 맺힌 원한 때문에 당문을 극도로 싫어하는 것을 익히 아는 까닭이다.

한설연의 설명이 이어졌다.

"너를 위해 그이가 어려운 결정을 내렸지. 알지 않느냐? 겉으론 퉁명스러워도 내심 누구보다 너를 아끼는 사람이 그라는 것을. 다행히 후용이는 당가의 당대 가주와 어느 정도 친분이 있다 하더구나. 홍산(紅山)을 떠난 지 꽤 되었으니 조만간 어떤 소식을 가지고 이곳으로 돌아올 게다."

"그럼……."

“그래, 그러니 기다려 보자꾸나.”

한초설의 눈빛이 비로소 살아났다.

하후용.

그라면 충분히 가능한 일이었다. 설산검후와 더불어 당금 천하십대고수 중 이제의 자리를 차지하고 있는 광룡도제(狂龍刀帝)가 바로 그였기 때문이다.

*   *   *

“망할, 대체 언제까지 퍼붓는 거야.”

줄기차게 쏟아지는 빗줄기 사이로 퉁명스러운 음성이 흘러나왔다. 사천에 들어서기 무섭게 쏟아지기 시작한 비는 좀처럼 그칠 줄을 몰랐고, 그 흔한 관제묘도 오늘따라 눈에 띄지 않았다. 우의조차 준비하지 못한 탓에 속옷까지 비로 흠뻑 젖어버렸다. 게다가 한기를 머금은 빗방울이 사정없이 얼굴을 때려대니 이 또한 짜증스런 일이었다. 그러나 사내는 투덜대면서도 쉬지 않고 경공을 전개했다.

그렇게 얼마를 달렸을까.

당가가 위치해 있는 성도(成都)에 들어서자 사내는 곧장 목적지를 향해 달렸다.

멀리 뿌연 빗물 사이로 화려하고 웅장한 건물이 눈에 들어오자 그는 비로소 발걸음을 늦췄다.

“왜 이리 조용해?”

　높다란 대문 위에 걸려진 현판, 그 안에 일필휘지로 적혀 있
는 사천제일가(四川第一家)란 붉은 글자를 바라보며 사내는 의
아한 표정을 지었다. 그가 아는 당가는 사천에서 가장 번잡하
고 사람 많기로 유명한 곳이었기 때문이다. 하지만 지금은 오
가는 사람 한 명 없어 을씨년스러움마저 감돌고 있었다.

　쾅쾅.

　"어이."

　사내가 주먹을 들어 대문을 두드렸다. 그러나 아무리 부르
고 문을 두드려도 어느 누구 하나 코빼기조차 내비치지 않았
다.

　"어쭈?"

　사내의 입매에 묘한 웃음이 걸쳐졌다. 그리곤 냅다 발을 들
어 대문을 걸어찼다.

　쫘앙!

　사내의 가공한 신력 앞에 자금목(紫金木)으로 만든 빗장이
단번에 박살나 부서졌다. 더불어 단단하기 그지없다는 흑철목
에 여러 겹의 강철을 덧씌운 대문이 크게 휘청이더니 깨진 기
왓장이 먼지와 함께 쏟아졌다.

　벌컥 열린 대문을 넘어 유유히 당가 안으로 들어선 사내가
슬쩍 입매를 말아 올렸다. 쏟아지는 빗속에 유령처럼 서 있는
열여덟 명의 인영을 발견했기 때문이다.

　"뭐야, 역시 사람이 있었잖아."

　씩 웃던 사내의 눈이 이채를 띠었다.

그들의 소매에 한결같이 수놓아진 국화 문양. 그것이 직계의 자손들에게 허용된 당가의 상징임을 알아본 것이다.

당문십팔수.

독과 암기로 유명한 당가 내에서도 그 뛰어남을 인정받은 열여덟 명의 무인. 개개인이 능히 대문파의 장로 급에 필적한다는 소문이 떠돌 만큼, 가주를 제외하고 독과 암기에 있어서 타의 추종을 불허하는 당가의 핵심 전력이 바로 그들이었다.

그런 고수들을 눈앞에 두고도 사내는 여유를 잃지 않고 있었다.

이때 그들 중 선두에 서 있던 사람이 앞으로 나섰다. 매부리코와 날카로운 눈매가 어딘지 살벌하게 느껴지는 중년인이었다.

"당신은 누구길래 감히 본 가에서 행패를 부리는 것이오?"

"아, 마침 잘됐군. 당령 좀 불러주게."

"……!"

중년인의 검미가 꿈틀거렸다. 살기를 담아 차갑게 외쳤으나 사내로부턴 엉뚱한 대답이 돌아온 것이다.

당금 무림의 어느 누구도 감히 당가의 가주 이름을 함부로 부르지 못한다. 한데 눈앞의 사내는 그걸로도 모자라 자신의 신분조차 밝히지 않은 채 장난스럽게 빙글거리고 있었다.

빠드득.

한차례 이를 갈아붙인 당조휘가 잡아먹을 듯이 사내를 노려봤다. 생각 같아선 단숨에 한 줌 핏물로 녹여 버리고 싶었지만 지금은 때가 아니었다. 당가를 둘러싼 상황이 여러모로 좋지 않았기 때문이다.

"돌아가시오."

"엉?"

"본 가는 지금 손님의 예방을 허락지 않으니 돌아가란 말이오."

간신히 노기를 억누르며 건넨 당조휘의 말에 사내는 쩝쩝 입맛을 다셨다.

"거참 뻣뻣하게 구네. 뭐야? 왜 갑자기 손님을 안 받어? 봉문이라도 한 거야?"

대수롭지 않은 듯 던진 사내의 질문에 당조휘를 비롯한 당문십팔수의 얼굴이 벌겋게 달아올랐다. 사내가 난데없이 정곡을 찔러온 것이다.

하지만 그걸로 끝이 아니었다.

"어? 진짜 봉문했나 보네. 왜 갑자기 봉문을 한 건데?"

잔뜩 속을 긁어놓은 것도 모자라 뻔뻔하게 되묻기까지 하는 것이 아닌가.

결국 당조휘의 인내는 한계에 달했다.

스릉.

그의 소맷자락에서 한 자 남짓한 단도가 모습을 드러냈다. 당가의 독문암기인 암향비도(暗香飛刀)였다.

동시에 나머지 열일곱 명도 각자 암기를 꺼내 손에 쥐고는 살기를 흘리기 시작했다. 몇몇은 독을 사용하기 위해 사슴가

죽으로 만든 장갑을 끼기도 했다.

그 모습을 마주한 사내의 얼굴에 어이없어하는 표정이 역력했다.

“뭐야? 나랑 싸우자고?”

손목을 꺾어 우드득 소리를 낸 사내가 진기를 끌어올렸다.

화악.

후줄근하게 젖어 있던 사내의 전신 위로 뿌연 아지랑이가 솟구쳤다.

“삼매진화(三昧眞火)!”

침음성을 흘린 당조휘의 얼굴이 긴장으로 굳어졌다.

상대는 자신의 예상을 뛰어넘는 고수였다.

진기를 일으켜 물건을 태우는 것은 그 역시 가능한 일이었다. 하지만 이처럼 옷을 태우지 않고 순식간에 수분만 증발시켜 버리는 것은 상당히 정밀한 내공의 운용을 필요로 한다. 게다가 사내의 얼음장 같은 눈빛은 오랜 세월 강호를 종횡해 온 그로서도 처음 접하는 무시무시한 존재감을 지니고 있었다.

저벅.

사내가 한 걸음 다가서자 당조휘는 흠칫하며 자신도 모르게 한 걸음 물러서고 말았다. 비록 한 걸음 내딛은 것에 불과했으나 견디기 힘든 중압감이 전신을 찍어 눌러왔던 것이다.

“왜 그래? 싸우자며?”

이죽거리며 자신을 도발하는 사내의 모습에 당조휘는 가슴이 서늘해져 왔다.

깔보듯 조소를 던지는 것 같아도 사내의 눈빛은 자신들에게 고정된 채 예리하게 번뜩이고 있었다. 그 눈빛에 비웃음 따위는 보이지 않았고, 대신 얼음장 같은 냉혹함만이 가득할 뿐이었다.

눈빛을 마주한 것만으로도 온몸이 서걱서걱 잘려 나가는 기분!

그제야 당조휘는 그로선 감히 범접지 못할 고수와 맞닥뜨렸음을 깨달았다.

그때였다.

"무슨 소란인가?"

갑작스런 음성에 당조휘의 안색이 밝아졌다.

"가주!"

당조휘를 비롯한 당문십팔수가 일제히 허리를 숙였다.

고아한 인품이 느껴지는 유백색 장포가 매우 잘 어울리는 중년인이었다. 그러나 눈빛만큼은 서늘하기 그지없어 절정고수의 풍모가 절로 느껴졌다.

그가 바로 사천의 패자, 당가를 이끄는 가주 당령이었다.

당령을 향해 사내가 씨익 웃으며 손을 흔들었다.

"여어, 오랜만이야."

당령이 눈살을 찌푸렸다.

자신을 향해 거리낌없이 반말을 하며 건네는 사내의 모습이 낯설었던 것이다.

등에 멘 오 척의 대도가 무색할 만큼 호리호리한 체구의 사내였다. 머리는 까치집마냥 헝클어져 있었고, 가시덤불 같은 수염이 얼굴을 뒤덮고 있어 정확한 용모도 알아보기 힘들었다. 더구나 날카로운 눈빛마저 헤퍼 보이는 웃음에 묻혀 어리숙한 인상마저 느껴졌다.

잠시 기억을 더듬어봤지만 그와 같은 사람은 뇌리에 남아 있지 않았다.

"당신은 누구요?"

당령의 질문에 당가십팔수가 그럼 그렇지 하는 표정을 지어 보였다.

반면 반색을 표하며 다가서던 사내는 머쓱한 얼굴로 당령을 바라봤다.

"어이, 아무리 농담이라도 그렇게 정색하고 물으면 섭섭하잖아. 나라구, 나. 나 하후……."

"돌아가시오."

싸늘한 음성으로 사내의 말을 자른 당령이 그대로 돌아섰다. 그리고 당가십팔수를 향해 입을 열었다.

"손님을 배웅해 드리도록."

예상치 못한 그의 축객령에 얼떨떨한 얼굴로 서 있던 사내가 당령을 향해 들으란 듯이 중얼거렸다.

"사천제일가라며? 그런데 손님 대접이 뭐 이래? 아무리 똥개도 제집에서 절반은 먹고 들어간다지만 이건 좀 너무하잖아."

"……!"

당가의 가주를 앞에 두고 당당히 똥개 운운하는 사내의 모습에 당가십팔수의 눈에서 불똥이 튀었다. 그리고 한편으론 당령의 눈치를 살피지 않을 수 없었다. 평소엔 좀처럼 화를 내지 않지만, 일단 화가 나면 독심수라(毒心修羅)라는 명호가 무색한 인물이 바로 그였기 때문이다.

아니나 다를까.

천천히 돌아서는 당령의 눈에 짙은 살기가 일렁였다.

"방금 뭐라 하셨소?"

"들어놓고 뭘 또 물어."

"네놈이 정녕 죽고 싶은 게로구나!"

가뜩이나 마음이 어지러운 이때 말도 안 되는 어거지로 속을 뒤집어놓는 사내의 언행에 당령은 결국 노성을 터뜨렸다.

의천맹이 종리청에게 놀아난 이상, 의천맹을 구성하고 있던 당가 역시 그 책임을 면할 수 없었다. 다행히 사태가 이상하게 돌아가는 것을 느끼고 중간에 손을 떼기는 했지만 이미 불거진 검단곡의 사태로 인해 당가는 강호의 눈을 의식하지 않을 수 없었던 것이다. 더구나 혁련세가를 비롯한 하북팽가와 진주언가는 괴멸에 가까운 타격을 입어, 상대적으로 세를 유지하고 있는 남궁세가와 당가를 향해 책임론이 집중되고 있었다.

그뿐만이 아니었다.

검단곡 사태에 마교까지 개입되었음이 알려지자 당가를 향해 빗발치는 원성은 더욱더 높아지고 있었다.

당령은 억울함을 애써 삭이며 가주령을 발동해 임시 봉문을 명했다.

임시라곤 해도 봉문은 봉문.

수백 년의 역사를 자랑하는 당가로선 지워내지 못할 치욕이었다. 더불어 자신은 역대 가주 명단에 불명예스러운 이름을 올리게 된 것이다.

금방이라도 당령이 살수를 전개할 것만 같은 일촉즉발의 상황에서 사내가 입을 열었다.

"아직도 수행이 모자라. 고작 이 정도 도발에 넘어오면 어떡해?"

"……!"

당령의 미간이 꿈틀거렸다.

사내의 음성이 바뀌었다. 지금까지 이죽거리던 음성은 어디 가고 중후한 음성이 흘러나왔던 것이다. 하지만 그가 동요한 이유는 따로 있었다. 바뀐 사내의 목소리가 귀에 익었던 것이다.

"가주인 네가 그 모양이니 당가가 어딜 가도 좋은 소릴 못 듣는 거야."

"설마?"

사내가 손을 들어 까치집 같은 머리를 쓸어 올려 질끈 묶었다. 그리고 메고 있던 도를 풀어 가시덤불 같던 수염을 밀어냈다.

새롭게 드러난 사내의 얼굴을 확인한 당령의 눈이 화등잔만하게 커졌다.

사내다움이 물씬 풍기는 짙은 검미와 그 아래 자리 잡은 호목(虎目), 그리고 특유의 조소를 말아 올린 입매.

"후용!"

"하하하, 오랜만이야."

너털웃음을 흘리는 하후용과 달리 당령의 얼굴은 딱딱하게 굳어 있었다.

그도 그럴 것이, 오랜 세월 모습을 보이지 않았던 그가 묘한 시기에 당가를 방문한 것이 마음에 걸렸기 때문이다.

반면 당가십팔수의 안색은 창백하게 질려 있었다. 그의 이름을 듣는 순간 한 사람의 명호가 벼락처럼 뇌리를 스쳤던 것이다.

'광룡도제!'

십대고수였던 청성의 곽자문을 쓰러뜨리고 일약 십대고수에 이름을 올린 인물. 이후 수많은 의구심을 남긴 채 돌연 종적을 감춰 버린 그였기에 놀라움은 더욱 컸다.

우두커니 서서 하후용을 바라보던 당령이 입을 열었다.

"그 꼴이 뭔가?"

"아, 이거?"

하후용이 남루한 자신의 모습을 가리키며 웃음을 터뜨렸다.

"하하, 십 년 넘게 동굴에만 처박혀 있었더니 이리되더군."

"폐관수련이라도 한 건가?"

"폐관수련? 그런 애들 장난 같은 짓 뭐 하러 해."

“그럼?”

“있어, 그런 게. 알면 다쳐.”

“그래서 본 가를 방문한 이유는?”

“아, 그거 좀 빌려줘. 왜, 피독준가 하는 구슬 있잖아.”

“……!”

당령이 입을 다물었다.

비록 과거의 악연으로 친구로 묶이긴 했다지만 아무렇게 피독주를 빌려달라 할 만큼 대단한 인연은 아니었다.

더구나 피독주는 당가의 신물.

피독주는 말 그대로 지닌 것만으로도 그 어떤 독도 치료할 수 있는 기보(奇寶)로, 독을 다루는 강호인에게 있어 이보다 값어치있는 물건은 존재하지 않는다.

사천당가 역시 독을 취급하는 문파였다.

비록 외부로 알려지진 않았으나 독을 연구하며 발전시키는 과정에서 불가피하게 발생하는 각종 중독 사고가 당가 내에선 끊이질 않고 있었다. 하지만 피독주가 있기에 당가는 그로부터 자유로울 수 있었고, 현재의 성세를 구가하는 것이다.

한데 이를 모를 리 없는 하후용이 당당히 타 문파의 신물을 내놓으라 하고 있었다.

“불가하다면?”

“에이, 왜 그래? 내 성격 잘 알면서.”

하후용의 대답에 당령이 인상을 찌푸렸다.

한 번 내뱉은 말은 죽어도 지키는 하후용의 고집을 익히 아는 그였다. 게다가 개차반 같은 그의 성격으로 미루어 보건대 사태가 결코 곱게 끝날 것 같지 않았다.

이때 당령의 생각을 짐작했음인지 하후용이 먼저 입을 열었다.

"니들 큰 사고 하나 쳤더라?"

"무슨 소리냐?"

당령의 반문에 하후용이 씨익 웃었다.

"건드려선 안 될 벌집을 건드렸어."

"……?"

"촉산혈성을 죽이려고 했다면서?"

"그, 그건…….."

"촉산혈문은 우리 사부님과 인연이 깊은 곳이지. 그리고 그거 알아? 설산검문하고도 인연이 깊어. 네가 죽이려고 한 단리백이라는 녀석, 그 녀석 누이가 당대 설산검후란 말이야. 아니지, 초설이라는 아이에게 자리를 물려줬으니 이제 전대 검후인가? 게다가 전전대 검후이신 우리 사모님도 이번 일을 주시하고 계시지."

하후용이 언급한 내용에 당령은 가슴이 철렁 내려앉았다. 칠십여 년 전 십대고수 중 수좌를 차지했던 인물. 일군(一君) 백자강의 전설적인 신위만으로도 기가 질린 것이다. 또한 설산검후가 단리백의 혈육이라는 사실 역시 금시초문이었다.

당대의 이제인 광룡도제와 전대의 최고수라 일컬어지는 화룡신군 백자강, 그리고 한설연으로 시작해 단리영, 한초설로 이어지는 검후 삼대를 적으로 돌려 버린 것이다.

　제아무리 당가라 해도 감당해 낼 수준이 아니었다.

　하후용의 말이 이어졌다.

　"대체 왜 그랬냐? 어쨌든 네 녀석 때문에 나만 바빠지게 되었잖냐. 팔자에도 없는 강호유람으로도 모자라 독장과 독물로 메워진 죽음의 계곡까지 뒤져야 하게 생겼다고."

　"그 일은 당가의 의지가 아니었다. 모두가 종리청의 음모에 빠져서……."

　"쯧쯧."

　혀를 차 당령의 말을 자른 하후용이 고개를 흔들었다.

　"한심하군. 가주란 작자가 구차한 변명이나 늘어놓고 말이야."

　"함부로 지껄이지 마라!"

　"사실이잖아. 비록 적극적으로 의견을 펼치지 않았다 해도 사태를 방관한 것만으로도 충분히 음모에 일조한 거야. 그렇지 않나?"

　"……!"

　당령이 입을 다물었다. 하후용의 말에 제대로 정곡을 찔려 할 말을 잃은 것이다. 하지만 이어진 하후용의 말에 복장이 뒤집혔다.

　"그러게 좀 잘하지 그랬어. 너랑 친구 먹어서 나만 곤란하게 되었잖냐. 어쨌든 난 사부가 까라면 깔 거야. 그러니 그때 가서 날 원망하지 말라구."

당가를 향한 명백한 도발이었다.

아무리 하후용이 이제에 이름을 올리고 있는 광룡도제라 할 지라도 방금의 발언은 그냥 들어 넘길 수 없었다.

"하후용!"

하후용이 씩 웃으며 커다란 도를 비스듬히 기울였다.

"왜? 해보게? 좋아, 언제든지 오라구."

그때였다.

"본 가의 신물은 어디에 쓰려 그러누?"

갑자기 들려온 질문에 하후용이 고개를 돌렸다.

당가의 대문이 박살난 초유의 사태에 수많은 당가의 식솔들이 정원을 빼곡하게 메우고 있었다.

그에게 말을 건 사람은 그들 중 선두에 서 있는 노인이었다.

여러 겹 덧대어 기운 화의를 입고 지팡이를 의지해 간신히 서 있는 노인의 모습은 툭 건드려도 쓰러질 것처럼 위태로워 보였다. 하지만 눈 속 깊이 갈무리된 정광은 마주한 것만으로도 가슴이 싸늘해지는 한기를 머금고 있어, 단순한 뒷방 늙은이는 아닌 것 같았다.

"노인장은 뉘슈?"

시큰둥한 하후용과 달리 당령을 비롯한 당가십팔수의 표정은 당혹감에 물들었다. 오랫동안 원로원에 칩거하며 모습을 드러내지 않았던 태상장로가 바로 그였기 때문이다.

"나, 당무기일세."

이번엔 하후용이 놀랐다.

"암제(暗帝)?"

"허허, 늙은이를 알아봐 주는구면."

하후용이 크게 웃으며 고개를 끄덕였다.

"하하, 전대 이제(二帝)이신 암제를 뵙게 되어 반갑습니다. 제가 당대 이제 중 한 명인 하 모이외다."

무례한 하후용의 언행에 당령의 얼굴이 노기로 벌게졌다. 하지만 그런 당령을 제지하며 앞으로 나선 당무기는 사람 좋은 웃음을 머금은 채 입을 열었다.

"강호 넓은 줄 모르고 날뛰는 광룡 한 마리의 이야긴 익히 들어 알고 있지. 하지만 직접 보니 듣던 것보다 담이 크군."

"우리 영감한테 배운 게 그것뿐이라서……."

말끝을 흐리며 웃는 하후용의 모습에서는 어디에서도 광룡도제의 신위를 찾아볼 수 없었다. 하지만 반면 당무기의 안색은 더욱 침중하게 가라앉았다.

가벼운 대화가 오고 가는 찰나의 순간 당무기는 하후용을 향해 무시무시한 기파를 쏘아냈다. 비록 기파뿐일지라도 사괴 정도라면 간단히 피를 토하고 고꾸라졌을 만큼의 강력한 일격이었다. 그런데 하후용은 일말의 흔들림 없이 웃음으로 이를 받아넘긴 것이다.

당무기는 천천히 오른손을 들어 올렸다. 그러나 소맷자락 사이로 드러난 앙상한 손엔 아무것도 들려 있지 않았다.

그때였다.

"에이, 그러지 마요. 곱게 귀천하셔야 자식 손주들 마음이 편할 것 아니겠소?”

“……!”

하후용의 한마디 말에 당무기의 눈빛이 급격하게 흔들렸다.

당무기가 입을 열었다.

“보이는가?”

콱.

하후용은 대답 대신 도를 들어 땅바닥 깊숙이 꽂아 넣었다. 그리곤 당무기를 향해 아무것도 없는 손바닥을 펼쳐 보였다.

“이것 말이오?”

당무기의 신형이 한차례 부르르 떨렸다.

몸서리쳐질 만큼 강렬한 충격이 전신을 관통했다. 동시에 짙은 허무함이 밀려왔다. 이미 하후용의 성취는 자신을 한참이나 앞서 가고 있었던 것이다.

당무기는 내심 이 한 수에 하후용이 두려움을 느끼고 돌아가리라 자신했었다.

하후용 정도라면 충분히 이를 알아볼 수 있으리라.

심검의 초입인 의형수검(意形手劍)의 경지. 텅 비어 있는 그의 손바닥 안에는 심검(心劍)의 묘리가 담겨 있었던 것이다.

만약 이를 눈치 채지 못한다면 헛된 이름만 믿고 날뛰는 얼간이일 터. 이제라는 자리를 물려주기 아까운 자라면 그 존재를 지워 버리면 그뿐이다.

그런데 하후용은 오히려 자신의 병기를 버리고 빈손을 보여주는 것으로 자신의 무위를 증명했다.

잠시 우두커니 서 있던 당무기가 무거운 한숨을 터뜨렸다.
그리곤 하후용을 향해 입을 열었다.
"다시 묻지. 피독주는 어디에 쓰려고 그러나?"
"검단곡에 시체 찾으러 갑니다."
"그런가……."
고개를 끄덕인 당무기가 당령을 바라봤다.
"주어라."
"아버님!"
대경실색한 당령을 향해 당무기가 입을 열었다.
"검단곡 일에 본 가가 관여한 이상 그에 대한 책임을 외면할
순 없는 일 아니겠느냐. 잠시 빌려주는 것뿐이니 크게 걱정할
필요 없다. 설마 이제에 이름을 올리고 있는 그가 남의 물건을
탐낼까. 분명 돌려줄 것이다. 그렇지 않나, 광룡도제?"
하후용이 멋쩍은 듯 콧등을 긁었다.
"이번 일 끝나면 그냥 꿀꺽하려고 했는데… 에이, 뭐 그럽시
다. 잠시 빌리는 것으로 하지요."
말을 마친 하후용이 당령을 향해 불쑥 손을 내밀었다.
"들었지? 얼른 내놔."
"너……."
"뭐 해? 나 바쁜 사람이라고."
하후용과 당무기를 번갈아 바라보던 당령이 이윽고 긴 한숨
을 터뜨렸다. 그리곤 품속에서 호두알만 한 크기의 구슬을 꺼
내 하후용에게 내밀었다.

피독주를 받아 든 하후용이 인상을 찌푸렸다.

"이게 피독주야? 듣던 것과 영 다르네. 칠채(七彩)는커녕 빛도 안 나잖아? 거무튀튀한 돌 하나 깎아놓은 것 같구만. 이래서 입만 산 호사가들 말은 못 믿겠다니까."

남의 기보를 제멋대로 품평하는 하후용의 태도에 당령은 어이가 없어 입만 뻐금거릴 뿐이었다.

이를 오해한 하후용이 그런 당령의 어깨를 툭툭 두드렸다.

"걱정 마. 비밀로 할게. 그럼 다음에 보자구."

그 말을 마지막으로 하후용은 유유히 대문을 넘어 뿌연 빗속으로 사라졌다.

하후용의 모습이 완전히 사라지자 당령이 당무기를 향해 입을 열었다.

"어째서 피독주를 그에게 주라 하셨습니까?"

"그깟 구슬 하나에 당가의 오백 식솔의 생명을 포기할 순 없는 일 아니냐?"

"예? 그게 무슨……."

당무기가 당령을 향해 손바닥을 펴 보였다.

"무엇이 보이느냐?"

대답을 못해 우물쭈물하는 당령의 모습에 당무기의 표정이 흐려졌다.

이번엔 품속에서 한 자루 비도를 꺼내 손에 쥔 당무기가 재차 입을 열었다.

"보이느냐?"

"……!"

당령의 얼굴이 창백하다 못해 파랗게 질려갔다.

슬쩍 비수를 앞으로 내밀었을 뿐인데 눈앞에서 하늘이 무너지는 기분이었다.

"만천화우(滿天花雨)……."

신음처럼 흘린 당령의 말에 당무기가 고개를 끄덕였다.

"이 한 수에 본 가 암기술의 모든 것이 담겨 있다 해도 과언이 아니다. 이 안엔 마흔여덟 가지의 수법이 숨어 있지. 나는 서른다섯에 이를 얻어 내 것으로 할 수 있다 이후 지난 세월 동안 나는 그것을 계속 줄여 나가 마침내 단 네 개의 변화만을 남겨놓았다."

마흔여덟 개의 변화를 오히려 네 개로 줄여 버렸다!

남들이라면 변화를 더 늘리려고 기를 쓸 텐데 오히려 변화를 줄여 버렸다니?

그 말을 들은 당령의 얼굴에 진심으로 탄복한 표정이 떠올랐다.

변화의 숫자는 비록 줄어들었지만, 반면 변화 하나하나에 담긴 위력이나 오묘한 수법은 상상을 불허할 정도로 발전해 있을 것이다.

당무기의 말이 이어졌다.

"그리고 아무것도 들려 있지 않은 빈손이야말로 그 변화를 하나로 줄이는 유일한 방법이었다."

"그럼……."

“나는 비도를 버렸고, 그는 도를 버렸다. 여기까지는 서로가 대등하지. 하지만 그는 이마저 버리더구나.”

자신의 깨달음이 하후용의 깨달음에 비해 얕다는 것을 스스로 인정한 당무기의 말에 당령은 큰 충격을 받았다.

그런 그를 격려하듯 당무기가 입을 열었다.

“지금이라도 늦지 않았다. 봉문이 불편하긴 하겠지만 나쁜 것만도 아니다. 나 역시 과거의 봉문을 통해 이를 얻을 수 있었으니…….”

당령이 눈을 들어 당무기를 바라봤다.

“소자가 아버님의 진전을 잇겠습니다.”

당무기는 고개를 끄덕였다.

“그래, 그러면 되었다. 그걸로 된 것이다.”

당무기가 눈을 들어 하늘을 바라보았다.

끊임없이 쏟아지는 빗줄기를 바라보는 그의 눈빛은 더없이 우울하게 가라앉아 있었다.

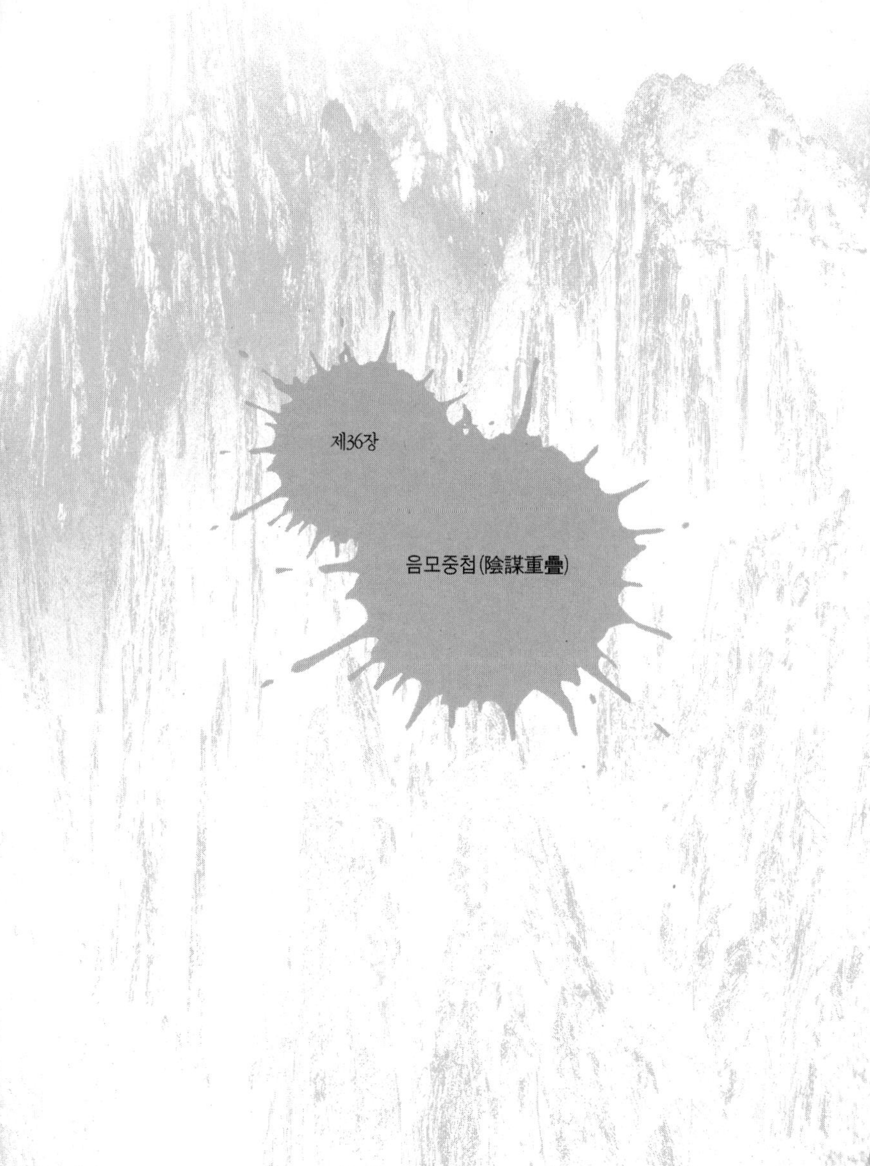

제36장

음모중첩(陰謀重疊)

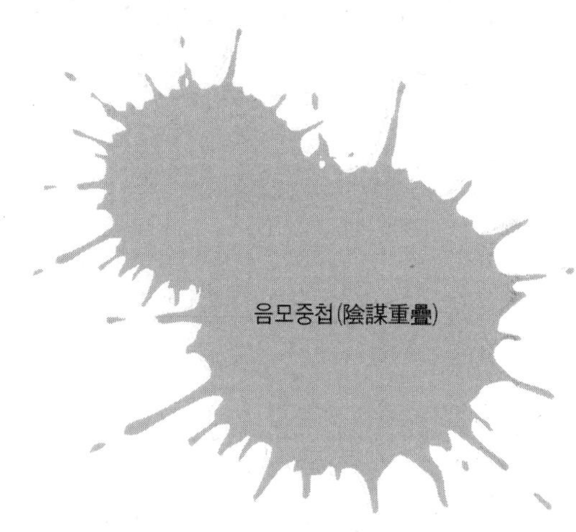

너무 낡아 금방이라도 쓰러질 듯 위태하게 기울어진 허름한
관제묘.

주위엔 깨진 기왓장이 즐비했고, 무성하게 우거진 가시덩굴
은 귀신의 손마냥 음산한 그림자를 드리우고 있어 더없이 을
씨년스런 분위기를 자아냈다.

와직.

"……!"

화들짝 놀란 종리청이 소리가 들려온 곳을 바라봤다.

아무것도 없었다. 잔뜩 쌓인 눈의 무게를 견디지 못하고 나
뭇가지가 부러진 것이다.

알고 있었다. 그럼에도 매번 소리가 들려올 때마다 종리청

은 같은 행동을 반복했다. 본인 스스로도 어찌할 수 없을 만큼 극도로 신경이 날카로워져 있었기 때문이다.

도둑놈들의 소굴이라 치부하고 얕보던 공공문의 능력에 종리청은 놀라움을 금치 못했다. 예상을 뛰어넘는 그들의 조직적이고 치밀한 추적은 몹시 끈질기고 집요했던 것이다.

부상을 입은 상태에서, 그것도 한 팔마저 쓸 수 없는 상태에서 공공문의 추적을 떨쳐 내는 것은 몹시도 어려운 일이었다.

간신히 그들을 따돌렸다곤 해도 언제 다시 뒤를 밟힐지 모르는 일.

종리청은 한참이나 숨죽인 채 간간이 들려오는 낙설(落雪) 소리에 귀를 기울였다. 하지만 어떠한 인기척도 느껴지지 않자 그제야 거친 숨을 몰아쉬었다.

"하아… 하아……."

허연 입김이 허공에 흩어질 때마다 종리청은 얼굴을 더욱 찌푸렸다. 숨을 쉴 때마다 날카로운 바늘이 폐부를 헤집는 것만 같았다.

'젠장…….'

내상은 처음보다 훨씬 위중했다. 제때 치료하지 않은 상태에서 추적을 따돌리기 위해 무리하게 내공을 운용했기 때문이다.

졸음이 몰려왔다. 피를 너무 많이 흘린 탓인지 시야도 흐릿했다. 예전 같으면 대수롭지 않게 여겼을 바람조차 뼛속까지 시릴 만큼 차갑다.

지독한 오한에 부르르 몸을 떨던 종리청의 눈에 머리가 떨어진 채 방치된 관우상이 들어왔다. 종리청은 갑자기 영문 모를 불길함이 엄습해 오는 것을 느꼈다. 순간적으로 관우상과 자신의 모습이 겹쳐 보인 까닭이다.

종리청은 고개를 흔들어 불길한 생각을 애써 떨쳐 냈다.

분명 흑승은 자신을 구하러 오기 전에 금의위에 보고를 했을 것이다. 그 역시 검단곡을 탈출한 이후 군정장관(軍政長官)인 도지휘사(都指揮使) 앞으로 은밀히 서신을 넣었다. 게다가 곳곳에 금의위만이 알아볼 수 있는 자신의 수인(手印)을 남겨 놓았으니 머지않아 지원군이 자신을 찾아낼 것이 틀림없었다.

몸이 지치고 마음이 심란하여 쓸데없는 걱정이 앞서는 것뿐.

종리청이 스스로 불안한 마음을 다잡고 있을 때였다.

뽀득.

"……!"

갑자기 들려온 소리에 종리청의 얼굴이 긴장으로 굳어졌다.

눈을 밟는 발자국 소리였다.

처음 멀리서 들려왔던 소리는 시간이 지날수록 점차 가까워지고 있었고, 곧장 자신이 있는 관제묘를 향해오고 있었다. 하지만 종리청을 긴장하게 만든 이유는 따로 있었다.

분명 발자국 소리는 한 명뿐이었다. 그런데 관제묘를 향해 다가서는 인기척은 열 명이 넘었다.

'답설무흔(踏雪無痕)!'

눈을 밟아도 흔적이 남지 않는다는 최상승의 경신절예(輕身絶藝). 한 사람을 제외한 나머지 인물들 모두가 일정한 수위를 넘긴 고수였다.

황급히 관우상 뒤로 몸을 숨긴 종리청이 분주히 움직여 몇 가지 물건의 위치를 바꾸었다.

스스스.

주변의 경물이 한차례 일그러지나 싶더니, 어둠에 싸인 공간이 모습을 드러냈다. 그리고 종리청은 짙은 어둠 속에 완벽히 동화되었다.

그와 동시에 몇 명의 인물이 관제묘 안으로 들어섰다.

현암기진을 설치하여 상대의 이목으로부터 모습을 감춘 종리청은 숨을 죽인 채 그들의 추이에 귀를 기울였다.

"휴, 쓰러져 가는 관제묘일지언정 눈을 피할 수 있게 돼서 다행이야."

남자의 것이 분명했으나 어딘가 간드러지는 날카로운 고음.

다소 경망스럽게 느껴지는 음성의 주인은 머리가 새하얗게 센 오 척 단구의 노인이었다.

잠시 관제묘를 둘러보던 노인이 자신을 따라 들어온 호위들을 향해 손짓을 했다.

호위들은 저마다 한 아름이 넘는 짐을 들고 있었는데, 노인의 지시가 떨어지기 무섭게 관제묘 중앙에 짐을 풀어놓기 시작했다.

관제묘 바닥에 순식간에 보료가 깔리고, 비단 방석을 씌운 의자와 커다란 탁자가 놓였다. 그리고 탁자 위로 풍성한 음식이 차려지기 시작했다.

눈 속을 뚫고 왔음에도 불구하고 요리는 금방 내온 것마냥 뜨거운 김을 피워 올리고 있었다.

순식간에 관제묘 안을 가득 메운 음식 냄새에 종리청은 심한 허기를 느껴야만 했다. 하지만 그들의 정체를 모르는 이상 섣불리 앞으로 나설 수 없었다. 그나마 다행인 점은 그들이 공공문의 수하나 정파의 일원이 아니라는 것이었다.

이때 누군가를 기다리듯 의자에 앉아 차를 홀짝이던 노인이 입을 열었다.

"날씨가 제법 쌀쌀하군. 식기 전에 드는 것이 어떤가?"

난데없이 허공에 말을 하는 노인의 모습에 종리청은 처음엔 의아함을 느꼈다. 하지만 이내 그것이 자신을 향해 한 말임을 깨닫고는 찬물을 뒤집어쓴 것마냥 가슴이 서늘해졌다.

노인의 말이 이어졌다.

"어렵게 준비한 음식인데 남의 정성을 무시하면 안 되지. 그렇지 않은가?"

우연인지는 몰라도 말을 마치는 순간 노인은 관우상 쪽으로 고개를 돌렸다.

종리청은 또다시 가슴이 철렁 내려앉았다.

분명 현암기진을 설치했기에 노인은 자신의 모습을 볼 수 없었다. 하지만 노인의 눈빛은 정확히 종리청 자신에게 고정된 채 차갑게 번뜩이고 있었던 것이다.

그제야 종리청은 노인의 얼굴을 자세히 확인할 수 있었다.

귀까지 뻗은 새하얀 검미, 그리고 주름 가득한 눈매와 축 처진 눈꼬리, 얇은 입술은 여인처럼 붉었으며 귓불은 턱까지 늘어져 있었다.

'그가 어째서 이곳에?'

종리청은 당혹감을 금할 수 없었다.

그도 그럴 것이, 노인은 이곳에 있어서는 안 될 사람이었기 때문이다.

금의위와 더불어 양대 특무기관인 동창(東廠).

그 동창을 이끄는 환관의 우두머리인 장인태감(掌印太監)이 바로 그였다.

명나라를 건국한 홍무제는 환관의 전횡을 견제하기 위해 그들을 멀리했다. 환관의 숫자는 백여 명을 넘지 않았고, 교육의 기회마저 박탈하여 그들로 하여금 정치적인 힘을 지니지 못하도록 한 것이다.

그러나 이는 오래가지 않았다.

정난(靖難)의 변(變)을 일으켜 제위를 빼앗은 영락제(永樂帝)는 기존 정치 세력인 정통파(正統派)의 반발을 억누르기 위해 환관을 첩자로 이용했다. 금의위에도 같은 임무가 맡겨졌으나 북경으로 수도를 옮긴 이후로는 아예 황제 직속의 첩보 기관인 동창을 따로 설치하여 금의위를 여기에 소속시켜 버렸다. 졸지에 금의위는 동창의 하급기관으로 전락해 버린 것이다.

실제로 제독태감과 그를 보필하는 몇 명 환관을 제외하면

동창을 움직이는 실질적인 힘은 금의위를 기반으로 하고 있었
다. 제독태감의 명령을 따르는 두 명의 첩형(貼刑)과 백여 명의
당두(檔頭), 천 명에 달하는 번역(番役) 대부분이 금의위에서
선발된 관원으로 충당되었기 때문이다.

당연히 동창에 대한 금의위의 입장이 달가울 리 없었다. 그
러나 두 조직의 내부적인 대립이 직접적인 갈등으로 불거진
적은 없었다. 제아무리 금의위의 수장인 총지휘(總指揮)라 할
지라도 일인지하(一人之下) 만인지상(萬人之上)의 자리를 꿰어
찬 제독태감을 향해 감히 칼을 겨눌 수 없었기 때문이다. 오히
려 대부분의 관료들이 그러하듯 금의위의 수장조차 무소불위
의 권력을 지닌 제독태감의 눈치를 살피기에 급급한 형국이었
다.

종리청이 현암기진을 거두고 앞으로 나섰다. 그리곤 노인을
향해 정중히 허리를 숙였다.

"금의위 휘하 종리청이 공공을 뵙습니다."

종리청의 모습에 노인이 혀를 찼다.

"쯧쯧, 온몸이 피칠갑이로군. 한쪽 팔은 어디에 떼놓은 건
가?"

"어쩌다 보니 이리되었습니다."

공손한 대답과 달리 종리청은 치미는 울화를 간신히 눌렀
다. 예의를 갖추곤 있었으나 속을 긁어대는 노인의 말에 입맛
이 쓴 건 어쩔 수 없었다. 그래도 다행인 건 그가 관부의 인물
이라는 사실이었다. 하지만 이어진 노인의 말에 종리청은 망

치로 머리를 얻어맞는 것 같은 충격을 느껴야만 했다.

"자네가 무림도독부의 북진무사겠지?"

"……!"

종리청의 눈이 크게 홉떠졌다.

무림도독부는 동창에 대항하기 위해 금의위가 비밀리에 만든 비밀 조직. 결코 제독태감의 입에서 오르내려선 안 되는 것이다.

노인이 슬쩍 입매를 말아 올렸다.

"맞는 모양이군. 그리 놀란 표정 지을 것 없네. 어느 정도 짐작은 하고 있었으니. 자, 일단 앉지."

노인의 손짓에 종리청이 엉거주춤 자리에 앉았다. 하지만 가시방석에 앉은 듯 불안하기 그지없었다.

아니나 다를까.

태연한 신색으로 건넨 노인의 말이 종리청의 심장을 옥죄어 왔다.

"그런데 어째서 금의위는 이번 일에 대해 따로 보고를 하지 않았을까?"

"그건……."

"설마 무림인을 동원하여 동창을 내치려거나 하는 뻔한 수작은 아닐 테고……."

"……!"

"하하, 농담일세. 설마 그런 마음을 품었을까. 조직이 커지다 보니 운영이 방만해진 탓이겠지. 보고 체계가 허술해진 점도 있고. 어쩌다 보니 본의 아니게 보고가 누락된 것일 게야. 그렇지 않은가?"

모든 걸 꿰뚫고 있으면서도 자신의 반응을 떠보는 노인의 말은 그 한마디 한마디가 서늘한 비수가 되어 종리청을 난도질하고 있었다.

"한잔하게."

노인이 손수 한 잔의 술을 따라 종리청에게 건넸다. 따뜻하게 데워진 주향이 더없이 향긋하게 느껴졌다. 그러나 종리청은 선뜻 술을 마시지 못했다.

"자네에게 소개할 사람이 있네."

노인의 말이 끝나기 무섭게 한 사람이 관제묘 안으로 들어섰다.

훤칠한 키에 헌앙한 용모. 멋들어지게 기른 수염만큼이나 위엄이 느껴지는 중년의 사내였다.

쨍강!

그의 얼굴을 확인한 순간 종리청은 너무 놀라 술잔을 떨어뜨리고 말았다. 주화입마에 빠져 의식불명이어야 할 남궁정이 냉담한 눈빛으로 자신을 응시하고 있었기 때문이다.

노인이 의미심장한 웃음을 머금었다.

"서로 구면이지?"

"어, 어떻게……!"

경악을 금치 못하는 종리청과 달리 남궁정은 태연히 입을 열었다.

“오랜만이오, 군사.”

“으음······.”

종리청의 입에서 쥐어짠 듯한 신음이 흘러나왔다.

그는 어리석은 인물이 아니었다. 아니, 오히려 범인과 비교할 수 없는 머리를 지닌 사람이었다. 그렇기에 눈앞에 멀쩡히 서 있는 남궁정을 대면한 사실만으로도 현재 자신이 처한 상황을 유추해 낼 수 있었다. 자신은 처음부터 잘 짜여진 한 편의 연극에 놀아난 것이다.

검단곡에서 마풍영과 마주친 이후 종리청은 짙은 의혹에 휩싸였다. 그들은 결코 의천맹의 일에 관여한 적이 없다고 했다. 이미 돌이킬 수 없을 정도로 자신에게 승기가 기운 이상 마풍영이 거짓말을 할 이유가 없었다. 그렇다면 대체 누가 남궁정을 습격하여 주화입마에 빠지게 했단 말인가?

비로소 그 모든 의혹이 풀렸다.

“그랬군. 그랬던 것이었어.”

종리청이 풀풀 마른 웃음을 흘렸다.

그런 종리청을 향해 노인이 입을 열었다.

“이유는 묻지 않는 겐가?”

종리청이 무서운 눈빛으로 노인을 노려봤다. 그리고 짧게 입을 열었다.

“역모(逆謀).”

잠시 놀란 눈으로 종리청을 바라보던 노인이 대소를 터뜨렸다.

"하하하. 역시 머리 하난 뛰어나군. 북진무사란 직책이 아까울 정도야."

무엇이 그리 즐거운지 눈물까지 찔끔거리며 웃어대던 노인이 고개를 끄덕였다.

"황상께서 변하셨어. 우리들 환관이 목숨을 걸고 그분을 옹립했건만, 언제부터인지 그분은 우릴 멀리하기 시작하셨네. 본래 마음이 유약하고 여린 분이라 주위에서 수군대는 이야기에도 쉽게 혹하시긴 하셨지. 그래도 이건 아니야."

한 잔의 술로 목을 축인 노인이 말을 이어갔다.

"이 나라의 모든 결정은 황상이 하시지만 실제로 정책을 입안하고 황상께 건의하는 것은 고스란히 우리들 몫일세. 뭐, 대부분의 관료가 이를 못마땅하게 여기는 건 알고 있네. 환관의 전횡 운운하며 우리를 깎아내리기에 급급하지. 하지만 실상을 알고 보면 그렇지도 않아. 자네도 알고 있지 않은가? 동창이나 금의위의 존재 이유, 그것은 바로 황상의 절대권력을 유지하기 위한 것임을. 실제로 당장 동창이 사라진다면 황상의 권위는 추락할 것이며, 온갖 쓰레기 같은 것들이 제 몫을 찾아 아귀처럼 덤벼들 걸세. 우리가 있기에 이 나라가 흔들리지 않는 게야. 한데 황상께서 우리를 멀리하시니 이 나라가 제대로 돌아갈 리 없지 않은가? 수많은 백성이 배를 곯고, 힘든 노역과 질병으로 신음하고 있는 이때에도 황상께서는 주위 간신배들의 간언에만 귀를 기울이고 계시지. 이래선 안 되겠다 싶었어. 그때 우연히 자네들, 무림도독부의 존재를 알게 된 거야."

하나 종리청은 노인의 말엔 귀를 기울이지 않았다. 어차피 자기 합리화를 위한 헛소리일 뿐이다.

대신 남궁정을 노려보며 질문을 던졌다.

"무엇을 받았소?"

남궁정은 대답 대신 자신의 손을 들어 탁자 위에 올렸다.

한순간 남궁정의 손이 금광에 물들었다. 눈 한 번 깜짝할 만큼 찰나의 순간이었으나, 이를 본 종리청은 놀라움을 금치 못했다. 순식간에 가루가 되어 흩날리는 탁자 때문이 아니었다.

"혼원일기공(混原一氣功)!"

경하기, 철혼유마심공과 더불어 삼대극품기공으로 불리는 최상승 무공심법.

성취가 높아질수록 금광이 짙어지기에 대력금황기라고도 불린다. 하지만 남궁정이 시전한 한 수는 자세히 보지 않으면 금광을 느끼지 못했을 정도로 흐릿했다. 종리청은 그 이유가 혼원일기공의 끝, 바로 무극(無極)의 경지에 이르렀음을 알아본 것이다.

종리청이 침음성을 흘렸다.

"황실무고(皇室武庫)를 열었군. 어의(御醫)를 비롯해 내로라하는 고수들 역시 동원했을 테고."

노인이 웃으며 고개를 끄덕였다.

"역시… 죽기엔 아까운 자야."

"처음부터 의천맹은 미끼였나?"

"무림 쪽을 미리 정리해 둘 필요가 있었네. 새로운 하늘을 세우기 앞서 예상치 못한 변수를 남겨놓긴 싫었으니까. 깊숙이 숨어 있는 마교라는 대어를 낚기 위해선 적어도 의천맹 정도는 되어야 구색이 맞지.”

“구대문파와 마교의 양패구상을 노리고 있군.”

“그리된다면 그만큼 손쓸 일이 줄어드니 가장 좋겠지. 하지만 굳이 그러지 않아도 되네. 어느 한쪽만 남는다 해도 그 피해가 막심할 테니. 마교든, 구대문파든 손을 쓰기가 한층 쉬워질 테지.”

“빌어먹을 내시 새끼!”

“하하하, 실로 오랜만에 듣는 말이로군. 좋아, 아주 좋아. 자네 덕에 나름 신선한 기분을 맛보는군.”

종리청이 고개를 돌려 남궁정을 노려봤다.

“당신이 지금 무슨 짓을 하려 하는지 똑똑히 기억해 둬. 역모를 꾀하다 구족이 멸한 수많은 이들처럼 당신 역시 죽음을 향해 스스로 걸어 들어가고 있는 거야.”

“아니.”

남궁정이 싸늘한 음성으로 입을 열었다.

“역모를 저지른 사람은 자네일세.”

“개소리!”

“자네와 금의위는 역모를 위해 무림도독부란 비밀 조직을 꾸렸고, 이를 통해 상당수의 무림인을 포섭했네. 그리고 그들을 동원해 황상의 암살에 성공한 직후, 종적을 감추고 묘연히 사라졌지. 하나 동창의 이목을 피해낼 수 없었네. 황족 중 다루기 쉬운 자를 골라 새로운 황제로 옹위하려는 은밀한 움직임을 동창이 포착했고, 자네는 그 배후 인물로서 나흘을 채 넘기지 못하고 붙잡히지. 대외적으론 그와 같이 공표될 것이고, 실제로도 그럴 것이네."

살벌한 눈빛을 주고받는 두 사람과 달리 노인의 얼굴에서는 여전히 미소가 떠나지 않고 있었다.

노인이 종리청을 향해 젓가락을 건넸다.

"먼 길 가야 할 테니 많이 들게나. 아마도 자네의 마지막 만찬이 될 게야."

분노를 이기지 못한 종리청이 부들부들 떨고 있을 때였다.

말없이 앉아 있던 남궁정이 손을 움직여 검파를 쥐었다.

그 모습을 발견한 노인이 종리청을 향해 혀를 찼다.

"쯧쯧. 마지막에 와서 내 기분을 망치는군. 자네 정도 되는 사람이 뒤를 밟히다니."

그 말이 떨어지기 무섭게 남궁정의 검이 그의 손을 떠났다.

한줄기 빛살이 되어 관제묘 밖으로 쏘아진 검은 그대로 오십 장쯤 떨어진 곳에 위치한 바위와 가시덤불을 차례로 그어 갔다. 검이 긋고 간 자리에선 어김없이 붉은 피가 솟구쳤고, 이내 새하얀 눈밭 위로 어지럽게 뿌려졌다.

저항은커녕 비명조차 없었다. 아니, 종리청 자신이라고 할지라도 막을 엄두가 나지 않을 만큼 남궁정의 검은 소름 끼치는 무언가를 지니고 있었다.

"이기어검……."

쥐어짜는 듯한 종리청의 음성에 남궁정의 입가에 보일 듯 말 듯한 웃음이 떠올랐다.

"이기어검 따위가 아닐세."

종리청의 눈이 더없이 크게 흡떠졌다. 남궁정의 검이 관제묘 밖으로 쏘아지는 것을 분명히 보지 않았던가. 하지만 남궁정의 검은 거짓말처럼 여전히 그의 손에 들려 있었다.

"설마!"

경악으로 물든 종리청을 향해 남궁정은 슬쩍 검을 들어 올렸다.

검을 뽑아 든 것도 아니요, 살기를 드러낸 것도 아니었다.

검집째 검을 들어 종리청을 가리킨 동작, 단지 그뿐이었다.

그럼에도 불구하고 종리청은 전신이 갈가리 찢기는 듯한 고통을 느껴야만 했다.

'이건……!'

착각이 아니었다. 실제로도 종리청의 의복은 보이지 않는 무언가에 의해 길게 갈라지고 있었다. 더구나 갈라진 옷 사이로 드러난 피부에도 가느다란 붉은 줄이 죽죽 그어지며 핏물이 내비치고 있었다.

'심검!'

종리청은 너무 놀라 심장이 멎어버릴 것만 같았다.

십대고수를 비롯해 마교의 호교마장까지, 당금의 내로라하는 고수들의 무위를 똑똑히 보아왔던 종리청이었다. 하지만 어느 누구도 심즉살(心卽殺)의 경지를 보여준 인물은 없었다.

심지어 그가 가장 두려워하는 단리백마저 이와 같은 무위는
지니지 못하고 있었다.

너무나 큰 충격에 넋을 잃은 종리청의 모습에 노인은 실소
를 머금었다. 이미 그에게 종리청은 의미가 없었다. 그보다 싸
늘하게 식어가는 두 구의 시신이 신경에 거슬렸다.

여전히 얼굴에서 웃음을 지우지 않은 채 노인이 입을 열었
다.

"어떤 놈들인지 알아내도록."

*   *   *

"크으… 지독하군. 머리가 다 띵하네."

하후용이 코를 싸쥔 채 잔뜩 인상을 찌푸렸다. 검단곡에 들
어서기 무섭게 계란이 썩는 듯한 유황 특유의 매캐한 내음이
코를 찔러왔던 것이다.

그것뿐만이 아니었다.

눈앞에서 너울거리는 끝이 보이지 않는 안개의 바다. 안개
는 특이하게도 은은한 녹색을 띠고 있었는데, 계곡을 뒤덮은
짙은 어둠과 맞물려 금방이라도 귀신이 튀어나올 것만 같은
기괴한 분위기를 자아내고 있었다.

"이게 말로만 듣던 독장(毒瘴)이란 말이지?"

호기심이 생긴 하후용이 독장을 향해 슬쩍 손을 내밀었다.

"뭐야, 아무렇지도 않잔……!"

대수롭지 않게 코웃음을 치던 하후용의 안색이 급변했다. 손톱부터 시작해 손가락이 순식간에 새카맣게 변하기 시작하더니 감각이 사라지고 있었다.

"망할!"

화들짝 놀란 하후용이 급히 진기를 끌어올렸다. 하지만 그의 움직임으로 인해 정체되어 있던 기류가 급격히 움직이기 시작했고, 제자리에서 너울거리던 독장은 기류를 따라 순식간에 하후용을 에워쌌다.

하후용은 숨을 멈췄다. 하지만 돌연 지독한 매스꺼움과 더불어 머릿속이 아득해져 오는 것을 느끼고 자신이 중독되었음을 깨달았다.

'뭐야? 시독(屍毒)이 이렇게 지독한 거였어?'

검단곡의 독장을 얕보고 있던 하후용으로서는 모골이 송연한 일이 아닐 수 없었다.

그가 지닌 내공심법은 화(火)의 기운에 근본을 두고 있었다. 본래 불은 독의 상극. 화룡신공을 바탕으로 한 그의 삼매진화는 그 어떤 강호의 무공과 비교할 수 없을 만큼 절륜한 위력을 지니고 있었다. 이대절독(二大絶毒)을 제외한 대부분의 독은 태워 없애 버리면 그만이었던 것이다.

시독이라 해도 어차피 자연적인 독. 이대절독 중 하나인 부시독에 비하면 애들 장난이라 생각했건만 직접 겪어보니 그 위력은 예상을 훨씬 웃돌고 있었다.

'썩은 시체가 내뿜는 독이 이 정돈데, 그 독기를 모아 정제

한 부시독의 위력은 대체 얼마나 강하다는 거야? 으으… 생각하기도 싫군.'

반드시 피독주를 지니고 검단곡에 들어서라는 사모의 당부를 흘려듣지 않은 것이 다행이었다.

하후용은 품속을 뒤져 당가로부터 얻어온 피독주를 꺼냈다. 그리고 이를 재빨리 입에 넣었다.

'하후용, 이 멍청한.'

문득 피독주를 얻기 위해 당가를 도발한 자신의 행동을 떠올린 하후용이 스스로를 질책했다. 당가는 부시독을 지니고 있었다. 비록 금용독으로 분류되어 사용이 금지되었다곤 하나 이판사판의 상황이 되면 이야기가 달라진다. 만약 궁지에 몰릴 대로 몰린 그들이 부시독을 사용했더라면 지금처럼 두 발로 온전히 서 있지 못할 것이다.

'역시 피독주! 당가의 신물이라 불리는 이유가 있었군.'

피독주를 입에 물자 거짓말처럼 메스꺼움이 사라졌다. 현기증도 느껴지지 않는다.

진기를 끌어올린 하후용은 몸속에 남아 있는 미량의 여독을 삼매진화로 태우기 시작했다.

약간의 시간이 지나 몸속의 독기가 남아 있지 않음을 확인한 하후용은 비로소 독장 속으로 걸음을 옮기기 시작했다.

'역시 당령 녀석과는 친하게 지내야겠어. 뭐 당가와 원한 진 것도 없겠다, 술 한 병 사들고 가면 반갑게 맞아주겠지.'

당령이 들었으면 펄쩍 뛰었을 생각이었다. 하지만 세상천지를 뒤져도 하후용만큼 편한 사고 구조를 가진 사람은 없다. 불과 며칠 전에 당가에서 행패에 가까웠던 자신의 행동은 이미 기억에서 지워 버린 그였던 것이다.

그렇게 한참을 걷자 하후용은 시커멓게 입을 벌린 절벽 끝에 다다를 수 있었다. 어둠에 싸여 있어 그 깊이조차 짐작되지 않는 계곡 아래 간혹 푸른 불꽃이 번쩍이고 있었다.

귀화(鬼火), 혹은 도깨비불이라며 세인들이 두려워하는 인광(燐光)이었다.

삼시 동안 일렁이다 허공에 흩어지는 귀화의 정체. 그것이 뼛속의 인이 공기와 닿아 산화하는 현상임을 잘 아는 하후용이다. 그럼에도 불구하고 계속 보고 있자니 왠지 모를 섬뜩함이 느껴졌다.

잠시 계곡 밑을 내려다보던 하후용이 막 신형을 날리려고 하는 찰나,

와르르.

균열이 가 있던 절벽이 그의 무게를 견디지 못하고 무너져 내렸다.

'염병, 사람 놀래키고 있어.'

자신의 의지와 달리 멋대로 낙하하게 되어버린 하후용이 놀란 가슴을 쓸어내렸다. 반면 그의 손은 머리 위로 쏟아지는 바위들을 쳐내기 위해 분주하게 움직였다.

'뭐야? 뭔 놈의 절벽이 끝이 없어? 이게 설마 말로만 듣던 무저갱(無底坑)은 아니겠지?'

빛도 없고 소리마저 없는 어둠의 나락. 물론 그럴 리야 없겠지만 하후용은 한차례 부르르 몸을 떨었다. 이미 십 년 넘게 어두운 동굴 속에 처박혀 있었기 때문에 어둠이라면 지긋지긋하다.

다시금 떠올리고 싶지 않은 지옥 같은 기억.

오랜 관직 생활에 지친 그의 부친은 낙양 인근의 촌락에 장원을 짓고 그곳에 칩거했다. 넉넉한 가정 형편에 가족들 역시 서로를 끔찍이 아껴 하후용은 나름 행복한 어린 시절을 보낼 수 있었다.

관직 생활에 염증을 느낀 부친은 하후용이 관료가 되는 걸 반대하셨다. 하지만 기본적인 학사로서의 소양은 갖추길 원했고, 자신과 친분이 깊은 학사에게 자식을 맡겨 공부에 매진할 수 있도록 결정했다.

그때 하후용의 나이 열여섯.

시간이 지나 제법 소년티를 벗기 시작한 하후용은 누이의 혼례에 참석하기 위해 칠 년의 공부를 마치고 고향으로 향했다. 그러나 칠 년 만의 귀향은 그에게 더없이 잔인한 기억을 남겼다. 곳곳에 즐비한 참혹한 시체, 그리고 서까래만 남긴 채 새카맣게 타버린 장원의 잔재만이 그를 맞이한 것이다.

어느 누구도 살아남은 사람이 없었다.

하후용의 부친을 비롯한 장원의 식솔 전체가 잔인한 수법으로 살해당했다. 심지어 흉수는 가축조차 살려두지 않았다. 하지만 그보다 더욱 충격적인 일이 그를 기다리고 있었다. 장원과 멀리 떨어져 있지 않은 야산에서 그의 누이가 발가벗겨진 시신으로 발견된 것이다.

누이의 시신은 눈뜨고 볼 수 없을 만큼 참혹했다.

널브러진 누이의 두 팔은 탈골되어 힘없이 늘어져 있었다. 가슴은 예리한 흉기에 도려내졌고, 꽃답던 얼굴은 심하게 훼손되어 동생인 그마저 단번에 알아볼 수 없었다.

뿐만 아니라 누이의 시신 곳곳에는 간살당한 흔적이 역력했다.

어찌나 원통했던지 누이는 죽어서도 눈을 감지 못하고 있었다.

하후용은 분노했다.

혼례를 불과 이틀 남겨둔 누이였다. 한참 행복한 단꿈에 젖어 있어야 할 그녀가 왜 싸늘한 주검으로 차가운 흙바닥에 누워 있어야 한단 말인가.

얼마 안 가 모친의 시신도 찾아냈다. 모친 역시 상황은 누이와 크게 다르지 않았다.

그 상황에서도 끝까지 저항한 듯 두 사람의 손톱에는 찢겨진 옷 조각이 박혀 있었다.

이를 단서로 하후용은 거의 광란 상태가 되어 흉수를 찾아나서기 시작했다. 그리고 결국 흉수를 찾아낼 수 있었다.

낙양에 위세를 떨치는 철검장의 장주, 노해광의 짓이었다.

겉으로는 정인군자인 척하고 있었으나, 평소 뛰어난 미녀로 알려진 그들 모녀에게 음심을 품고 있던 그가 이처럼 천인공노(天人共怒)할 만행을 저지른 것이었다.

도끼를 들고 철검장에 쳐들어갔으나 병신이 될 정도로 가혹한 매질만이 그를 기다리고 있었다.

무력으로 철검장을 상대할 수 없다는 사실을 깨달은 하후용은 사람들에게 노해광의 만행을 알리기 시작했다. 하지만 돌아온 것은 미치광이 취급하는 냉담한 시선들뿐이었다.

하후용은 죽어가기 시작했다.

골수까지 파고든 부상도 부상이었지만, 정작 견딜 수 없는 건 따로 있었다. 원수를 눈앞에 두고도 아무것도 할 수 없는 무력함, 그리고 그로 인한 절망과 원한이 그의 생명을 갉아먹고 있었던 것이다.

결국 하후용은 만신창이가 된 채 길바닥에 쓰러졌다.

그때 사부를 만났다.

독기 어린 눈빛이 마음에 든다고 했던가. 그 말을 들은 것을 마지막으로 하후용은 정신을 잃었고, 죽음보다 깊은 잠에 빠져들었다. 그리고 정신을 차렸을 땐 변방의 오지인 홍산에 도착한 이후였다.

거기서 하후용은 그들 부부로부터 치료를 받아 목숨을 구할 수 있었다. 더불어 백자강의 진전을 이어받아 화룡신공이라는 절세의 내공심법과 도법을 전수받을 수 있었다.

가슴이 품은 지독한 한(恨)을 원천 삼아 하후용은 무서운 속도로 무공이 높아졌다. 하지만 날이 갈수록 백자강을 향한 하후용의 원망은 더욱 깊어졌다. 사부는 좀처럼 강호행을 허락지 않았던 것이다.

결국 하후용은 몰래 하산하여 강호로 나섰다.

곧장 낙양으로 향한 하후용은 십오 년 전의 기억을 되새기며 피의 복수를 감행했다.

아녀자와 노인을 제외한 철검장의 모든 이는 누구도 하후용이 내린 죽음을 피해갈 수 없었다. 과거 하후용을 매질했던 자들은 가슴이 갈리고 목이 잘렸고, 철검장은 서까래조차 남기지 못하고 재가 되어 사라졌다.

하후용은 그 모든 과정을 철검장의 장주인 노해광으로 하여금 지켜보게 했다. 그리고 마지막에 그의 하초(下焦)을 비롯한 전신의 사지를 손가락부터 천천히 잘라내기 시작해 결국은 토막난 고깃덩이로 만들어 버렸다.

문제는 그때부터였다.

복수를 마쳤음에도 불구하고 가슴 깊이 끓어오르는 분노와 증오가 가라앉지 않았다. 오히려 불 속에 끓는 기름을 부은 것마냥 더욱더 많은 살육을 갈구하기 시작한 것이다.

더욱이 그의 잔인한 복수는 수많은 강호인들의 공분을 샀다.

철검장과 유대 관계를 지니고 있던 이들을 비롯해, 돼먹지도 않은 강호정의 운운하며 협사를 자청하는 이들이 눈에 불을 켜고 그를 찾기 시작했다.

그에 따른 충돌을 하후용은 피하지 않았다.

하후용은 기꺼이 그들을 주살하기 시작했고, 결국 청성과 부딪치는 사태까지 이르고 말았다.

증오를 가라앉히기 위해 복수의 대상을 찾던 하후용에게 있어 비슷한 연배에 십대고수에 이름을 올리고 있는 청성의 곽자문은 더할 나위 없는 상대였다.

몇 명의 참관인이 지켜보는 가운데 하후용은 미친 듯이 곽자문과 칼을 섞었다. 당령과 만난 것도 그즈음이었다.

무려 반나절에 이른 접전은 결국 하후용의 승리로 막을 내렸고, 곽자문은 치유하기 힘든 상처를 얻고 말았다.

자신을 향한 곽자문의 눈빛을 마주한 순간 하후용은 깨닫는 바가 있었다. 원한 가득한 눈빛이 날카로운 비수가 되어 심장에 박혀왔던 것이다.

그런데 이상하게도 부끄럽긴커녕 살심이 치솟았다. 그제야 하후용은 사부가 그토록 강호행을 허락지 않았던 이유를 알 수 있었다. 비록 무공이 고강해지고 육체는 단련되었을지언정 원한에 사로잡혀 있던 정신은 조금도 성장을 하지 못한 것이다. 그로 인한 괴리 때문에 육체와 정신이 심하게 어긋나 있었다.

심마에 빠져 허우적대는 자신을 발견했을 때는 이미 늦어버린 뒤였다.

통제 불가능한 걷잡을 수 없는 광기에 휩싸여 미쳐 날뛰기 직전 백자강이 나타났다.

제아무리 하후용이 고수라 할지라도 아직은 백자강에게 비할 바가 못 되었다.

하후용을 끌고 간 백자강은 십 년 넘게 그를 햇빛조차 들지 않는 동굴에 처넣어 버렸다.

동굴에 자신을 집어 던지며 사부가 외친 말이 아직도 잊혀지질 않는다.

"너를 믿는다!"

처음엔 그 말이 무슨 뜻인지 알 수 없었다. 하지만 시간이 지날수록 무서운 눈빛으로 애써 감춘 슬픔이 무얼 의미하는지 깨달았다.

반약 심마를 견디지 못하고 동굴을 나섰다면 사부는 틀림없이 자신을 베어 넘겼을 것이다. 그것만이 끊임없는 피의 속박으로부터 벗어나게 할 유일한 방법이었기 때문이다.

하루에도 몇 번씩 광중에 시달렸고 당장이라도 동굴을 뛰쳐 나가고 싶었던 게 몇 번인지 헤아릴 수도 없었다. 하지만 그때마다 사부의 말을, 아니, 사부의 마음을 되씹으며 스스로와 싸웠다. 그에게 있어 더없이 괴롭고 힘든 시간이었지만 자신을 믿어주는 사부의 마음만은 차마 저버릴 수 없었던 것이다.

다행히 십 년의 고된 세월을 통해 하후용은 심마의 족쇄를 벗어버릴 수 있었다. 그리고 비로소 햇살을 마주할 수 있게 되었다.

심마를 극복한 뒤 동굴을 나서자마자 하후용이 물었다.

"정말 죽일 작정이셨소?"

그런데 이 노인네는 말없이 웃기만 했다.

"얼래? 이 양반 보게? 설마했더니 진짜였어?"

바락바락 대드는 제자를 향해 사부가 던진 한마디가 가관이었다.

"멧돼지나 한 마리 잡아와라. 큰 놈으로. 간만에 고기 맛 좀 보자."

"아, 지금 밥이 넘어가게 생겼소? 하마터면 사부 손에 목이 날아갈 뻔했는데? 게다가 그놈들 씨알 마른 지가 언젠데?"

"요새 다시 보이더라. 어제도 내 텃밭을 그놈들이 다 망쳤어."

"나오자마자 참 알뜰하게 부려먹으시네."

"그러게 뭐 하러 그 속에서 십 년이나 죽치고 있어? 한 일 년 있으면 알아서 기어나올 줄 알았더니만… 도라도 닦았냐? 그 안에서?"

"노인네 꼴 보기 싫어 우화등선하려 했소. 됐소?"

"나도 못하는 우화등선을 네놈이 어떻게 해?"

"한 번만 더 갈구쇼. 잘 때 확 불 질러 버리고 튀어버릴 테니까."

"후용아."

"왜요?"

"고맙다."

그 한마디에 녹아 있는 사부의 진심.

왈칵 솟구치는 눈물을 보이지 않기 위해 하후용이 돌아섰다.

"알았으니 그만 해요. 잡아오면 되는 거죠, 맷돼지?"

"해 떨어지기 전에 잡아와라. 장작도 패야 할 것 아니냐?"

"거 봐. 내 이럴 줄 알았어. 제자 삼은 것도 틀림없이 하인 부릴 돈이 없어서 그랬을 거야. 어우, 내 신세야. 귀신은 뭐 하나. 저 노인네 안 데려가고."

대놓고 투덜대는 하후용이었으나 사실은 터져 나오는 눈물을 간신히 참아내고 있었다. 부쩍 늙어버린 사부의 모습이 더없이 아프게 가슴을 후벼 팠기 때문이다.

짧지만 긴 상념은 오래가지 않았다.

"엇!"

눈을 부릅뜬 하후용이 경호성을 터뜨렸다. 돌연 시커먼 무언가가 무서운 속도로 눈앞으로 다가왔던 것이다.

그것이 계곡의 바닥임을 깨달았을 때는 이미 하후용의 이마는 바닥과 세게 부딪친 뒤였다.

콰앙!

미처 자세를 제대로 잡기도 전에 바닥에 내동댕이쳐진 하후용은 한참 동안 추락한 자세 그대로 웅크린 채 꼼짝도 못하고 있었다.

"크으……."

이윽고 하후용이 신음을 흘리며 천천히 일어섰다.

순간적으로 호신강기를 운용했기에 망정이지 조금이라도 늦었다면 어디가 부러져도 부러졌을 것이다.

"어이구, 많기도 하다."

잠시 주위를 둘러보던 하후용이 인상을 찡그렸다. 사방에 즐비한 시신들이 눈에 들어온 것이다.

역한 냄새와 함께 썩어가는 시신들 아래엔 수많은 백골이 뒹굴고 있었다. 칠십 년 전 정사대전에서 고혼이 된 무림인들이었다.

이를 보고 있자니 마음이 착잡했다.

독장이 그처럼 지독한 이유도 납득할 수 있었다.

수천 명의 죽음이 쌓이고 쌓여 만들어낸 원한의 정화(精華). 어찌 그 한이 무겁지 않겠는가.

그때였다.

스르륵.

무언가가 바닥을 긁는 듯한 소음에 하후용이 신경을 곤두세웠다. 하지만 이내 피식 웃음을 흘리며 대수롭지 않게 입을 열었다.

"뭐야, 뱀이잖아."

붉은색 바탕에 알록달록한 칠채의 무늬가 화려하게 느껴지는 작은 뱀. 칠채홍련사였다.

하지만 독물에 문외한인 하후용이 칠채홍련사의 무서움을 알 리 없었다.

칠채홍련사가 근처에 이르자 하후용은 손을 뻗어 가볍게 낚아챘다.

"쩝, 너무 작아서 먹을 것도 없겠네."

이리저리 칠채홍련사를 만지작거리기도 잠시, 하후용은 이
내 칠채홍련사를 멀리 던져 버렸다. 그 순간 마치 기다렸다는
듯이 시커먼 물결이 하후용을 향해 밀려왔다.

"이런 썅!"

처음엔 뭔가 싶어 자세히 바라보던 하후용의 입에서 대번
욕설이 터져 나왔다. 수를 헤아리기도 힘든 칠채홍련사의 무
리가 시체를 타고 넘어오는 광경은 징그럽다 못해 소름이 끼
쳤던 것이다.

하후용이 급히 진기를 끌어올렸다.

화르륵.

하후용의 손에서 붉은 화염이 솟구쳤다.

양손에서 시작된 붉은 화염은 이내 빠른 속도로 하후용의
전신을 집어삼키더니, 그가 서 있던 자리에는 어느새 거대한
불기둥이 자리 잡고 있었다.

키이익!

칠채홍련사 무리는 하후용으로부터 뿜어지는 뜨거운 열기
때문에 가까이 다가서지 못하고 있었다. 하지만 쉽게 물러서
지도 않았다. 하후용 주변을 돌며 날카로운 소성을 터뜨릴 뿐
이었다.

"어쭈? 이것들이 죽을라고."

여유를 찾은 하후용이 피식 웃으며 칠채홍련사 무리를 향해
성큼성큼 다가섰다.

치익.

칠채홍련사가 열기를 피해 대부분 물러섰으나 미처 피하지 못한 몇 마리가 열기에 휩쓸려 순식간에 벌겋게 익어버렸다.

하후용이 달아나는 칠채홍련사 무리를 향해 화염에 휩싸인 손을 내밀었다.

콰앙!

가볍게 휘두른 그의 손짓에 대지가 폭발하듯 터져 나갔다. 장력에 적중된 칠채홍련사는 조각조각 찢겨진 육편으로 화했고, 이마저도 장력에 담긴 열기에 휩쓸려 순식간에 잿가루가 되어 흩날렸다.

하후용은 쉬지 않고 연거푸 장력을 뿌렸다.

고기가 타는 듯한 냄새와 역한 비린내가 사방에 진동했고, 그제야 칠채홍련사는 모습을 감추었다.

옷에 묻은 잿가루를 툭툭 털어낸 하후용이 그제야 본격적으로 단리백을 찾기 시작했다.

"피처럼 붉은 장포라······."

한참 동안 검단곡을 뒤졌으나 하후용은 단리백을 찾아낼 수 없었다. 피처럼 붉은 장포라곤 했으나 대부분의 시신이 바위에 짓이겨진 탓에 옷이 피에 절어 있었기 때문이다. 더구나 심하게 훼손되어 얼굴조차 알아보기 힘든 시신이 많아 인상착의만으로 단리백을 구분해 내는 건 몹시 어려운 일이었다.

"망할. 그래도 명색이 십대고순데 고작 이런 데서 시체나 뒤적거리고 있다니."

나직이 투덜대던 하후용의 눈에 무언가가 들어온 것은 그때였다.

"뭐야, 이건?"

유황천에 근처에 즐비하게 널려 있는 혈봉과 칠채홍련사의 시체를 향해 다가선 하후용이 눈빛을 빛냈다.

"설마?"

잠시 유황천을 응시하던 하후용이 물속으로 뛰어들었다.

유황천은 매우 뜨거웠으나 이는 하후용에게 문제가 되지 않았다. 그러나 정작 문제는 따로 있었다. 밤인데다 물속은 칠흑같이 어두워 한 치 앞도 제대로 분간하기 힘들었던 것이다.

'뭐가 이리 깊어?'

한참을 헤엄쳐 내려갔건만 아직 바닥조차 보이지 않았다.

하후용은 포기하지 않고 계속해서 밑으로 내려갔다.

점점 숨이 차올라 더 이상 견디기 어려울 지경에 이르러서야 하후용은 결국 유황천의 바닥에 다다를 수 있었다.

'그런데 어떻게 찾지?'

잠시 고민하던 하후용이 등에 메고 있던 도를 풀어 손에 쥐었다.

'뭐가 걸려도 걸리겠지.'

하후용이 있는 힘껏 도를 휘둘렀다. 거칠게 휘도는 도를 따라 작은 파문이 일어나나 싶더니, 종국엔 그를 중심으로 한 거대한 소용돌이가 생성되어 유황천 바닥을 쓸어갔다.

바닥에 가라앉아 있던 흙먼지가 소용돌이를 따라 일며 사방이 온통 뿌옇게 변해 버렸다.

하후용은 그제야 자신의 실수를 깨달았다. 이래서야 수색이 더욱 어려워질 뿐이었다.

결국 하후용이 수색을 포기하려는 찰나,

'응?

하후용의 눈이 이채를 발했다. 무언가가 자신을 잡아당기는 느낌에 고개를 돌리자 흙먼지를 빨아들이는 동굴의 모습이 눈에 들어왔던 것이다. 하지만 더 이상 숨을 참기 어려워 일단 물 밖으로 나왔다.

주위를 둘러보던 하후용은 여기저기 널려 있는 시신들의 옷가지를 엮어 기다란 밧줄을 만들었다. 그리고 제법 굵은 통나무를 거기에 묶고 다시금 유황천에 뛰어들었다.

동굴 입구 근처에 다다르자 하후용은 천천히 옷가지로 만든 밧줄을 풀었다.

통나무는 순식간에 동굴 속으로 빨려 들어갔다.

그리고 잠시 후.

빠직.

팽팽해진 줄을 타고 전해진 충격에 하후용이 재빨리 줄을 잡아당겼다. 하지만 밧줄에 끌려 나온 통나무는 완전히 박살이 나 있었다.

'쳇, 이래서야 이 안에 빨려 들어갔다 해도 살아남지 못하겠군.'

물 밖으로 나온 하후용은 두 시진 넘게 검단곡을 수색했다. 그러나 어디에서도 단리백의 시신은 발견할 수 없었다.

검단곡을 벗어나기 위해 하후용이 걸음을 돌리는 순간이었
다.

왜앵.

어디선가 날아든 벌 한 마리를 무심코 툭 쳐낸 하후용이 눈
을 부릅떴다. 돌연 지독한 통증이 손등을 타고 올라 어깨까지
저릿하게 만들었던 것이다.

"크윽… 대체 무슨 놈의 벌이……."

하후용의 이마에 핏줄이 불거졌다. 그리고 눈엔 핏발이 섰
다. 그럼에도 불구하고 악다문 이빨 사이로 새어 나오는 신음
만은 어쩔 수 없었다.

하후용은 십 년 넘게 동굴 속에서 지낼 만큼 지독한 인내심
의 소유자였다. 그런데 고작 한 마리 벌에게 쏘인 것만으로 인
내심이 바닥을 드러내고 말았다.

손등을 움켜쥔 채 끙끙대던 하후용의 귓전에 무시무시한 소
리가 들려온 것도 그때였다.

부우우웅!

"……!"

시커먼 구름처럼 날아드는 벌 떼를 발견한 하후용의 이마에
한줄기 식은땀이 흘러내렸다.

하지만 이도 잠시, 그의 눈에 짙은 살기가 일렁였다.

"하아압!"

고함 소리와 함께 하후용의 전신에서 가공할 열기가 솟구쳤
다.

하후용의 전신을 타고 일렁이던 붉은 화염이 점차 새하얗게 변하더니, 폭발하듯 팽창하며 주위를 삼켜 버렸다.

그것도 모자라 하후용은 오른손으로 도를 휘두르고 왼손으론 장력을 뿌려대기 시작했다.

콰콰콰콰쾅!

극성에 이른 화룡신공을 일제히 개방하자 검단곡 일대는 순식간에 지독한 열기에 휩싸였다.

가뜩이나 약해진 지반에 열기가 더해지자 사방에 균열이 생기며 곳곳에서 유황 연기가 솟구쳤다. 그리곤 얼마 가지 않아 계곡이 무너져 내리기 시작했다.

우르르릉!

천지를 뒤집는 굉음과 함께 집채만 한 바위가 쉬지 않고 쏟아졌다. 동시에 자욱한 먼지가 사방을 뒤덮었다.

그렇게 얼마나 시간이 흘렀을까.

비처럼 쏟아지는 낙석 더미와 흙먼지를 헤치며 한 사람이 걸어나왔다.

"니미! 뭔 이따위 벌이 다 있어?"

하후용은 어이가 없었다. 삼매진화를 일으켜 혈봉의 독을 태워 버렸건만 아직도 머리가 아찔할 만큼의 극통이 이어지고 있었던 것이다.

하후용은 이내 주위를 둘러보다 설레설레 고개를 저었다. 이곳은 절대 사람이 살 수 있는 곳이 아니었다. 촉산혈문의 후예라 할지라도 예외가 아니었다.

통통 부어오른 손을 감싼 채 하후용이 검단곡을 떠났다. 두 번 다시 이곳에 오면 성을 갈리라 맹세하면서.

콰르르!
대지를 뒤흔드는 엄청난 진동에 단리백이 눈을 떴다.
'정신을 잃었던 것인가.'
문득 자신이 모옥 앞의 초지에 누워 있음을 발견한 단리백이 고소를 머금었다. 인간의 손이 닿은 흔적에 흥분한 것도 잠시, 밀려오는 피로를 견디지 못하고 기절하듯 잠들었던 것이다.
얼마나 오랫동안 정신을 잃었는지도 알 수 없었다. 다만 가없이 긴 수면에 빠져 있었다는 사실만을 어렴풋이 짐작할 뿐이었다.
그 와중에도 여진은 한참 동안이나 계속되었다. 다행히 지진의 직접적인 영향권에서는 벗어나 있는 듯 큰 위험은 없어 보였다. 그 지진의 원인이 하후용 때문임을 알 리 없는 단리백으로서는 그저 안도의 한숨을 흘릴 뿐이었다. 손가락 하나조차 뜻대로 움직이기 어려운 상황에서 천재지변이 들이닥친다면 꼼짝없이 죽을 판이었기 때문이다.
'이무기는?'
문득 이무기에게 생각이 미친 단리백이 주위를 둘러봤다. 하지만 자신을 이곳까지 데려온 이무기의 모습은 어디에서도 찾아볼 수 없었다. 사위를 집어삼킨 캄캄한 어둠 때문이었다.

더구나 주위엔 자욱한 안개마저 깔려 있어 십 장 앞의 사물조
차 구분하기 힘들었다.

단리백은 눈을 감은 채 가만히 누워 날이 밝기를 기다렸다.

의식을 잃고 있을 땐 그토록 빨리 흐르던 시간이 더없이 더
디게만 느껴졌다.

그렇게 얼마나 시간이 흘렀을까.

주위가 밝아오는 것을 느낀 단리백이 천천히 눈을 떴다.

천장 어림에서 새어 나오기 시작한 빛줄기가 점차 굵어지더
니, 동굴 전체를 비추기 시작하고 있었다.

그제야 단리백은 자신이 누워 있는 곳이 거대한 분지를 방
불케 하는 넓은 공간이라는 것을 확인할 수 있었다. 높이도 어
림잡아 오십 장 이상은 되는 것 같았다.

천장엔 수많은 종유석이 매달려 있었는데, 곳곳에 구멍이
뚫려 있어 그 사이를 통해 스며든 빛이 동굴 안을 밝히고 있었
다.

동굴의 벽면엔 붉은색이 감도는 이끼가 빼곡히 자리 잡고
있었고, 햇볕이 드는 곳엔 온갖 기화이초(奇花異草)를 비롯한
식물들이 자생하고 있었다.

식물뿐이 아니었다.

자세히 살펴보니 벌과 개미를 비롯한 다양한 생물들이 존재
하고 있었다.

지하에 이처럼 거대한 공간이 자연적으로 존재한다는 사실
도 놀라웠지만, 이 안에서 나름대로의 생태계가 구축되어 있

다는 사실에 단리백은 다시 한 번 놀랐다.

　무심코 모옥 쪽으로 고개를 돌린 단리백의 눈에 꿈틀거리는 바위가 들어온 것도 그때였다.

　그것은 바위가 아니었다. 똬리를 튼 채 수면을 취하고 있던 이무기를 바위로 오해한 것이었다.

　이무기는 곧장 단리백을 향해 다가왔다. 그리고 마치 인사를 건네듯 단리백의 뺨에 자신의 머리를 부비기 시작했다.

　잠시 망설이던 단리백이 이무기를 향해 입을 열었다.

　"부탁할 게 있다."

　이무기가 부비던 것을 멈추고 자신을 응시하자 단리백이 말을 이어갔다.

　"내 말을 알아듣는다면 머리를 끄덕여라."

　그 말이 끝나기 무섭게 이무기가 크게 머리를 끄덕였다.

　착각이 아니었다. 이무기는 확실히 언어를 이해하고 있었던 것이다.

　잠시 숨을 고른 단리백이 한곳을 바라봤다.

　"저곳에 날아다니는 벌을 몇 마리만 내게 가져다주겠느냐?"

　단리백의 시선이 향한 곳으로 고개를 돌린 이무기가 눈에 의아한 빛을 띄웠다. 하지만 이내 순순히 혈봉이 날아다니는 방향을 향해 몸을 틀었다.

　잠시 후 자신들에게 다가서는 이무기를 발견한 혈봉 몇 마리가 위협적인 날개 소리를 냈다.

　부우우웅!

그 소리를 듣고 곳곳에서 혈봉이 날아올랐다. 혈봉의 숫자가 순식간에 불어나나 싶더니, 이내 자욱한 안개마냥 동부 안을 가득 메웠다. 어디에서 쏟아져 나오나 의심스러울 정도로 엄청난 숫자였다.

가아아앙!

이무기가 무거운 저음을 토해낸 것도 그때였다.

기세 좋게 날아오르던 혈봉은 그 소리를 듣자마자 대부분이 방향을 틀어 뿔뿔이 흩어지기 시작했다. 하지만 가까운 곳을 날던 혈봉들은 힘없이 바닥에 후두둑 떨어져 내렸다.

이무기는 다시 단리백을 향해 다가섰다. 그리곤 그의 어깨를 덥석 물더니 혈봉이 흩어져 있는 곳을 향해 끌고 갔다.

단리백은 주변에 흩어져 있는 혈봉의 숫자를 헤아렸다. 대부분이 죽어, 살아 움직이는 혈봉의 숫자는 십여 마리에 불과했다. 하지만 이를 바라보는 단리백의 얼굴은 긴장으로 딱딱하게 굳어졌다.

칠채홍련사마저 간단히 죽여 버릴 만큼 맹독을 지닌 벌이었다.

'내가 과연 견뎌낼 수 있을까?'

두려움이 앞섰다. 하지만 달리 방법이 없었다.

지금으로선 내공을 사용할 수 없었다.

수십 년간 쌓아온 내공이 일거에 사라질 리는 없었다. 다만 진기가 흐르는 통로 격인 기맥이 막혀 있어 운기를 할 수 없을 뿐이다.

가장 우선적으로 필요한 것은 막힌 기맥을 타통하는 것이다. 그래야만 진기를 운용할 수 있고, 이를 통해 돌덩이마냥 굳어 있는 몸을 움직일 수 있을 것이다.

진기 대신 독을 이용해 기맥을 타통하려는 지금의 방법은 사실 무모하기 짝이 없는 짓이었다.

분명 혈봉이 지닌 독은 과거 경험했던 그 어떤 독보다 치명적일 것이다. 극한의 고통과 위험이 따를 것이며 자칫 목숨을 잃을 수도 있다. 아니, 한순간만 정신을 놓아도 틀림없이 죽고 말 것이다. 그러나 지금으로선 달리 방법이 없었다.

관건은 정신력이었다.

혈관을 타고 들어간 독이 기맥을 따라 움직이는 순간, 그 미묘한 찰나의 순간을 놓쳐서는 안 된다. 기맥을 지나는 독기를 쫓아 진기를 움직여야 하는데, 독기보다 빨라서도 안 되고 느려서도 안 된다. 독기보다 진기가 빠르게 움직인다면 막힌 기맥에 부딪쳐 역류할 것이고, 그렇게 되면 진기와 독기가 한데 뒤엉켜 완전히 통제를 벗어나 버린다. 독기보다 진기가 늦는다 해도 위험하긴 마찬가지다. 조금만 늦어도 독기가 내부 장기에 침입해 돌이킬 수 없는 결과를 초래하고 마는 까닭이다.

부우웅.

이때 바닥에서 꿈틀대던 혈봉 몇 마리가 위협적인 날갯짓 소리를 냈다. 단리백의 체온을 느낀 혈봉이 특유의 공격적인 성향을 드러낸 것이다.

이를 시작으로 십여 마리의 혈봉이 일제히 단리백을 향해 달려들었다.

이무기가 고개를 쳐든 것도 그때였다.

가아아아!

"안 돼!"

단리백의 고함 소리에 이무기가 입을 다물었다. 그때를 놓치지 않고 혈봉 몇 마리가 단리백에게 달라붙었다.

푹.

혈봉의 침이 피부에 박히는 순간 단리백은 벼락을 맞은 것처럼 부들부들 떨기 시작했다.

'이건……!'

각오는 하고 있었지만 혈봉의 독이 지닌 위력은 예상을 훨씬 상회하고 있었다. 그러나 이미 혈관을 타고 돌기 시작한 독을 거둘 수도 없는 노릇.

이를 악문 단리백의 입가에서 한줄기 핏물이 흘러내렸다.

정신이 아득해질 만큼 지독한 고통 가운데서도 단리백의 의식은 경하기를 운용하는 데 모아졌다.

'됐다!'

범인의 능력을 초월하는 각오와 인내심이 기적을 만들어냈다. 혈관을 통해 들어온 혈봉의 독기를 기맥으로 이끌어낸 것이다.

툭툭. 투두둑.

막혀 있던 기맥이 하나씩 타통되는 것이 느껴졌다. 그리고 미세하게나마 기맥을 따라 꿈틀대는 실낱같은 진기가 이어지고 있었다.

하지만 문제는 지금부터였다.

기맥을 타고 도는 독기의 속도에 맞춰 진기를 움직여야 한다. 빨라도 안 되며, 늦어서는 더욱 안 된다.

단리백의 의식이 한 점에 모아졌다.

지옥 같은 고통을 겪는 와중에도 단리백은 평생의 그 어느 때보다 고도의 집중력을 발휘하고 있었다.

지금부터는 정신력의 싸움이었다.

물러서지 않는 의지와 스스로에 대하 확고한 믿음, 그리고 목숨을 건 각오. 그 모든 것에 대한 시험을 동시에 치러내야만 했다. 이 중 어느 것 하나만 흔들려도 무공을 회복하긴커녕 그대로 목숨을 잃고 말 것이다.

반 시진이 지나갔다.

"크으으윽!"

단리백의 입술을 비집고 신음 소리가 터져 나왔다.

진기와 뒤섞인 독기는 기맥을 따라 인체의 분산된 요혈을 지나면서 점차 그 위력이 더해졌고, 이는 삽시간에 불어난 홍수와도 같았다.

또한 그 과정에서 겪는 고통은 이루 말할 수 없을 정도였다. 불에 달궈진 바늘이 혈관 속을 돌아다닌다 해도 이와는 비교가 되지 않을 것 같았다.

이제까지 경험하지 못한 극한의 고통은 인내심의 뿌리마저 송두리째 뒤흔들 정도였다.

시간이 지날수록 단리백의 안색은 점차 시커멓게 죽어가고
있었다. 눈에 띄게 불거진 푸른 핏줄들이 단리백의 피부를 뒤
덮었고, 이마 위에 맺히기 시작한 땀방울은 어느새 비처럼 쏟
아지기 시작했다.

"크아아악!"

거의 뒤엉키다시피 진기와 독기는 미묘한 간격을 두고 있었
다. 이 두 가지 기운이 차례로 가슴 부근의 옥당혈을 두드리자
단리백은 더 이상 견디지 못하고 비명을 질렀다.

비록 의지를 따라 움직인다곤 하나 지독하기 그지없는 혈봉
의 독은 그 위력만큼이나 소름 끼치는 고통으로 단리백을 괴
롭히고 있었다.

순간 단리백은 막연한 두려움에 휩싸였다.

마치 눈은 가린 채 절벽에 드리워진 끝도 없는 외줄 위를
걷는 것처럼 암담하고도 아득했다. 언제까지 이 고통이 계속
될지 짐작도 할 수 없었다. 끝까지 버텨낼 수 있을지조차 장
담할 수 없었다. 만약 성공한다 해도 본신의 무공을 회복할
수 있을지 장담할 수 없었다. 그래서 더욱 견디기 힘들었다.

할 수만 있다면 지금이라도 포기하고 싶은 심정이었다.

그때였다.

아득한 기억 너머 한 사람의 음성이 떠올랐다.

"정신 차려, 오라버니. 당신처럼 긍지 높은 사내가… 이게
무슨 꼴이야?"

한초설의 목소리였다.

"당신은 단리백이야. 다른 사람도 아닌, 단리백이란 말이
야."

　자신을 바라보던 애절한 눈빛. 그 너머 일렁이는 애끓는 마
음이 가슴을 파고든다.

"후회 안 해. 원망도 하지 않아. 그러니… 이렇게 무너지지
마. 안 그럼 내가 너무 가엾잖아."

'초설.'

한초설뿐만이 아니었다.

"약속하셨잖아요. 지켜준다고… 언제나 나와 함께 있겠다
고 하셨잖아요."

'소하……'

"네가 느꼈던 괴로움… 이제야 조금은 알 것 같구나. 미안하
다, 아백."

'영이 누나.'

그리고 마지막 들려온 음성.

"이젠 네가 당대 촉산혈문의 주인이다."

'……!'

빠드득.

단리백은 이빨이 부스러져라 이를 악물었다.

포기하지 않는다!

나를 믿는 사람들. 어찌 그들의 마음을 저버릴 수 있단 말인
가.

반드시 돌아간다. 나를 기다리는 그들에게 반드시 돌아갈

것이다!

단리백의 표정이 바뀌었다.

고통에 일그러져 있던 그의 얼굴에 짙은 결의가 떠올랐다. 그 순간 단리백은 이미 한계에 이르러 있던 정신력을 다시 한 번 넘어설 수 있었다.

단리백은 또다시 끔찍한 고통과 정면으로 마주했다. 동시에 쉬지 않고 경하기를 운공했다.

시간이 지날수록 더욱 극심한 고통에 휩싸였지만 길고도 지독한 형극(荊棘)의 싸움은 계속되었다.

그렇게 얼마나 시간이 흘렀을까.

단리백의 전신에 미미한 변화가 일어나기 시작했다.

시커멓던 얼굴이 점차 창백해지더니, 이내 핏기 한 점 없이 하얗게 질려갔다. 반면 그의 입매에는 만족스런 미소가 맺혀 있었다.

드디어 일주천을 마친 것이다.

"푸학!"

단리백이 입을 열자 자욱한 피안개가 뿜어졌다.

푸스스스.

피안개를 뒤집어쓴 흙바닥이 하얀 독연(毒煙)을 피워 올리며 새카맣게 타 들어갔다.

"쿨럭, 쿨럭."

기침을 터뜨릴 때마다 단리백은 시커멓게 죽어 있는 핏물을 게워냈다.

이윽고 단리백이 천천히 상체를 일으켜 자신의 몸을 살폈다.

혈봉에게 쏘인 곳은 벌겋게 부어올라 있었고, 여독이 남은 듯 온몸 구석구석에서 저릿한 통증이 느껴졌다.

단리백은 혈봉에 쏘인 부위를 향해 손을 가져갔다. 그리고 손톱으로 가볍게 긋자 시커먼 피가 뭉클거리며 쏟아졌다.

단리백은 그대로 좌정한 채 눈을 감았다. 그리고 다시 운공을 시작했다.

우드득.

잠시 후 단리백의 전신에서 연이어 끔찍한 소리가 터져 나왔다. 진기를 운용해 어긋난 채 굳어진 골격과 근육, 그리고 기맥을 바로잡는 과정으로 인한 것이었다. 물론 이는 상당한 고통을 수반하는 것이었지만 혈봉의 독을 이용해 기맥을 타통하는 고통에는 견줄 바가 못 되었다.

창백하던 단리백의 얼굴에 점차 혈색이 감돌기 시작했다.

이윽고 단리백이 눈을 떴다.

단리백은 천천히, 그리고 조심스럽게 좌정을 풀었다.

까닥이듯 꼼지락거리는 손가락을 시작으로 손목이며 팔, 그리고 다리를 조금씩 움직여 본 단리백의 얼굴에 희미한 웃음이 맺혔다. 사지가 굳어 있던 시간이 길었던 만큼 움직이는 데도 상당한 만전을 기울여야 할 줄 알았는데 이는 기우에 불과했던 것이다.

의외로 몸은 상당히 가벼웠다.

신형을 일으킨 단리백은 가볍게 주먹을 뻗어도 보고, 무릎을 차올리기도 하며 몸을 풀기 시작했다.

처음엔 한없이 느리던 단리백의 동작에 점차 속도가 붙더니, 종국엔 빠른 움직임에 묻혀 모습이 흐릿하게 보일 정도에 이르렀다.

단리백을 중심으로 한 용권풍이 대지를 휩쓸었다.

부우웅.

이때 용권풍에 휘말린 혈봉 몇 마리가 단리백을 향해 달려들었다.

이를 발견한 단리백의 눈에 이채가 떠올랐다.

빠직.

무서운 속도로 덤비던 혈봉은 단리백을 불과 한 치 앞에 남겨두고 보이지 않는 벽에 부딪친 것처럼 그대로 허공에서 으스러졌다. 호신강기 때문이었다.

비로소 단리백은 진기를 거두고 그 자리에 섰다. 하지만 감출 수 없는 아쉬움이 얼굴에 가득했다. 무공의 위력이 과거에 비해 삼 할 정도 수준에도 미치지 못했던 것이다. 하지만 단리백은 이내 고소를 머금으며 고개를 저었다.

'이렇게 마음대로 사지를 움직일 수 있는 것만 해도 어디인가.'

이때 자신의 눈치를 살피며 슬금슬금 다가서는 이무기를 발견한 단리백이 조용히 웃으며 손을 뻗었다.

"네 도움이 컸다."

단리백이 머리 근처의 뿔을 쓰다듬자 이무기는 기분 좋은 듯 몸을 꼬았다.

잠시 후 단리백은 신형을 돌려 모옥을 향해 다가섰다.

모옥 문을 열고 들어서자 오랜 세월 갇혀 있던 탁한 공기와 함께 먼지가 풀썩였다.

동시에 한 사람의 모습이 눈에 들어왔다.

작은 탁상을 앞에 두고 좌정해 있는 노인.

싸늘하게 식은 육신에서는 일말의 호흡도, 체온도 느껴지지 않았다. 죽은 지 오래된 듯 그의 머리며 어깨엔 새하얗게 먼지가 쌓여 있었는데, 놀랍게도 그의 시신은 조금도 부패하지 않았다. 콜록콜록 기침을 하며 금방이라도 자리를 털고 일어날 것처럼 생생한 모습 그대로였다.

그 앞의 탁상 위에는 한 권의 책자가 놓여 있었다.

잠시 좌화(坐化)한 노인을 바라보던 단리백이 탁상으로 다가섰다.

"능요총서(能療叢書)……."

빛바랜 책자 위에 적인 제목.

팔락.

책을 집어 든 단리백이 책장을 넘기기 시작했다. 너무 오래 되어 금방이라도 바스라질 것만 같았기에 책장을 넘기는 손길이 조심스러워졌다. 하지만 서두에 적힌 이름을 발견한 순간, 단리백은 놀라움을 금치 못했다.

'나는 사무심이란 이름을 쓰는 자로, 세인은 나를 무불능

요(無不能療)라 부른다.'

무불능요!

죽은 이조차 살려내, 화타와 편작 이후 가장 뛰어난 의원으로 알려진 인물. 의선(醫仙)이라고까지 추앙받던 그가 눈앞에 앉아 있었던 것이다. 하지만 이어질 놀라움에 비하면 이는 아무것도 아니었다. 그가 남긴 서책을 통해 단리백은 더욱 놀라운 사실과 마주해야만 했기 때문이다.

제37장

운명 같은 기연

　나는 사무심이란 이름을 쓰는 자로, 세인들은 나를 무불능요라 부른다.

　참으로 광오하기 그지없는 명호였으나, 나는 이를 부끄럽게 여기지 않았다. 오히려 당당히 명호를 이름 대신 사용하였다.

　여섯 살에 의술에 몸을 던져 마흔여덟이 되어서야 강호로 나설 수 있었다. 서른두 해 동안 불철주야 의술의 연구에만 매달려 비로소 목표했던 바를 이루어냈기 때문이다.

　이후 나는 내가 지닌 의술을 증명하기 위해 수많은 환자를 치료했다. 그리고 단 한 번도 실패를 겪지 않았다. 심지어 심장이 멎고 숨이 끊어진 환자를 살려낸 적도 있었다.

　명성을 쌓는 방법은 실로 간단했다. 대부분의 의원들이 포기한 환자들을 찾아내어 그들을 치료하면 되는 것이다.

그러자 의술에 뜻을 둔 수많은 이들이 나를 따르기 시작했다. 그중엔 황실의 어의 자리를 내던지고 제자가 되기를 원하는 자들도 있었다.

무림인들의 발길도 끊이지 않았다. 도산검림(刀山劍林) 속에서 살아가는 그들에게 뛰어난 실력을 지닌 의원이야말로 가장 귀한 존재였기 때문이다.

나는 그들을 치료하며 그들과 친분을 쌓아갔다. 그리고 내 나이 쉰다섯에 이르자 강호무림의 어느 누구도 나를 함부로 대하지 못했다. 실제로 십대고수 중 단 두 명을 제외한 여덟 명과 돈독한 유대 관계를 맺고 있었고, 내 말 한마디면 수많은 고수가 중원 각지에서 달려와 돕기를 자청할 정도였으니 내가 지닌 권위는 그 어떤 무림문파의 수장과 겨주어도 부족함이 없었다.

또한 나는 상당한 무공도 지니게 되었다. 나와의 친분을 쌓기 위해 고수들은 자신의 절기를 나에게 선물했고, 무공 입문이 늦었다 해도 의술을 통해 이를 극복할 수 있었다. 십대고수를 제외하고 나를 해칠 수 있는 인물은 극소수에 불과했다.

그래서 나는 무불능요란 명호에 늘 자부심을 느끼고 있었다.

그러나 그 자부심이 부끄러움으로 바뀌는 데는 오랜 시간이 걸리지 않았다.

원단을 닷새 남긴 어느 날.

홀연히 한 사람이 나를 찾아왔다.

자신을 단리진천이라 밝힌 사내는 고작 서른을 갓 넘긴 나이었다.

매우 독특한 느낌을 주는 사내였다.

그는 핏빛을 떠올리게 하는 질은 혈의를 걸치고 있었는데, 전혀 사이(邪異)한 분위기를 느낄 수 없었다.

한 자루 보도를 마주한 것 같은 예리한 안광은 가슴이 시릴 만큼 삼엄한 기파를 담고 있었고, 오연한 기도는 은연중 상대를 위축시키는 일대종사의 위엄이 묻어나고 있었다.

고작 서른의 연배가 지닐 법한 기품이 아니었다. 그래서 더욱 기억에 남는 인물이었다.

그가 내게 물었다.

"마흔을 넘기기 무섭게 원인없이 피가 차갑게 식으며 전신이 굳어가는 병이 무언지 알고 있소?"

나는 자신있게 대답했다.

"몸속에 아홉 개 음맥(陰脈)이 점차 발달하여 나중에는 목숨을 위협하는 절맥(絶脈)이 되는데, 강해지는 음기를 양기가 받쳐 주지 못해 내부의 균형이 깨지고, 그로 인해 기혈을 비롯한 전신이 차가워져 결국 죽음에 이르게 되오. 마흔을 넘겨 증상이 드러난다 했소? 구음절맥(九陰絶脈)을 지닌 이는 대부분 태중에서 사산하고, 운 좋게 태어난다 해도 일 년을 넘기지 못하니 당신이 말한 병은 틀림없이 오음절맥(五陰絶脈)일 것이오."

빙그레 웃으며 내 말을 듣고 있던 사내가 고개를 저었다.

"당신은 틀렸소."

그리곤 내게 손을 내밀어 진맥을 종용했다.

그를 진맥하던 나는 의아함을 금치 못했다. 그의 몸 어디에서도 절맥의 징후는 찾아볼 수 없었기 때문이다. 아니, 그 흔한 고뿔조차 걸려 있지 않았다.

그런데 사내는 뜻밖의 말을 했다.

"내 나이 마흔을 넘기면 나는 곧 죽게 될 것이오. 내 아버지, 그리고 조부님이 그러셨듯."

나는 부정했다.

"절맥은 유전되는 병이 아니오. 그리고 당신은 오음절맥을 지니고 있지 않소. 그 어떤 징후도 없이 돌연 절맥이 찾아온다? 불가능한 일이오. 그런 병은 세상에 존재하지 않소."

천하를 오시할 것 같던 그가 어울리지 않는 쓸쓸한 눈빛으로 나를 바라봤다.

"아니, 그 병은 실존하오."

그리곤 그대로 돌아서서 떠나 버렸다.

그가 떠난 직후 한동안 나는 마음이 심란했다. 하지만 시간이 지날수록 그와 나누었던 대화는 기억 너머로 잊혀졌고 원래의 생활로 돌아갈 수 있었다.

그렇게 팔 년이 지난 어느 날 나는 숭산 소실봉으로 향했다.

십대고수의 자리를 차지하고 있던 도귀(刀鬼) 이풍행과 철혼신장(鐵魂神將) 엽불추는 오랜 세월 악연으로 이어져 있었다. 그들은 각각 신도맹(神刀盟)과 철산종가(鐵山宗家)의 수장이었는데, 그들이 거느리고 있던 두 세력이 정면으로 충돌함으로써 수많은 인명 피해가 발생했던 것이다.

이 때문에 소림의 방장인 무영 대사가 중재에 나서 두 사람을 만류했다. 그러나 같은 하늘을 지고 살 수 없다는 두 사람을 말릴 방법이 없었다.

피해를 최소화하기 위해 결국 두 사람의 비무가 결정되었고, 나는 다른 십대고수들과 더불어 증인으로서 그 자리에 초청되었다.

두 사람의 무위는 매우 엇비슷해 그 누구도 승부를 예상할 수 없었다. 다만 확실한 건 두 사람의 무위를 감안했을 때 패자는 매우 위중한 부상을 입을 것이라는 사실이었다.

비록 두 사람의 관계가 악화일로를 치닫고 있다 하나 나는 두 사람 모두와 친분이 있었기에 어느 한쪽의 편도 들 수 없었다. 그래서 대신 두 알 남은 구절옥로환을 내놓기로 했다.

그리고 결전 당일, 그곳에서 나는 뜻밖의 인물을 만나게 되었다. 바로 팔 년 전 뜻 모를 말을 남긴 채 떠났던 혈포사내였다.

그야말로 분을 칠한 듯 창백한 그의 안색은 병색이 완연했다. 뿐만 아니라 몸도 몹시 야위어 있어, 서 있는 게 위태해 보일 정도였다.

그는 다시 진맥을 요청했고, 나는 수락했다. 그리고 이내 놀라움을 금할 수 없었다.

살아 있다는 것이 믿기지 않을 정도였다. 그의 몸은 얼음처럼 싸늘했고, 기경팔맥을 비롯한 온몸의 기혈과 기맥이 굳어가고 있었던 것이다. 그런데 더욱 놀라운 건 어디에서도 절맥의 흔적이나 징후를 찾아볼 수 없다는 사실이었다.

진맥을 마친 내게 그가 물었다.

"이 병을 치료할 수 있겠소?"

나는 아무런 말도 할 수 없었다. 이런 병이 존재한다는 사실조차 몰랐거늘, 어찌 치료할 방법을 알 수 있겠는가.

'천하의 무불능요도 치료하지 못하는 병이 있소?'라 그가 물으니, 나는 실로 부끄러워 그의 얼굴을 똑바로 바라볼 수 없었다.

나는 미안하고 참담한 심정에 두 알밖에 남지 않은 구절옥로환을 전부 그에게 내밀었다.

그는 그 자리에서 한 알의 구절옥로환을 복용했다. 그제야 나는 부끄러움을 조금이나마 벗어던질 수 있었다. 비록 완치는 할 수 없었지만 구절옥로환을 복용한 이후 그의 얼굴에 점차 화색이 돌았던 것이다.

사단은 그 뒤에 일어났다.

구절옥로환은 오직 한 알밖에 남지 않았고, 이미 나의 손을 떠났으니 더 이상 내 물건이 아니었다. 그래서 이풍행과 엽불추는 대놓고 사내에게서 구절옥로환을 빼앗으려 했다.

나는 그들을 꾸짖었다. 주위의 이목이 있어 강탈을 못했을 뿐, 병약한 자를 상대로 비무를 신청한 그들의 행동은 지탄받아 마땅했기 때문이다.

그런데 의외로 혈포사내는 순순히 그들과의 비무에 응했다.

비록 짧은 만남이었으나 나는 진심으로 그에게 호감을 가지고 있었기에 그를 만류했다. 하지만 소용이 없었다.

결국 이풍행이 먼저 나서 혈포사내와 비무를 치렀다. 그리고 비무가 시작되고 얼마 지나지 않아 장내는 침묵에 잠겨 버렸다.

단 이 초였다.

찔러오는 이풍행의 도를 손바닥으로 가볍게 누르며 잡아챈 것이 일 초요, 맥없이 끌려온 이풍행의 가슴을 어깨로 받아버린 동작이 이 초였다.

그 일격에 이풍행은 피를 토하며 날아갔다.

나는 급히 이풍행의 상태를 살폈지만 그는 더 이상 산 사람이 아니었다. 거대한 망치가 후려친 것처럼 가슴뼈가 조각조각 박살나 있었고, 심장을 비롯한 내부는 썩은 두부처럼 으스러져 있었던 것이다.

나는 비로소 그가 당대에 적수를 찾아보기 힘든 무시무시한 고수임을 깨달았다.

엽불추는 사내와 싸워보지도 못하고 스스로 패배를 시인했다. 그리곤 그대로 은거해 버려 더 이상 그의 모습을 볼 수가 없었다.

사내가 입을 열었다.

"나와 겨루고 싶은 사람이 또 있다면 나오시오."

장내엔 십대고수 대부분이 모여 있었다. 그러나 어느 누구도 앞으로 나서지 못했다.

"십대고수의 이름이 아깝군."

차가운 냉소를 남긴 채 그는 떠났다.

나는 장내의 십대고수들에게 혈포사내의 진정한 신분을 물었다. 하지만 하나같이 굳어진 얼굴로 입을 다물 뿐이었다.

이때 무영 대사가 나를 조용한 곳으로 이끌었다. 그리고 손을 들어 한곳을 가리켰다.

고개를 들어 바라보니 소림의 문설주가 눈에 들어왔다. 오래된 문설주는 얼룩으로 뒤덮여 있었다.

"저 글이 보이시오?"

무영 대사의 말을 듣고 자세히 바라보니 비로소 검은 얼룩의 정체가 말라붙은 피라는 사실을 깨달았다.

'누구를 막론하고 내 위에 군림하려는 자가 있다면, 구대문파 문설주에 새겨진 맹약에 따라 피로 강호를 씻으리라.'

피로 새겨진 글귀는 모골이 송연한 위협을 내포하고 있었다.

무영 대사의 말이 이어졌다.

"과거 촉산혈문의 개파조사였던 단리양이란 자가 남긴 것이오. 그리고 아마도 그는 단리양의 후예, 당대의 촉산혈성일 것이오."

뒤늦게 그가 단리 성을 쓰고 있다는 사실을 기억해 낸 나는 무작정 그를 찾아 나섰다.

촉산혈성이 거하는 촉산은 강호의 절대금지이며, 허락지 않은 자가 발을 들이면 결코 살아올 수 없는 곳이라며 주위의 모든 이가 나를 만류했다. 하지만 나는 고집을 꺾지 않았다.

나는 결국 촉산 구석구석을 뒤지고 다닌 끝에, 여러 겹의 절진에 둘러싸인 장원에 거하는 그를 찾아낼 수 있었다.

걱정과 달리 그는 나를 반겼고, 그의 환대에 나 역시 기뻐하며 일 년을 그곳에 머물렀다.

그동안 우리는 나이를 떠나 진정으로 마음을 터놓을 수 있는 사이로 발전했다. 그리고 수많은 대화를 나누며 그에 관해 많은 것을 알게 되었다.

놀랍게도 그는 무공만 강한 것이 아니었다. 그가 지닌 의학 지식은 나와 견주어도 부족함이 없었다. 뿐만 아니라 시를 비롯한 문장에 통달해 있었고, 이따금 붓을 들어 난을 치곤 했는데 그 솜씨도 일품이었다.

의술만을 내세워 하늘 높은 줄 모르고 우쭐대던 나였기에 그를 대할수록 부족한 나 자신이 부끄러워졌다.

이미 그에겐 장성한 아들이 하나 있었다. 그의 나이를 감안했을 때 매우 이른 감이 없지 않았다. 그 이유를 묻는 내게 진천은 쓸쓸하게 웃으며 입을 열었다.

"본 가의 피를 타고난 이상 벗어던질 수 없는 천형을 지게 된다네. 이전에 말했던 병이 바로 그것이지. 그래서 원인도, 치료 방법도 찾을 수 없어 마흔 정도에 요절하고 만다네. 후손을 일쩍 보는 것도 이 때문일세. 행여 병이 찾아오는 시기가 앞당겨진다면 그만큼 후대에게 물려주는 게 적어질 수밖에 없으니까. 이전에 내게 물었지? 어째서 젊은 나이에도 불구하고 고강한 무공을 지닐 수 있는지."

담담히 말을 이어가는 진천이었으나, 나는 그 설명을 들으며 그의 가문이 짊어진 무거운 숙명의 무게가 얼마나 무거운 것인지를 여실히 느낄 수 있었다.

"저주받은 천형을 극복하기 위해 본 가가 선택한 것은 무공이었네. 끊임없이 무공을 개발하고 발전시켜 후대에 전수함으로써 천형을 넘어설 무공을 만들어내려 한 것이지. 우리는 죽기 전에 연생주라는 금주법을 사용해 지금까지 쌓아온 내공을 후대에게 물려준다네. 그 내공의 정화를 우리는 혈라인이라 부르네. 나 역시 아버지로부터 혈라인을 물려받았고, 거기에 내가 쌓은 내공이 더해져 지금의 무공을 지닐 수 있게 된 것일세. 기실 내 안의 무공은 나 한 사람의 것이 아니라 해도 과언이 아니지.”

그 방법이 효과가 있었냐는 나의 물음에 진천이 대답하길,

“초대 개파조사셨던 단리양이란 분을 제외하면 단리 성을 쓰는 본 가의 사람들은 대부분이 약관의 나이를 넘기지 못하고 요절했네. 하지만 조사께서 연생주를 이용해 혈라인을 물려주는 방법을 시도한 이후 후대부터 조금씩 수명이 늘기 시작했네. 하지만 아쉽게도 완전히 극복할 수는 없었네. 조사께서 돌아가신 이후 이백여 년이 지났지만 본 가의 수명은 고작 이십 년 정도 늘어났을 뿐이니. 하지만 이조차 한계에 부딪쳐 고조부 때부터는 더 이상 수명이 늘어나지 않더군.”

나는 우려를 금하지 않을 수 없었다.

일 갑자가 육십 년이니 진천은 어림잡아도 사 갑자, 이백사십 년의 내공을 지니고 있다는 말이었다. 아무리 그릇이 크다 해도 계속해서 물을 부으면 넘치기 마련. 제아무리 축산혈성이라 해도 인간인 이상 언젠간 육신이 내공을 감당할 수 없는 한계에 이르고 말 것이다.

진천 역시 나의 우려에 동감하며 고개를 끄덕였다.

“나도 그 점을 생각해 보지 않은 것은 아니네. 하지만 이 외에

달리 방법이 없다네. 의선이라 불리는 자네조차 치료법을 찾아내지 못했지 않은가.”

그리고 몇 달이 지나지 않아 진천은 숨을 거두었다. 구절옥로환을 복용했다면 능히 일 년을 더 살 수 있었겠지만, 그는 후대를 위해 이를 포기했다.

백아절현(伯牙絶絃)이라 했던가.

그 옛날 백아는 종자기가 병으로 죽자 자신의 음악을 알아주는 지음(知音)을 잃은 슬픔에 자신의 거문고를 부쉈다고 한다. 나 역시 크게 다르지 않아, 진천을 잃은 상심은 오랜 세월 나를 괴롭혔다.

술에 빠져 하늘을 원망하던 내게 한 사람이 찾아온 것은 십오 년이 지난 어느 날이었다.

나는 그의 방문을 크게 기뻐했다. 그는 다름 아닌 진천의 아들, 운(暈)이었기 때문이다. 헌앙한 그의 모습은 그야말로 일대종사로서 전혀 부족함이 없었고, 나는 운에게서 그 옛날 진천의 모습을 떠올리며 간만에 웃을 수 있었다. 하지만 이내 자괴감이 밀려왔다.

운의 나이 서른일곱. 그 역시 진천과 마찬가지로 그 몹쓸 병이 찾아온 것이다.

마지막으로 안부를 여쭙기 위해 찾아왔다는 그의 말에, 그리고 무병장수하시라는 그 말에 나는 피를 토하는 심정으로 울고 또 울었다.

십오 년간 허송세월을 보낸 내 자신의 나약함이 원망스러웠다.

나는 운에게 나의 보물인 초혼신침을 맡겼다. 그리고 언젠가 다시 그를 찾는 날 나에게 돌려달라 했다. 운은 기꺼이 그러겠노라 대답했고, 나는 그 길로 이곳 성양산을 찾았다.

성양산의 다른 이름, 신농원약초산(神農原藥草山).

신농이 자편이라 불리는 신비한 채쩍을 사용해 수많은 약초의 효능을 밝혀냈다는 전설이 있을 만큼 약초가 많은 산이다. 더구나 이곳에는 아직까지 그 효능이 알려지지 않은 약초들이 무수히 존재하고 있었다.

이후 나는 오직 한 가지 연구에만 몰두했다.

금강불괴(金剛不壞).

무인들이 흔히 말하는 도검불침의 경지를 일컫는 말이 아니었다. 바로 혈라인을 견딜 수 있는, 결코 부서지지 않는 완벽한 육체를 가리키는 말이다.

나는 해가 질 때까지 미친 듯이 성양산을 뒤졌다. 그러다 어둠 속에서 발을 헛디뎌 끝 모를 절벽 아래로 추락하고 말았다. 그로 인해 나는 거의 빈사 상태에 이르렀고, 스스로 지닌 무공과 의술로 말미암아 간신히 목숨을 부지할 수 있었다. 하나 두 다리는 끝내 고칠 수 없어 두 번 다시 걸을 수 없는 불구가 되고 말았다.

그래도 하늘은 무심치 않았던지 사람의 손이 닿지 않은 이곳에서 나는 그토록 찾아 헤매던 약재들을 발견할 수 있었다. 이끼를 뜯어 먹고 이슬을 핥으며 나는 연구를 계속했다.

그러던 어느 날 밤, 믿지 못할 일이 벌어졌다.

깊은 새벽, 사방이 무너지는 듯한 굉음에 눈을 뜬 나는 거대한 이무기 두 마리가 싸우는 광경을 목도했다. 칠흑처럼 새카만 이무기와 눈마냥 새하얀 이무기가 서로의 몸을 휘어감은 채 치열하게 싸우고 있었다.

몇 날 밤을 지새워 몹시도 지쳐 있던 나는 처음엔 환각을 보는 것이 아닌가 했으나, 환각으로 치부하기엔 이무기의 싸움은 경천동지(驚天動地) 그 자체였다. 무공을 익힌 이후 두려움을 모르던 나였으나 지켜보는 내내 가슴이 서늘해질 정도였으니 그 흉험함은 이루 말로 설명할 수 없었다.

무려 칠 일에 걸친 싸움은 좀처럼 끝나지 않았다. 그러던 어느 순간 새하얀 이무기가 검은 이무기의 목에 이빨을 박아 넣는 것으로 승부가 갈렸다. 하나 살아남은 하얀 이무기도 부상이 심해 생명이 얼마 남지 않은 상태였다.

나는 이무기를 치료해 주었다. 이무기가 지닌 선량한 눈빛이 악룡(惡龍)의 그것과는 거리가 멀다 판단했기 때문이다.

보름간의 치료 덕에 이무기는 다시 움직일 수 있게 되었다. 나는 이무기를 용왕(龍王)이라 불렀고, 이후 용왕이 수시로 나에게 산짐승 등을 물어다 주어 고마움을 표시했다. 더구나 나를 해하려는 독충들로부터 지켜주기까지 하니 나는 더욱 용왕을 좋아하지 않을 수 없었다.

용왕이 있어 식량은 걱정하지 않아도 되었고, 무료함도 덜 수 있었으니 비록 짐승이라 할지라도 나에겐 더할 나위 없는 친구가 되었다.

나는 다시 금강불괴의 연구에 매달렸다.

그러기를 이십 년.

결국 나의 연구는 헛되지 않아 다행히 성공을 거둘 수 있었다.

금강불괴와 혈라인이 하나로 모인다면 단리 가문이 그토록 염원하던 천형을 극복하는 것도 불가능한 일만은 아니리라. 비로소 나는 진천과 운에게 남긴 마음의 빚을 조금이나 덜 수 있었다.

하지만 나는 또다시 절망하지 않을 수 없었다.

나의 생명이 길지 않다는 것을 깨달았기 때문이다. 게다가 부서진 두 다리로는 이곳을 벗어날 수 없었다.

아아, 안타깝도다.

하지만 어쩌랴. 나 역시 힘없는 인간이기에 하늘이 안배한 운명을 기대할 수밖에.

천지신명께 나, 사무심이 빕니다.

나의 노력이 부디 그들이 무거운 숙명으로부터 벗어날 수 있는 계기가 되도록 도와주소서.

간절한 염원으로 끝맺은 서신 자락에는 희미한 얼룩이 배어 있었다. 그것이 눈물이 마른 흔적임을 깨달은 단리백은 자신도 모르게 콧등이 시큰해져 오는 것을 느꼈다.

"하아……."

단리백은 긴 한숨을 터뜨렸다. 무불능요와 선대에 이와 같은 인연이 있으리라 생각도 못하고 있었다. 구절옥로환과 초혼신침이 촉산혈문에 전해져 왔던 이유도 이제야 알 수 있었다.

단리백은 품속에서 초혼신침이 담긴 목갑을 꺼냈다. 다행히 목갑의 일부가 깨져 나갔을 뿐 내용물은 무사했다.

단리백은 초혼신침을 사무심 앞에 공손히 내려놓았다. 그리고 그를 향해 큰절을 올렸다.

"본 문의 은공을 뵙습니다. 축산혈문 십칠대 혈성인 단리백이 진 자 천 자 쓰시는 팔대 조사님과, 운 자 쓰시는 구대 조사님을 대신해 인사를 올립니다. 더불어 본 문에 맡겨두셨던 신물을 돌려 드리며 진심으로 감사드리오니, 이제 마음의 짐을 벗고 부디 영면(永眠)에 드소서."

착각이었을까.

한순간 사무심의 얼굴에 미소가 감도는 것처럼 느껴졌다.

이때 열린 방문을 통해 한줄기 미풍이 불어왔다.

그때까지 미동도 하지 않던 사무심의 시신이 머리끝부터 바스러지기 시작했다. 산산이 흩어진 사무심의 육신은 순식간에 먼지로 화하더니 이내 바람을 타고 모옥을 빠져나갔다.

펄럭.

끝내 소매를 놓지 못하는 바람을 느끼며 단리백은 빙그레 미소를 머금었다. 떠나는 와중에도 사무심이 자신을 격려하는 것처럼 느껴진 까닭이다.

우우우우!

난데없는 포효가 허공을 울렸다.

고개를 돌리니 용왕이 하늘을 바라보며 사무심에게 마지막 인사를 고하고 있었다.

이윽고 단리백은 신형을 일으켰다. 그 손엔 능요총서가 들려 있었다.

단리백의 입가에 희미한 미소가 떠올랐다.

평소 단리백은 기연 운운하며 허황된 소리를 지껄이는 자들을 경멸해 왔다. 강함은 오직 스스로의 노력만으로 이뤄낼 수 있다는 것이 그의 지론이었기 때문이다.

그런데 그런 자신이 기연을 얻은 것이다.

하지만 이내 단리백이 고개를 저었다.

기연 따위가 아니었다. 한 사람의 지독한 의지와 노력이 맞물려 이뤄낸 기적 같은 안배. 이것은 그에게 운명이었다.

*　　　*　　　*

"부탁할 게 있습니다."

찻잔을 들어 다향을 음미하던 중년 미부가 슬쩍 웃음을 머금었다. 무뚝뚝하기론 둘째가라면 서러울 자신의 제자가 평소하지 않던 차 수발을 자처한 이유가 있었던 것이다.

"초설이 문제로구나?"

한설연의 반문에 단리영이 고개를 끄덕였다.

탁.

조용히 다기를 내려놓은 한설연이 단리영을 지그시 응시했다.

"쯧쯧."

한설연이 혀를 차자 단리영이 의아한 눈으로 그녀를 바라봤다. 하지만 이어진 한설연의 말에 그녀의 얼굴이 당혹감에 물들었다.

"네가 지금 남 걱정할 처지더냐? 제자는 벌써 마음에 품고 있는 사내가 있는데 넌 언제까지 그리 혼자 궁상을 떨고 있을 생각이냐?"

"사, 사부님……."

"네 나이 벌써 서른넷이다. 본 문의 심법이 초절하여 세월이 용모를 비껴간다 하지만, 그래도 나이는 속일 수 없는 법이야."

"하지만 초설이도 그렇고… 우금도 아직 어린 터라……."

"할 말 없으니 제자 탓이냐? 어이구, 어찌 이리 못났을꼬. 그처럼 어여쁜 미모를 물려주신 조상님께 부끄럽지도 않느냐?"

대답을 못하고 망설이는 단리영의 모습에 한설연은 내심 한숨을 흘렸다. 모든 것에 완벽한 그녀가 어찌 남녀 문제에는 이처럼 쑥맥 같단 말인가.

"납치해."

"예?"

"미모가 통하지 않는다면 힘으로라도 뺏으란 말이다. 당금 강호에 너를 당해낼 수 있는 사람은 흔치 않을 테니."

"사부님!"

"귀 안 먹었다."

단리영이 설레설레 고개를 흔들었다. 어쩌면 이리도 두 사람이 닮았는지… 만약 사부가 칠십 년 정도 젊어질 수 있다면 영락없이 한초설일 것이다.

이때 한설연이 손을 뻗어 가만히 제자의 손을 잡았다.

"안타까워서 그래, 이것아. 노처녀로 늙어가는 제자의 모습을 보는 사부의 심정을 어찌 이리도 몰라준단 말이냐. 제아무리 아름다운 꽃이라도 봐줄 이가 없다면 무슨 소용이더냐."

진심이 묻어나는 사부의 말에 단리영은 말없이 고개를 숙였다.

단리백을 마음에 둔 채 시름시름 앓아가는 제자의 모습에 애간장이 타 들어가는 것은 그녀 역시 마찬가지다.

어찌 그녀라 해서 사부의 마음을 모르겠는가.

"이번 일이 모두 마무리되면 진지하게 생각해 보겠습니다."

단리영의 말에 비로소 한설연이 흡족한 미소를 떠올렸다. 그러다 문득 생각이 난 듯 넌지시 질문을 던졌다.

"후용이는 어떠냐?"

"예?"

뜻밖의 질문에 단리영의 눈이 휘둥그레졌다.

"후용이 말이다. 무공도 강하겠다. 의지도 굳세겠다. 그 정도면 사내답지 않느냐? 더구나 그 녀석은 한눈 따윈 절대 팔지 않을 위인이니 네 배필로는 딱 제격일 듯 싶구나."

"하지만 저희는……?"

"문제될 것 없다. 피 한 방울 섞이지 않은 데다 사문도 다르지 않느냐? 굳이 따지자면 넌 설산검문의 제자고, 후용이는 그

이의 제자니 사승으로 얽힌 관계가 아니지. 사형이니 사매니 하는 것도 편의상 서로를 호칭하는 것뿐이고."

"그래도 사형은 싫어요."

너무도 단호한 제자의 말에 한설연이 의아한 얼굴로 되물었다.

"왜?"

"그게……."

마땅한 이유를 찾지 못해 난색을 표하던 단리영이 대충 둘러댔다.

"못생겼잖아요."

쿵!

"……!"

갑작스럽게 들려온 소리에 한설연과 단리영의 시선이 한곳으로 향했다.

어느새 와 있었는지 하후용이 문밖에 멍한 얼굴로 서 있었다. 그의 발치엔 커다란 사슴을 비롯해 꿩이며 토끼들이 수북이 쌓여 있었다.

"사, 사형……."

당황하여 어찌할 줄 모르는 단리영과 달리 한설연은 나직이 한숨을 흘렸다. 평소 단리영을 흠모해 왔던 하후용의 마음을 아는 까닭이다.

지금만 해도 그렇다. 제 딴엔 단리영을 위해 눈 쌓인 산속을 뒤지며 어렵게 사냥해 온 것이 분명했다.

"사형, 대체 언제… 가셨던 일은 잘… 아니, 그보다 차를 먼
저……."

눈에 띄게 허둥대는 단리영의 모습 역시 당혹스러운 기색이
역력했다.

그 안쓰러운 모습에 하후용은 언제 그랬냐는 듯 호탕한 웃
음을 터뜨렸다.

"으하핫! 내가 좀 사내답게 생기긴 했지. 그래도 사부님에
비하면 내가 좀 더 낫지 않나?"

한눈에 봐도 애를 쓰는 것이 분명하게 느껴질 만큼 어색하
기 그지없는 웃음이었다. 하지만 이도 오래가지 못했다.

퍽!

갑자기 등짝 어림에 묵직한 충격이 느껴지더니 하후용이 그
대로 눈밭을 굴렀던 것이다.

벌떡 일어난 하후용의 눈이 사납게 번뜩였다. 하지만 이내
자신을 걷어찬 인물을 발견한 그의 얼굴이 난처함으로 일그러
졌다.

한 마리 맹수를 연상케 하는 매서운 눈매와 더불어 불같은
성미 못지않게 고집스러운 입매. 금성철벽마냥 거대한 풍채는
아흔을 넘긴 나이가 무색할 지경이었다.

그러고 보니 당금 강호에서 이렇듯 자신에게 발길질을 해댈
인물은 한 사람밖에 없었다.

"매를 벌어라, 아주."

"언제부터 거기 계셨소?"

“네놈이 까치발 들고 살금살금 기어올 때부터.”

머쓱한 표정을 감추지 못하는 하후용을 향해 백자강이 입을 열었다.

“찾았느냐?”

하후용은 대답 대신 불쑥 손을 내밀었다.

“뭐냐?”

“벌에 쏘였소.”

“그게 뭐?”

대수롭지 않다는 듯 반문하던 백자강의 얼굴이 점차 굳어졌다. 통통 부어오른 하후용의 손등을 뒤늦게 발견한 것이다.

“곧바로 화룡신공을 운용하여 독기를 태워 버렸는데도 이 모양이우. 그리고 드럽게 아픕디.”

“벌에 쏘였다 했느냐?”

“엄지손가락만 한 크기에 날개가 핏빛이었소. 게다가 어찌나 빠르고 집요하던지…….”

“혈봉!”

“그게 뭔데요?”

“남만에 서식했던 독물이다. 그 밖에 다른 건 없었느냐?”

“알록달록한 빛깔이 감도는 뱀도 있더군요. 길이는 한 뼘 정도?”

“칠채홍련사까지…….”

하후용 정도 되는 고수가 엄살을 떨 리 만무했다.

침음성을 흘리던 백자강이 난처한 얼굴로 한설연과 단리영을 바라봤다.

"아무래도 내가 직접 가봐야 할 것 같소."

하후용이 고개를 저었다.

"사부가 가도 그를 찾긴 어려울 거요."

"그건 또 무슨 소리냐?"

"완전히 무너졌소."

"멀쩡하던 계곡이 왜 무너져?"

"그게……."

잠시 말끝을 흐리던 하후용이 혈봉에 쏘인 이후의 상황을 설명했다.

백자강이 한숨을 내쉬었다. 너무 어이가 없어 화낼 여력도 없었다.

"그러니까 네가 무너뜨렸다고?"

"고의는 아니었고… 정신을 차리고 보니 그리되어 있더군요."

"잘하는 짓이다, 아주."

"그 이전에도 이미 전부 뒤져 봤다구요. 제 짐작인데……."

"도움 안 되는 네 머리로 무슨 짐작이냐. 되었다."

"아, 글쎄!"

답답한 마음에 버럭 언성을 높인 하후용은 자신이 발견한 유황천과 그 아래 뚫려 있는 수맥에 대해 설명했다.

"그러니까 유황천에 빠져 수맥으로 빨려 들어갔단 소리냐?"

"그러지 않았다면 안 보일 리가 없잖소."

한설연이 걱정스러운 얼굴로 단리영을 바라봤다.

"괜찮으냐?"

"예……."

의외로 차분히 대답하는 단리영이었으나 꼭 쥐고 있는 손이 미미하게 떨리고 있었다.

한설연이 나직이 한숨을 흘리며 단리영을 바라봤다.

"초설이에게는 내가 설명하마. 그 아이를 불러주겠느냐?"

"제가 다녀오죠."

힐끔 단리영을 살핀 하후용이 대답도 듣지 않고 돌아섰다.

멀어지는 그를 향해 한설연이 입을 열었다.

"행여라도 쓸데없는 소리는 하지 말아라."

"사모도 참. 내가 바보요?"

그리곤 성큼성큼 걸어 사라지는 하후용이다.

그 모습에 백자강이 못마땅한 얼굴로 혀를 찼다.

"미련한 놈."

"당신 제자거든요?"

"그러게. 어쩌다 저런 놈을 주웠는지 몰라."

한심하다는 듯 바라보는 아내의 눈빛에 백자강이 쓴 입맛을 다셨다. 글깨나 읽었다는 놈이 어째 저 모양인지 알 수 없었다. 어렸을 땐 그토록 똑똑하던 놈이 나이가 들수록 곰이 되어 가고 있었다.

잠시 후 한초설과 우금이 하후용을 따라 나란히 들어섰다.

"부르셨어요?"

방 안의 무거운 분위기를 눈치 챈 듯 한초설의 음성이 조심스럽다.

"그래, 왔느냐. 차 한 잔 하려무나."

태사부가 건넨 찻잔을 받아 든 한초설이 이어질 한설연의 말을 기다렸다. 그러나 한설연은 선뜻 입을 열 수 없었다. 그녀가 받을 충격과 상심이 클 게 분명했기 때문이다.

방 안의 모든 이가 한결같은 생각이었다.

어찌 설명해야 좋을지 몰라 전전긍긍하고 있을 때 단리영이 말문을 열었다.

"사부님, 궁금한 게 있습니다."

때마침 말이 궁했던 한설연이었기에 재빨리 고개를 끄덕였다.

단리영이 질문했다.

"예전에 그런 말씀을 하신 적이 있었죠? 그 아이… 아백이 역대 촉산혈성 중 가장 위험한 힘을 지니고 있다는. 혹시 그 위험한 힘이 파정도의 마기를 뜻하는 것이었나요?"

"마기? 이런, 네가 아무래도 무언가 오해를 한 것 같구나."

한설연이 고개를 돌려 잠시 백자강을 바라봤다.

눈빛이 마주치자 백자강이 천천히 고개를 끄덕였고, 이에 한설연은 오랫동안 가슴에 품고 있던 이야기를 꺼내놓았다.

"흑사풍(黑死風)이란 이름을 기억하느냐?"

"흑사풍이라면……."

잠시 기억을 더듬던 단리영이 문득 한 사람을 떠올렸다.

"칠십여 년 전에 등장했던 희대의 살성이 그렇게 불리지 않
았나요?"

강호에서 유례를 찾아보기 힘들었던 대살성.

당시의 십대고수 일곱 명이 차례대로 그에게 죽임을 당했
고, 이도 모자라 정사를 막론하고 고수라 알려진 인물들 대부
분이 그의 잔인한 행보 앞의 희생양이 되어야만 했다.

구대문파 역시 예외가 아니었다. 아미의 장교인 정인 신니(正
仁神尼)가 그에게 죽임을 당했고, 아미파의 정예인 십사탕마
검수(十四蕩魔劍手)도 죽음을 피해갈 수 없었다. 더욱 놀라
운 건 정인 신니 홀로 흑사풍과 맞선 것이 아니라는 점이었
다.

그녀는 열네 명의 십사탕마검수를 지휘하여 아미의 복호대
라검진(伏虎大羅劍陣)으로 흑사풍과 생사결을 치렀다. 하지만
결국 흑사풍의 승리로 귀결되었고, 그로 인해 아미는 귀중한
인재와 더불어 진산절기를 잃고 말았다.

한설연이 고개를 끄덕였다.

"당시 흑사풍에게 당한 십대고수 중엔 내 사부님과 저이의
사부님도 계셨지."

어두운 얼굴로 한설연이 말을 이어갔다.

"우리는 복수를 다짐했지만 결국 한 사람 때문에 이를 이루
지 못했다. 우리의 복수를 방해한 사람이 누구인지 아느냐?"

"혹시?"

"그래, 바로 네 조부였던 단리진. 그 사람이다."

"……!"

놀라움을 금치 못하는 단리영을 향해 한설연이 슬쩍 미소를 지어 보였다. 하지만 이어질 놀라움에 비하면 이는 아무것도 아니었다.

"그가 무엇 때문에 우리를 막아섰는지 이유가 궁금하지 않느냐?"

"말씀해 주세요."

"흑사풍에겐 달리 이름이 있었다. 단리헌. 그것이 그의 진정한 이름이었다."

그 이름을 듣는 순간 단리영은 심장이 덜컥 내려앉았다. 그녀의 증조부 이름이 바로 그와 같았기 때문이다.

오래된 기억을 더듬어가는 한설연의 눈빛은 아련함에 젖어갔다.

"그날 녹야평에는 수많은 고수가 운집해 있었지. 소림과 개방, 그리고 청성. 마지막에 끼어든 당가까지. 그러나 어느 누구도 흑사풍을 죽이지 못했어. 흑사풍 그 스스로 목숨을 끊었기 때문이지. 아니, 사실 흑사풍은 처음부터 죽어가고 있었다. 네 가문의 천형에 대해서는 알고 있지?"

단리영은 묵묵히 고개를 끄덕일 뿐이었다.

"저주받은 병마로부터 벗어나기 위해 네 선조들은 무공을 택했고, 연생주라는 금주법을 통해 혈라강기의 정화인 혈라인을 후대에 전수함으로써 나이를 떠나 강한 무공을 익힐 수 있었지. 하지만 그것이 과했던 게야. 인간의 육신이란 한계가 있기 마련인데, 대를 물려 축적된 혈라인의 위력이 결국 이를 넘어서고 만 것이다. 혈라인을 견뎌내지 못한 흑사풍의 육신은 서서히 붕괴되어 가고 있었어."

가만히 듣고만 있던 백자강이 한설연의 말을 이어받았다.

"단리진, 그는 천재였다. 그날 녹야평에서 나는 그와 싸워 간신히 승기를 잡을 수 있었다. 하지만 그는 아직 혈라인을 물려받지 않은 상태였어. 오직 순수하게 자신의 무공으로 나와 대등한 싸움을 벌였지. 그는 강했어. 강해도 너무 강했지. 문제는 거기서 비롯되었다."

목이 마른 듯 백자강은 잠시 말을 멈추고 단숨에 찻물을 들이켰다.

백자강이 다시 입을 열었다.

"혈라인을 물려받지 못했기 때문에 그는 이른 나이에도 불구하고 그 몹쓸 병을 앓고 있었다. 그런데 그의 부친이 마지막 순간에 그에게 혈라인을 전수했던 것이다. 흑사풍 자신마저 감당 못했던 혈라인이야. 그런데 거기에 단리진 스스로 지닌 힘마저 더해졌으니 그 또한 흑사풍과 같은 길을 걷게 될 것이 자명했지. 그래서 그는 어쩔 수 없이 스스로 파정도의 마기를 받아들이는 것을 선택했다."

"그게 말이 됩니까? 가뜩이나 혈라인인가 뭔가도 감당 못할 상태에서 파정도의 마기마저 받아들인다는 게? 완전히 미친 짓 아니오?"

하후용이 끼어들자 백자강이 눈살을 찌푸렸다.

"범인의 생각이 미치지 않는 곳을 바라보는 사람을 천재라 한다. 그가 너처럼 미련했을까."

"천재라서 그런 식으로 제 무덤을 팝니까?"

쿵!

묵직한 충격과 함께 하후용이 머리를 감싸 쥐었다. 참다못한 백자강이 그의 머리를 쥐어박은 것이다.

"이독제독(以毒制毒)이란 말을 들어본 적은 있느냐?"

"독으로 독을 제압한다. 뭐, 그런 뜻 아니오?"

아픈 머리를 문지르는 하후용을 향해 백자강이 고개를 끄덕였다.

"그 찰나의 순간에 그는 이이제의(以夷制夷)의 원리를 실천에 옮긴 것이다. 그는 혈라인을 동원하여 파정도의 마기를 구속했다. 다행히 그 시도가 주효해 혈라인의 위력이 크게 나뉘었고, 그의 부친처럼 육체가 붕괴되는 사태를 모면할 수 있었지. 시한부로 정해져 있던 그의 생명 역시 남은 혈라인의 힘을 빌려 조금이나마 연장되었고."

"아!"

비로소 모든 것을 이해한 하후용이 탄성을 터뜨렸다.

단리영은 문득 짚이는 바가 있었다.

"그럼……."

한설연이 고개를 끄덕여 단리영의 예상을 수긍했다.

"그렇다. 어디까지나 임시방편이었지. 네 조부와 아비, 이 대를 통해 전수된 혈라인은 분명 그때보다 더욱 강해져 있을 것이다. 우리가 우려했던 위험한 힘이란 그걸 가리키는 것이다."

단리영은 굳어진 얼굴로 고개를 끄덕였다. 단리백이 역대 축산혈성 중 가장 위험한 힘을 지녔다는 의미를 비로소 이해했기 때문이다.

방 안은 다시 정적이 감돌았다.

이때 어색한 분위기를 견디다 못한 하후용이 무언가를 떠올린 듯 백자강을 바라봤다.

"그러고 보니 상당히 뒤숭숭하더군요."

"뭐가 말이냐?"

"마교 말입니다. 본격적으로 준동하기 시작했답니다. 호교마장을 비롯해 교주마저 심심치 않게 모습을 드러내곤 한다더군요. 거기에 구대문파 역시 일제히 봉문을 깨고 활동을 재개했습니다. 이로써 그들의 정면충돌은 피할 수 없게 되었습니다. 그게 일 년 후가 될지, 한 달 후가 될지는 알 수 없지만 말이죠."

"음……."

백자강이 침음성을 흘렸다.

이미 검단곡 사태로 인해 중원 측은 막대한 피해를 입었다. 그중에서도 십대고수 여럿을 잃은 것은 뼈아픈 손실이 아닐 수 없었다. 반면 마교 쪽엔 호교마장 여덟 명이 모두 제 힘을 유지하고 있었다.

비록 구대문파가 봉문을 통해 힘을 기르고 있었다곤 하나 마교 역시 놀고만 있지 않았을 터. 절정고수의 숫자가 승부의 향방을 가를 것이다. 아니, 막상 전투가 벌어지면 단숨에 양측의 균형이 깨질 가능성도 배제할 수 없었다.

그때였다.

지금까지 잠자코 대화를 듣고만 있던 한초설이 하후용을 향해 조심스레 입을 열었다.

"저, 그런데……."

"응?"

"검단곡에 가셨던 일은 어찌 되셨나요?"

"아, 그거. 글쎄 하루 종일 뒤져 봤는데… 헙!"

무심코 주절주절 말을 늘어놓던 하후용이 황급히 입을 다물었다. 맞은편에서 노려보는 두 여인의 매서운 눈빛 때문이다.

한설연이 눈빛을 바꾸어 한초설을 바라보았다. 그리고 손을 뻗어 조용히 그녀를 끌어당겼다.

"너 역시 어느 정도 각오하고 있었을 테니, 솔직히 말하마."

한설연은 하후용이 겪었던 이야기를 천천히, 그리고 조심스럽게 설명했다.

이야기를 듣는 내내 한초설의 얼굴은 점차 창백하게 질려갔다. 그러다 하후용이 발견한 수맥을 언급하자 한초설은 다리가 떨려 서 있기도 힘들었다.

힘없이 의자에 주저앉은 한초설이 입을 열었다.

"그래서요?"

의아해하는 한설연을 향해 한초설이 다그치듯 물었다.

"그의 시신을 찾았나요?"

한설연이 고개를 저었다. 수맥에 빨려 들어간 시신을 무슨 수로 찾는단 말인가.

그러자 뜻밖에도 한초설의 표정이 밝아졌다.

"그렇다면 그의 죽음이 확인된 것은 아니군요."

그 말에 한설연이 한숨을 터뜨렸다. 그리고 이는 단리영 역시 다르지 않았다. 희박하기 그지없는 가능성, 그로 인한 헛된 희망이 그녀에게 가혹한 기다림을 안겨주리란 사실을 아는 까닭이다.

처음엔 일망의 희망으로 하루하루를 버텨낼 수 있을 것이다. 하나 그 기다림이 일 년이 되고, 십 년이 되면 절망보다 무서운 독이 되어 그녀의 심신을 피폐하게 만들 것이다.

"됐어요. 그걸로 충분해요. 적어도 그의 주검이 발견되지 않았다면 반드시 어딘가에 살아 있을 거예요."

스스로에게 다짐하듯 재차 입을 여는 한초설이었다.

"그래… 그랬으면 좋겠구나."

결국 한설연이 할 수 있는 말은 그게 전부였다.

모처럼 환하게 웃는 사손이었다. 그런 그녀를 앞에 두고 차마 잔인한 말을 꺼낼 수가 없었던 것이다.

반면, 단리영은 제자의 기대가 얼마나 부질없는 것인지 뼈저리게 느끼고 있었다. 당시 단리백이 입고 있던 부상은 더 이상 돌이킬 수 없을 만큼 위중한 것이었다. 거기에 마군이란 작자의 무자비한 손속이 보태졌으니, 제아무리 동피철골을 지닌 자라 할지라도 살아날 수 없으리라.

주위의 분위기가 무거운 탓에 어린 우금은 울상을 지었다. 그러다 문득 하후용과 눈이 마주쳤다.

기다렸다는 듯 하후용이 농을 건넸다.

"우금아."

"네?"

"나한테 시집오지 않으련?"

뜨악한 표정을 짓던 우금이 설레설레 고개를 흔들었다.

"정말 싫어?"

끄덕.

"초설이 넌?"

"일 없네요."

문득 따가운 시선을 느낀 하후용이 고개를 돌렸다. 그러자 무섭게 노려보는 단리영의 모습이 눈에 들어왔다.

"왜?"

"지금 농담이 나와요?"

"어? 난 진지한데."

그리곤 애절한 눈빛을 던지는 하후용이다.

"어? 설마?"

미묘한 분위기를 눈치 챈 우금이 하후용과 단리영을 번갈아 보며 입을 열었다.

"사백이랑 사부님이?"

"시끄럽다. 어린것이 못하는 소리가 없구나."

찔끔한 우금이 손으로 입을 가리자 단리영은 한차례 하후용을 노려보더니 화난 걸음으로 밖으로 나가 버렸다.

그제야 하후용이 슬쩍 웃음을 머금었다. 방 안의 공기가 그나마 가벼워졌던 것이다. 하지만 이내 그의 얼굴에서 웃음이 사라졌다.

허공을 응시하는 한초설의 표정.

감출 수 없는 그리움이 배어나는 그녀의 눈빛이 무얼 뜻하는지 그라 해서 모를 리 없었기 때문이다.

*   *   *

사위가 어둠에 잠긴 자시(子時) 무렵.

살을 에는 차가운 바람이 귀곡성마냥 울어대는 을씨년스러운 밤이었다.

한 기의 인마를 필두로 도열해 있는 군사들.

간혹 들려오는 말의 투레질 소리가 적막을 깨뜨릴 뿐, 주위는 긴장과 뒤섞인 침묵에 휩싸여 있었다.

푸드득.

한 마리 야조가 어둠 속을 향해 날아올랐다.

이것이 신호라도 된 듯 선두에서 말을 타고 있는 사내가 입을 열었다.

"불을 놓아라."

소름 끼칠 만큼 냉혹한 음성.

허옇게 흩어지는 입김으로 언 손을 녹이던 병사들의 얼굴에 당혹감이 스쳤다.

예상치 못한 명령에 관병들은 설마하는 심정으로 한 사람을 바라봤다.

유일하게 말을 타고 있는 차가운 인상의 중년인. 하나 감정이 느껴지지 않는 그의 얼굴에는 일말의 온기조차 찾아볼 수 없었다. 오히려 그는 망설이는 수하들을 노려보며 다그치듯 입을 열었다.

“뭐 하고 있나. 명령이 들리지 않는 것이냐?”

“하오나…….”

짜악!

조심스레 입을 열던 관병 한 명이 뺨을 감싸 쥔 채 바닥을 굴렀다. 우두머리로 보이는 마상의 사내가 채찍을 휘두른 것이다.

“네가 정녕 죽고 싶은 게로구나.”

지휘관의 엄포에 관병들의 눈빛이 흔들렸다.

명령에 불복한 대가가 얼마나 가혹한지 그들이라 해서 어찌 모르겠는가. 그러나 멀쩡히 사람이 살고 있는 마을에 불을 놓으라는 명령만큼은 선뜻 따르기가 어려웠다.

지휘관의 눈빛이 싸늘하게 가라앉았다.

스릉.

천천히 검을 뽑아 든 지휘관이 여전히 미적거리는 수하들을 노려보며 입을 열었다.

"마을에 역병을 퍼뜨린 놈들이다. 대체 무얼 망설이는 것이냐? 너희들이 주저할수록 역병에 휩쓸리는 사람들이 더욱 늘어날 것이다. 네놈들의 노모와 처자식이 역병으로 죽는다 해도 이처럼 망설일 것이냐?"

가족을 언급하는 순간 관병들의 눈빛이 급격히 흔들렸다. 그러나 갈등은 오래가지 않았다.

오늘이 아니라도 어차피 죽을 놈들이다. 그래, 죽이자. 죽이면 되는 것이다. 저들만 없어진다면 역병은 더 이상 번지지 않을 것이고, 그 위협으로부터 가족을 지킬 수 있을 것이다.

이를 악문 병사들의 얼굴에 살기가 감돌았다.

"준비하라."

지휘관의 명령이 떨어지자 맨 앞줄의 오십 명이 일제히 불화살을 시위에 걸었다.

멀지 않은 야산.

이를 바라보는 두 사람이 있었다.

영문도 모른 채 마풍영에게 이끌려 온 임소하가 의아한 얼굴로 입을 열었다.

"저들이 무슨 짓을 하려는 거죠?"

"저 마을을 송두리째 태울 생각입니다."

"어째서요?"

해연히 놀란 임소하의 반문에 마풍영의 얼굴에 싸늘함이 감돌았다.

"저 마을은 나병(癩病)을 앓고 있는 환자들이 모여 사는 곳입니다."

임소하의 표정이 굳어졌다.

대풍라(大風癩)라고 알려진 이 병은 일단 발병하면 온몸이 썩어 들어가며 서서히 죽어가는데, 치료 방법이 전무해 천형병(天刑病)이라고도 불린다. 하지만 그렇다 해도 관병이 직접 나서 그들을 죽일 이유가 되지 않는다.

임소하의 생각을 짐작한 듯 마풍영이 입을 열었다.

"역병 때문입니다. 누군가가 저들을 역병의 원인으로 지목했거든요."

임소하의 눈빛이 침울하게 가라앉았다.

유난히 혹독한 겨울이었다.

한창 물을 대야 할 봄에는 비가 내리지 않아 농사를 지을 수 없었고, 가을엔 때늦은 홍수로 인해 벼가 영글지 못했다. 하나 그보다 더욱 지독한 것은 관리들의 가혹한 세금 징수였다. 수확량이 여느 해의 반도 되지 않건만, 가렴주구(苛斂誅求)의 횡포는 그치질 않았던 것이다.

그나마 다른 곳에 비해 살림이 나았던 이곳 역시 예외는 아니었다.

겨울이 되자 곳곳에서 굶어 죽는 아사자가 속출했다. 그러자 온갖 흉흉한 소문이 돌기 시작했다. 차마 제 자식을 죽일 수 없어 이웃집 아이와 맞바꾸어 잡아먹었다는 소문을 비롯해, 저잣거리에 심심치 않게 인육시장이 열린다는 이야기도 들려왔다.

게다가 엎친 데 덮친 격으로 도처에서 역병이 창궐하기 시작하니, 날이 갈수록 민심은 더욱 사나워지고 있었다.

"하지만 이해할 수가 없어요."

대부분의 나병 환자가 그렇듯, 이들 역시 따로 촌락을 구성해 외부와 거의 단절하듯 생활해 오고 있었기 때문이다. 더구나 지금 창궐한 역병은 나병이 원인이 아니었다. 설사 그렇다 해도 병으로 죽는 자보다 굶어 죽는 자가 더욱 많았다.

마풍영이 고개를 끄덕였다.

"사실 역병은 핑계에 불과하지요. 그들은 희생양이 필요할 뿐입니다."

"희생양?"

"지금은 언제 민란이 일어나도 이상하지 않은 시기입니다. 굶주린 자들의 분노는 무엇보다 크지요. 그래서 관부는 역병에 대한 소문을 부풀려 백성들의 이목을 집중케 하고, 그 화살을 저들에게 돌린 겁니다."

"그런 말도 안 되는……."

그때였다.

피잉!

날카로운 파공음과 함께 불화살이 그리는 수십 개의 궤적이 허공을 갈랐다.

화르륵.

사전에 기름을 뿌려둔 듯, 불은 삽시간에 건물에 옮겨 붙었다.

미쳐 날뛰기 시작한 화염은 가옥을 비롯한 모든 것을 살라 먹으며 제 몸을 잔뜩 키웠고, 때마침 강하게 부는 바람을 타고 이내 마을 전체를 집어삼켰다.

"불이야!"

마을에서 비명이 터져 나온 것도 그때였다.

동시에 가옥 곳곳에서 사람들이 개미처럼 쏟아져 나오기 시작했다.

갑작스런 불길에 어찌나 놀랐던지 그들은 평소에 온몸을 칭칭 감고 있던 붕대마저 잊어버렸다. 찌그러진 놋그릇마냥 일그러진 얼굴. 문드러진 코는 떨어져 나갔고, 입술 역시 마찬가지다. 그리고 그 자리는 누런 고름이 채우고 있었다.

고스란히 드러난 그들의 추악한 용모에 관병들은 욕지기를 삼켜야만 했다.

"으아악!"

처참한 비명 소리에 고개를 돌린 임소하는 목불인견의 참상 앞에 질끈 눈을 감아버렸다. 모옥에서 뛰쳐나온 한 사람이 미친 듯이 바닥을 구르고 있었다. 그의 전신은 불길에 휩싸여 있었고, 바닥에 몸을 비빌 때마다 썩어가던 살점이 한 움큼씩 떨어져 나가고 있었다. 하지만 불은 꺼지지 않았고, 그는 끝내 숯덩이가 되어 숨을 거두었다.

임소하는 차마 그들의 모습을 볼 수 없어 질끈 눈을 감았다. 그러나 사방에서 들려오는 참담한 비명 소리마저 막을 수 없었다.

이때 갑작스런 화마에 우왕좌왕하던 마을 사람들 중 일부가 마을 밖으로 달아나기 시작했다. 그대로 있다간 불어나는 불길에 휩쓸려 그대로 재가 되고 말 것이 분명했기 때문이다.

"거창(擧槍)!"

그와 동시에 냉혹한 명령이 관병들을 향해 떨어졌다.

철컥.

일제히 치켜 올려진 장창!

마을 사람들은 마을을 에워싼 관병의 존재를 깨닫고 아연실색했다. 그제야 그들이 마을에 불을 놓았음을 알게 된 것이다.

하지만 이도 잠시.

등을 지지는 열기를 견디지 못한 몇몇이 앞으로 뛰쳐나갔다. 그러나 어느 누구도 사방을 빽빽하게 메운 날카로운 창끝을 피할 수 없었다.

푸욱.

"커헉!"

자신의 가슴을 관통한 창을 움켜쥔 사내의 입에서 단말마의 비명 소리가 터져 나왔다. 그뿐만이 아니었다. 어떤 이는 옆구리를, 어떤 이는 목을…… 작살에 꿰뚫린 물고기처럼 간헐적인 경련과 함께 죽어가는 그들의 모습은 하나같이 참담하기 그지없었다.

"문둥이들. 죽어!"

창을 쥐고 있던 병사의 입에서 끔찍한 말이 튀어나왔다.

충천하는 화광에 물든 그들의 얼굴에는 더 이상 일말의 양심도, 주저함도 느껴지지 않았다. 오로지 광기로 번뜩이는 그들의 눈빛은 야차와 같은 잔인함을 담고 있을 뿐이었다.

이때 마을 사람들 중 수장으로 보이는 노인이 앞으로 나섰다.

"나으리들, 제발 살려주십시오. 대체 저희가 무슨 죄를 지었기에……."

퍽!

눈을 부릅뜬 채 노인은 절명했다. 채 말을 끝맺기도 전에 어디선가 날아온 화살이 그의 목을 꿰뚫어 버린 것이다.

"으아악!"

두려움에 사로잡힌 마을 사람들이 일제히 앞으로 내달리기 시작했다. 어차피 이래 죽으나 저래 죽으나 마찬가지. 하지만 절망에 몰린 이들을 향해 겨눠진 창끝에는 일말의 자비도 찾아볼 수 없었다.

아녀자, 노인 구분할 것 없이 날카로운 창에 쓰러져 가는 사람들의 숫자는 점차 늘어가고 있었다.

관병 중 어떤 이는 대열을 이탈하여 마구잡이로 마을 사람을 주살하기도 했다.

"……!"

임소하는 질끈 입술을 깨물었다.

더 이상 지켜보고만 있을 수 없었다.

단지 범인들은 감당 못할 천형을 짊어졌다는 이유만으로 짐승보다 못한 삶을 살아온 그들이다. 그래도 엄연히 숨이 붙어 있고, 감정을 느끼는 사람이었다. 마구잡이로 자행되는 살육의 대상이 되어서는 안 되는 것이다.

뛰쳐나가려는 임소하의 손목을 마풍영이 낚아챘다.

"이미 늦었습니다."

만류하던 마풍영이 한순간 흠칫하며 물러섰다. 임소하와 눈이 마주친 순간 가슴 밑바닥에서 서늘한 한기가 솟구쳤던 것이다.

검단곡 사건 이후 임소하는 달라졌다. 평소엔 여느 또래와 마찬가지였지만 지금처럼 이따금 드러내는 눈빛은 마풍영 자신조차 놀랄 만큼 예사롭지 않은 무언가를 지니고 있었다.

아마도 천룡의 인 때문이리라.

'아직 온전히 각성하지 않았음에도 불구하고 이 정도인데…….'

침음성을 삼키는 마풍영을 향해 임소하가 입을 열었다.

"호교마장이라는 직책이 부끄럽지 않나요?"

서슬 퍼런 임소하의 음성에 마풍영은 아무런 말도 할 수 없었다.

"머지않아 이 땅 위에 새로운 나라가 세워진다면 저들 또한 신교가 보듬어 안아야 할 백성이에요. 그들의 죽음을 멀리서 손 놓고 구경만 하는 당신이 어떻게 본 교를 수호한다 말할 수 있겠어요?"

"그녀 말이 맞아요."

"……!"

갑자기 들려온 음성에 마풍영의 얼굴이 굳어졌다.

자신도 눈치 채지 못할 만큼 가까이 접근한 그의 신법에 놀란 것이 아니었다. 그 음성이 다름 아닌 탁일항의 것이었기 때문이다.

마풍영이 그대로 흙바닥에 부복했다.

"호교마장 마풍영이 교주를 뵙습니다."

어느새 임소하 곁에 다다른 청년, 탁일항이 어둠 속을 향해 입을 열었다.

"염마, 거기 있나요?"

"하명하십시오."

"이곳에 있는 마영림(魔影林)의 인원이 몇 명인가요?"

"속하 포함 서른다섯입니다."

"충분하군요. 신녀가 하신 말씀을 그대도 들었겠죠?"

"즉시 이행하겠습니다."

그 순간 몇 줄기 바람이 어둠을 흔들었다. 은밀한 바람은 그대로 산을 훑어 내려갔고, 순식간에 관병들의 배후에 이르렀다.

"귀, 귀신!"

희끗하게 어른거리는 그림자를 발견한 누군가의 입에서 당혹성이 터져 나왔다.

고함을 지르며 병사들을 독려하던 지휘관의 목이 허공에 떠오른 것도 그때였다. 이를 시작으로 마영림의 고수들은 거침없이 관병들을 주살해 나가기 시작했다. 제아무리 체계적인 훈련을 거친 정규군이라 할지라도 마교 내에서 추리고 추린 고수들과 비교할 순 없는 법.

난무하는 단말마의 비명과 함께 장내는 걷잡을 수 없는 혼란에 휩싸였다.

임소하는 그 자리에 서서 모든 상황을 지켜보고 있었다.

그런 그녀를 바라보던 탁일항이 내심 한숨을 흘렸다. 관병들을 향한 그녀의 눈빛에 드러난 감정. 그것이 명백한 증오임을 깨닫는 순간, 말로는 설명하기 힘든 복잡한 감정이 밀려왔던 것이다.

그녀는 아직 어렸다. 그렇기에 더욱 위험했다. 부모를 잃고, 의지하고 있던 의숙마저 그녀의 곁에 없는 지금 그녀는 분노라는 감정에 의지해 스스로를 겨우 지탱해 나가고 있었다. 하지만 진정으로 그가 그녀에게 바라고 있던 모습은 이런 게 아니었다.

눈 깜짝할 사이에 대부분의 관병은 싸늘한 주검이 되어 바닥을 굴렀다.

그제야 마을 사람들은 불길을 피해 너나 할 것 없이 관병들의 시신을 뛰어넘기 시작했다. 하나 그 수는 처음의 절반도 되지 않았다.

그때였다.

무언가를 느꼈음인지 임소하의 얼굴에 놀람과 당혹이 뒤섞인 표정이 떠올랐다.

임소하가 탁일항을 바라봤다. 하지만 그는 깊은 생각에 잠긴 듯 턱을 괸 채 허공을 응시하고 있었다.

이번엔 마풍영을 바라봤다. 여전히 그 자리에 부복하고 있는 마풍영 역시 아직 아무것도 느끼지 못하는 것 같았다.

문득 임소하는 무언가 석연치 않은 기분에 다시금 탁일항을 향해 고개를 돌렸다.

순간 가슴이 철렁 내려앉았다.

탁일항의 입매에 희미하게 자리 잡은 미소. 그것이 무엇을 의미하는지 깨달은 것이다.

하긴 자신이 눈치 챈 것을 그가 모를 리 만무했다.

"그만둬요."

갑작스런 임소하의 말에 마풍영이 의아한 표정을 지었다.

반면 탁일항의 얼굴에 떠오른 미소는 더욱 짙어졌다.

이에 임소하는 더욱 다급해졌다.

"그만두지 않으면 죽을 거예요!"

"그렇다는군요."

그 말과 함께 탁일항이 고개를 돌려 어둠 속을 응시했다.

"그만 나오시는 게 어떻습니까?"

"허……."

한 사람이 어둠 속에서 모습을 드러냈다.

허름한 마의를 걸치고, 명아주 지팡이를 의지한 채 천천히 걸어나오는 노인. 바로 유장령이었다.

겉으론 머쓱한 웃음을 흘리고 있었으나 유장령은 내심 놀라움을 금치 못하고 있었다. 천룡의 인을 물려받은 임소하는 그렇다 치더라도 눈앞의 청년이 자신의 존재를 인지하고 있었다는 사실은 그로선 매우 충격적이었던 것이다.

"이젠 나도 다 된 모양이군."

유장령의 탄식에 탁일항이 웃으며 고개를 저었다.

"아니요. 훌륭한 은신이었습니다. 그러나 비록 살기를 안으로 갈무리한다 해도 살의(殺意)는 남는 법이죠."

"……!"

유장령은 충격을 받은 듯 잠시 말을 잇지 못했다.

"자넨 누군가?"

유장령의 질문에 탁일항은 빙그레 웃기만 할 뿐이었다.

임소하가 대신 대답했다.

"그가 바로 명교의 교주예요."

"의외로군. 이토록 젊은 사람이……."

태연히 입을 여는 유장령이었으나 내심은 크게 놀라 숨도 쉬지 못할 정도였다.

모종의 목적 때문에 이곳을 찾았을 뿐, 설마 임소하와 마주칠 줄은 그조차 예상치 못했다. 하나 유장령은 곧바로 임소하를 구출할 방법을 모색했고, 마풍영을 암살하기로 마음먹었다.

마풍영의 무위는 과거 흑암보에서 눈으로 직접 보아 익히 알고 있었다. 단리백과 필적하는 무위를 지닌 그였기에 정면에선 도저히 답이 나오지 않았다. 하지만 암살이라면 이야기가 다르다. 제아무리 호교마장이라 할지라도 충분히 승산이 있었던 것이다.

임소하와 대화를 나누던 청년은 아예 관심 밖이었다. 일견하기에도 무공을 지닌 흔적을 찾아볼 수 없었기 때문이다. 그런데 그가 반박귀진의 경지에 들어서 있는 무시무시한 고수일 줄이야.

임소하를 구하려던 자신이 오히려 그녀에게 목숨을 빚진 셈이다.

"노인장이 살황인가요?"

탁일항의 질문에 유장령이 고개를 끄덕였다.

"본 교에 귀하를 입교시키기 위해 마 호법이 애를 썼다고 하더군요."

유장령이 쓴웃음을 머금었다.

"그래도 한때는 한 무리를 이끌던 수장이었는데, 이제 와 새삼 다른 이의 밑으로 들어간다는 것도 우습지 않나?"

"그렇군요. 그런데 이곳엔 어떤 용무로 오셨습니까?"

"그 아이를 데려가려고 왔네."

"흐음……."

물끄러미 자신을 바라보는 탁일항의 모습에 유장령은 내심 뜨끔했다. 이처럼 뻔한 거짓말에 그가 속아줄 리 만무했던 것이다. 하지만 의외로 탁일항은 조용히 웃으며 고개를 끄덕였다.

"소문과 달리 살황은 정이 깊은 사람이었군요."

“늙어서 그런 게지.”

“그리고 거짓말도 잘하시고.”

“……!”

“당신이 공공문, 아니, 천이문과 특별한 유대 관계를 맺은 것을 알고 있습니다. 하지만 제아무리 천이문이라 할지라도 저의 행적을 추적하는 건 불가능합니다. 이곳에서 조우한 건 그야말로 우연일 뿐. 살황께서 이곳을 찾은 진정한 목적을 듣고 싶군요.”

유장령은 내심 침음성을 삼켰다.

덕일항의 남담한 시선.

특별히 기파를 일으킨 것도 아니고, 살기를 실어 무형의 압박을 가해오는 것도 아니었다. 그저 말없이 바라보는 것에 불과했다. 그럼에도 불구하고 그의 눈빛을 마주하고 있자니 명치 끝에 무거운 바위를 올려놓은 듯 가슴이 답답해져 왔다.

그때였다.

“난 돌아가지 않아요.”

중인들의 시선이 임소하에게 모아졌다.

“진심이더냐?”

유장령의 반문에 임소하가 고개를 끄덕였다.

유장령이 물끄러미 임소하를 바라봤다.

“이유를 알 수 없구나. 대체 무엇 때문에 그러는 것이냐? 혹시 너는 네 의숙이 죽었다고 믿고 있느냐?”

순간적으로 흔들리는 임소하의 눈빛을 유장령은 놓치지 않왔다.

“누구보다 그를 믿어야 할 네가 가장 먼저 포기해 버리다니… 믿을 수가 없구나.”

다소 질책 섞인 유장령의 말에 임소하는 그저 슬픈 미소를 지어 보일 뿐이었다.

“미안해요.”

“소하야…….”

“그거 아세요?”

얼굴이 흐려진 임소하는 금방이라도 눈물을 쏟을 것만 같았다.

“부질없는 희망은 체념보다 더욱 잔인하다는 거.”

유장령은 더 이상 아무런 말도 할 수 없었다. 흔들리는 그녀의 눈빛 속에 자리 잡은 그림자. 그 어떤 위로와 질책으로도 걷어낼 수 없는 고통의 편린을 그 역시 느낀 것이다.

임소하가 고개를 돌려 탁일항을 바라봤다.

“저분을 무사히 보내주세요.”

이때 부복해 있던 마풍영이 벌떡 일어났다.

“안 됩니다.”

임소하가 자신을 바라보자 마풍영의 얼굴에 일순 난처함이 떠올랐다. 하지만 그는 이내 전음을 통해 탁일항에게 자신의 의견을 피력했다.

“그는 이미 본 교에 귀의하기를 거부했고, 본 교에 대해 좋은 감정을 가지고 있지 않습니다. 더구나 그는 당대에 가장 뛰어난 실수입니다. 만약 이대로 놓아준다면 그는 반드시 본 교의 걸림돌이 될 것입니다. 그리고 무엇보다 그자의 존재가 신녀의 마음을 어지럽히고 있습니다. 그러니 반드시 저자를 제거해야 합니다.”

고개를 끄덕이던 탁일항이 시선을 돌려 임소하를 바라봤다.

이에 임소하가 단호한 얼굴로 입을 열었다.

“나 스스로 입교한 그날 임소하는 죽었어요. 하지만 다른 이들은 아직도 나를 기다리고 있겠죠. 그를 보내주세요. 그가 다른 이들에게 나의 죽음을 알릴 거예요.”

추호의 흔들림도 느껴지지 않는 그녀의 표정에 탁일항은 빙그레 미소를 머금었다.

“이만 돌아갑시다.”

“교주!”

“그만 하세요, 마 호장. 신녀에게 원망을 살지도 몰라요.”

마풍영이 고개를 돌려 임소하를 바라봤다. 그리곤 이내 말없이 고개를 끄덕였다.

탁일항 일행과 함께 돌아서는 임소하를 유장령은 더 이상 붙들 수가 없었다. 처연한 미소 속에 꾹꾹 눌러 담은 그녀의 절망은 그로선 어찌할 수가 없었던 것이다.

홀로 덩그러니 남은 유장령이 비탈 쪽으로 고개를 돌렸다.

잿더미가 되어버린 마을이 눈에 들어왔다.

화마가 휩쓸고 간 마을엔 그야말로 아무것도 남지 않았다. 불길따라 너울거리는 잔혹한 죽음의 냄새만이 안개처럼 떠돌 뿐이었다.

　그렇게 얼마나 시간이 흘렀을까.

　인기척을 느낀 유장령이 천천히 돌아섰다.

　“왔느냐.”

　유장령의 시선이 향한 곳. 거기엔 유효명이 서 있었다.

제38장

폭풍전야(暴風前夜)

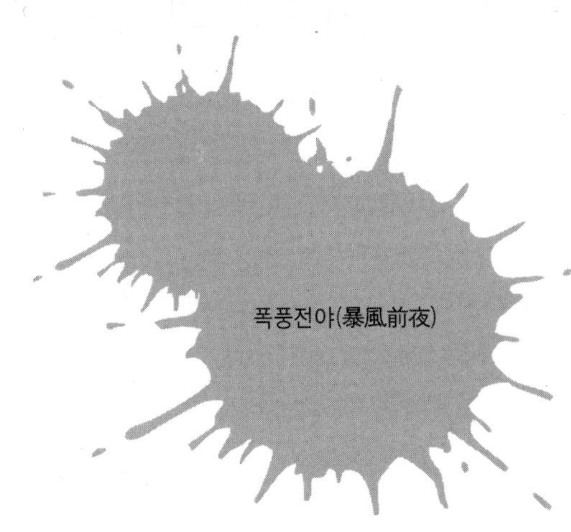

폭풍전야(暴風前夜)

"하아……."

책을 덮자마자 터져 나오는 한숨.

단리백이 고개를 돌려 창밖을 응시했다.

천장의 틈으로 스며든 푸른 달빛이 동부 안을 적시고 있었다. 아스라이 피어오른 물안개는 달빛을 머금어 창백하게 빛나고 있었고, 간혹 들려오는 풀벌레 소리는 적막한 밤에 고아함을 더해주고 있었다.

어찌 보면 더없이 아름다운 경치였다. 하지만 이를 바라보는 단리백의 눈빛은 우울하게 가라앉았다.

단리백은 습관적으로 손에 들린 책자를 매만졌다.

능요총서는 처음과 비교해 상당히 손상돼 있었다.

양피지를 덧입힌 표지는 갈라지다 못해 곳곳이 떨어져 나갔고, 몇몇 글자는 심하게 지워져 본래의 의미를 알아볼 수도 없었다. 오랜 세월 먼지를 뒤집어쓰고 있다가 갑자기 사람의 손이 닿은 탓이다. 하지만 단리백에게 있어 이는 그리 큰 문제가 되지 않았다. 이미 책 안의 내용은 빠짐없이 머릿속에 기억해 두었기 때문이다.

그럼에도 불구하고 단리백은 좀처럼 손에서 책을 놓지 못하고 있었다. 혹시나 하는 일말의 미련, 그리고 여기서 비롯된 고민. 이로부터 자유롭지 못한 까닭이다.

몇 번을 읽었는지도 기억나지 않는다. 밤을 새워 읽고, 또 읽기를 며칠째. 하지만 그 횟수를 거듭할수록 답답한 마음은 더욱 커져 갔다.

책의 내용이 난해해서가 아니었다.

무불능요는 누구보다 혈라인에 대해 정확히 이해하고 있었다. 또한 능요총서 역시 촉산혈문의 후인을 염두에 두고 집필했기에 단리백은 쉽게 그 내용을 이해할 수 있었던 것이다.

수많은 연구를 거듭한 듯, 단리백의 가문에 대물림되는 천형에 대한 그의 의학적 분석은 어느 것 하나 빗나감이 없었다. 또한 이를 토대로 혈라인의 문제점을 정확히 짚고 있었고, 나아가 그 해결책과 천형을 극복하는 방법 역시 명료하게 제시하고 있었다. 그래서 더욱 안타까움을 금할 수 없었다.

능요총서의 내용은 지극히 간단했다.

혈라인의 힘을 빌려 육체를 재구성한다. 이른바, 환골탈태를 통해 금강불괴를 이룸으로써 지독한 천형을 떨쳐 낼 수 있으리란 것이 핵심적인 요지였다. 하지만 혈라인은커녕, 이제 겨우 약간의 무공을 회복한 것에 불과한 단리백으로서는 참으로 요원한 일이 아닐 수 없었다.

'차라리 증조부께서 능요총서를 발견했더라면 좋았을 것을…….'

무불능요가 우려한 대로 대대로 축적된 혈라강기의 힘은 증조부였던 단리헌 때에 이르러 최고조에 달해, 결국 그 힘을 감당하지 못한 단리헌의 육체가 붕괴되는 결과를 낳고야 말았다. 만약 낭시 능요총서가 그에게 있었다면 그는 흑사풍이란 이름으로 강호를 휩쓸지도 않았을 것이고, 촉산혈문 역사에 지울 수 없는 오명을 남기지도 않았을 것이다. 오히려 수백 년간 이어져 온 가문의 염원을 이룬 최초의 사람이 되었으리라.

강호 역사를 통틀어 단신으로 그와 같은 혈사를 일으켰던 사람은 흑사풍이 유일했다. 당시의 십대고수 대부분이 그의 손에 죽음을 맞았고, 심지어 아미파를 비롯한 몇몇 명문대파 또한 돌이킬 수 없는 피해를 입었던 것이다. 이 때문에 막상 정사대전이 반발했을 때 흑사풍과 관련된 문파들은 중첩된 피해로 인해 멸문에 가까운 타격을 입어야만 했고, 그 피해는 지금까지 이어지고 있었다. 한때 사천을 호령했던 아미파가 구대문파의 말석으로 밀려난 이유도 이 때문이었다.

오랜 세월이 지난 지금도 호사가들의 입을 통해 간혹 회자되는 흑사풍의 기억. 그것은 지울 수 없는 악몽, 그리고 공포였

다. 그리고 이를 수습한 사람이 단리백의 조부인 단리진이었
다.

그는 혈라인을 봉인하기 위한 방편으로 파정도의 마기를 받
아들였다. 혈라인을 이용해 파정도의 마기를 구속하고, 더불
어 혈라인의 힘도 분산시켜 선대가 겪었던 시행착오를 되풀이
하지 않기 위해서였다. 하지만 이는 어디까지나 임시방편에
불과했다. 조부와 부친, 이대를 거쳐 누적된 혈라인의 기운은
단리백에게 이르러 더욱 강해져, 이미 증조부 때의 그것을 뛰
어넘고 있었다.

단리백이 스스로 혈라인을 사용하지 않은 이유도 이 때문이
었다. 또다시 증조부의 전철을 밟는 것이 두려웠던 것이다. 그
래서 단리백은 부친으로부터 혈라인을 물려받은 이후 단 한
번도 혈라인을 건드린 것이 없었다.

심지어 혈라강기를 사용할 때조차 무공의 근간을 이루는 혈
라인을 깨운 적이 없었다. 이로 인해 단리백이 지닌 혈라강기
는 상승무공으로서의 위력을 잃고 말았고, 그 부족한 힘을 메
우기 위해 단리백이 선택한 것이 파정도의 마기였다. 그리고
그 계기가 된 것은 검선과의 대결이었다.

모든 악재가 거기서부터 비롯되었다 해도 과언이 아니었다.

혈라강기를 사용하는 빈도가 늘어날수록 마기는 더욱 강해
졌고, 종국엔 마기를 묶어두었던 구속력이 송두리째 흔들리는
결과를 가져왔다. 하지만 단리백으로서는 달리 선택의 여지가
없었다.

'하다못해 한 달만 빨랐어도……'

생각이 거기에 미치자 진한 아쉬움이 밀려왔다.

의천맹과 싸우기 전이라면 충분히 혈라인을 깨울 수 있었을 것이다. 그리고 이를 통해 능요총서가 말하는 금강불괴를 이뤄낼 수 있었으리라.

그러나 지금으로선 방법이 없었다.

폐인이 되다시피 한 육체를 간신히 고쳤다 한들 무공은 본래대로 돌아오지 않았다. 임독양맥을 비롯한 주요 경락의 일부가 막혀 버린 탓이다.

혈봉의 독을 이용해 간신히 진기를 유통시켰다고 하나 예전에 비하면 조족지혈에 불과했다.

실제로 단리백의 현재 상태는 혈라강기에 처음 입문했던 당시에도 미치지 못하고 있었다.

문득 피식 웃음을 흘린 단리백이 설레설레 고개를 흔들었다. 쓸데없는 가정이라는 것을 알면서도 좀처럼 이와 같은 생각을 떨쳐 낼 수가 없는 자신의 모습이 더없이 한심하게 느껴졌던 것이다.

혼란한 심사를 다스리기 위해 단리백이 모옥 밖으로 나섰다. 그리고 말없이 주위를 거닐기 시작했다.

유황천 곁에 이르자 유황 특유의 매캐한 내음이 코를 찔러 왔다.

물끄러미 유황천을 바라보던 단리백이 이내 고개를 저었다. 잠시나마 수맥을 통해 밖으로 나갈 수 있지 않을까 생각했지만, 이내 그것이 얼마나 무모한 것인지를 깨달았기 때문이다.

처음 수맥으로 이곳에 이른 것은 사실이지만 그것은 어디까지나 용왕의 도움이 있기에 가능했다. 지금처럼 완전하지 못한 무공으로 수맥에 뛰어든다는 것은 자살과도 다름없었다.

유황천의 뜨거운 온도는 둘째 치고 높은 수압에 떠밀려 운신조차 제대로 할 수 없을 터. 거기에 빠른 유수에 휩쓸려 벽에 부딪치기라도 하는 경우엔 그대로 온몸이 짓이겨지고 말 것이다.

더구나 거미줄같이 뻗어 있는 수맥 중에 정확한 길을 찾아내는 것도 불가능했다. 다른 건 다 제쳐 두고라도 숨이 막혀 익사하는 꼴사나운 죽음만큼은 정말이지 피하고 싶었다.

아주 운이 좋아 빠져나간다 해도 그를 기다리는 건 검단곡에 즐비한 시신뿐이었다.

그러다 문득 단리백이 고개를 들어 천장을 응시했다.

불과 오십여 장의 높이.

예전이라면 한 번의 도약으로 쉽게 벗어날 수 있는 높이였다. 하지만 지금으로서는 이곳을 벗어날 방법이 없었다.

벽을 타고 기어오른다 해도 마찬가지였다. 절벽 곳곳에 혈봉의 벌집이 자리 잡고 있었기 때문이다.

절벽을 오르는 과정에서 끊임없이 이어질 혈봉의 공격을 감당해 낼 자신이 없었다. 얼마간은 호신강기로 버텨낼 수 있겠지만 이조차 겨우 일다경 남짓에 불과했다. 습관처럼 몸에 배인 무리를 바탕으로 기존의 혈라강기를 흉내 내는 것에 불과

한 현재로서는 그 정도가 한계였던 것이다. 불완전한 혈라강기는 오히려 혈봉의 난폭한 성질만 돋울 뿐이다.

용왕의 도움을 받는다 해도 마찬가지였다.

확실히 용왕의 음공은 혈봉을 무력화시키는 데 효과적이었지만 그 영향력을 미치는 거리가 십여 장에 불과했다.

천장의 구멍을 통해 쏟아지는 창백한 달빛.

이를 바라보고 있자니 단리백은 답답함에 가슴이 터져 나갈 것만 같았다. 하지만 이내 그의 얼굴에 씁쓸한 웃음이 떠올랐다.

'당장 이곳을 벗어난다 해도 할 수 있는 일이 없지 않은가.'

확실히 지금 상태로는 강호사사조차 상대할 수 없을 것이 분명했다. 하물며 진종립을 필두로 한 여덟 명의 호교마장은 말할 것도 없었다. 그리고… 마지막 조우했던 그 사내.

그와 마주한 순간 단리백은 처음으로 두려움이란 감정을 느꼈었다.

넘어설 수 없는 절대적인 벽.

몸이 멀쩡했다 하더라도 그의 상대가 될 수 있을지 자신할 수 없었다. 하지만 한편으론 끓어오르는 호승심을 주체할 수가 없었다. 그래서 그와 같은 약속을 한 것이다.

복수를 맹세하는 자신에게 담담히 웃던 그의 얼굴이 또 다른 심마가 되어 단리백을 괴롭히고 있었다.

'조급해하지 말자. 무언가 방법이 있을 것이다.'

애써 마음을 추스른 단리백이 다시금 걸음을 옮기기 시작했다.

그렇게 얼마를 걸었을까.

모옥 앞에 이른 단리백이 슬쩍 웃음을 머금었다. 모옥 곁에 바위처럼 웅크리고 있는 용왕을 발견한 것이다.

단리백은 용왕에게 목숨의 빚을 졌다.

칠채홍련사와 혈봉을 피해 유황천에 빠졌을 당시 용왕을 만나지 않았다면 지금처럼 살아 있지 못했을 것이다.

뿐만 아니라 용왕은 지금도 이처럼 자신을 지켜주고 있었다.

처음 단리백은 밤마다 찾아오는 안개가 자연적인 현상인 줄 알았다. 하지만 얼마가지 않아 그 안개의 원인이 용왕 때문임을 깨달았다.

물안개는 따뜻한 수온과 차가운 대기의 온도 차이로 인해 발생한다. 하지만 밀폐되다시피 한 동부 안은 유황천의 온기로 인해 기온이 거의 일정했다. 이곳은 애초부터 안개가 발생할 조건이 갖춰지지 않았던 것이다.

그럼에도 불구하고 단리백이 매번 잠자리에 들 무렵이면 어김없이 안개가 피어올랐다. 이를 의아하게 여긴 단리백은 주변을 유심히 관찰하기 시작했다. 그리고 그것이 혈봉을 비롯한 온갖 독충들로부터 자신을 보호하기 위한 용왕의 배려임을 알게 되었다.

약간이나마 무공을 회복한 단리백은 혈봉을 비롯한 독충의 위협으로부터 어느 정도 벗어나 있었다. 그렇다 해도 이는 어디까지나 의식이 깨어 있을 때 해당되는 일이다. 잠이 들었을 때는 완전히 무방비 상태가 되어버리는 것이다.

그래서 용왕은 밤마다 안개를 일으켰다.

안개가 짙으면 혈봉은 움직이지 못한다. 날개가 젖어 날 수가 없기 때문이다.

아직 이무기에 머물고 있어 호풍환우의 능력을 지니지는 못했으나 용에 근접한 존재인지라 안개 정도는 충분히 다룰 수 있는 듯했다.

단리백은 용왕의 이빨에 물려 유백색으로 빛나는 오리 알 크기의 구체를 바라봤다. 아직은 여의주라고 부르기엔 부족함이 있었지만 오랜 세월 쌓아온 영력의 정화답게 더없이 신비로운 분위기를 지니고 있었다.

이때 인기척을 느낀 용왕이 눈을 떴다. 그리곤 똬리를 틀고 있던 몸을 풀어 슬그머니 단리백을 향해 다가섰다.

그러자 검단곡을 가득 메우고 있던 짙은 안개가 점차 흐려지기 시작하더니 어느새 거짓말처럼 흩어져 버렸다. 용왕의 입에 물려 있던 구슬 역시 용왕의 입속으로 사라졌다. 안개를 다룰 때만 드러낼 뿐 평소에는 내단(內丹)처럼 뱃속에 품는 것이다.

단리백은 손을 뻗어 용왕의 머리를 쓰다듬었다.

"번번이 네게 신세만 지는구나."

집채만 한 덩치와는 어울리지 않게 친근하게 머리를 부벼오는 용왕의 애교 가득한 모습에 단리백은 자신도 모르게 웃음을 터뜨렸다.

하지만 그도 잠시.

단리백의 표정이 이내 어두워졌다. 용왕에게 의지해 이곳에 도착한 이후 헤아리기 시작한 날짜가 벌써 두 달 하고도 보름이 지났음을 깨달았기 때문이다.

*　　　*　　　*

아침부터 까치발을 딛고 창가를 기웃거리던 우금이 후다닥 밖으로 뛰어나갔다.

그 모습을 지켜보던 한초설이 설레설레 고개를 흔들었다. 우금이 무엇을 기다리고 있었는지 아는 까닭이다.

며칠째 날씨가 훈훈하더니 어제부터 갑자기 한풍이 불어왔다. 그래서 지나가는 말로 근일 내로 눈이 올 것 같다고 말했더니, 그날부터 우금은 창가에서 죽치고 앉아 좀처럼 떨어질 줄 몰랐다.

일 년 내내 만년설이 쌓여 있는 설산을 떠난 적이 없던 우금이었다. 늘상 마주하는 눈이 질릴 법도 하건만 우금은 특이하게도 유독 눈을 좋아했다. 하지만 설산을 내려온 이후 좀처럼 눈을 구경하기가 쉽지 않았다. 계절은 이미 겨울의 끝 자락에 접어들어 간혹 눈이 오더라도 간간이 흩뿌리는 정도에 불과했고, 이마저도 금세 녹아 우금은 늘 이를 아쉬워했던 것이다.

"사부님, 알고 계시죠? 우금이 쟤 이상해요."

한초설의 말에 단리영이 실소를 머금었다.

"아무렴 너만 하겠니."

"에이, 사부님도. 제가 뭘 어쨌다고."

능청스레 손사래를 치는 한초설의 모습에 단리영이 미간을 살짝 찡그렸다.

"아홉 살이 되던 해였던가, 네가 처음으로 가출을 한 게?"

"옛날 일은 왜 또 꺼내세요?"

"설산을 온통 뒤져 겨우 찾아냈더니 그 꼴이 참으로 가관이었지."

멋쩍은 웃음을 흘리는 한초설을 향해 단리영의 핀잔이 이어졌다.

"내 비록 오래 산 건 아니지만 그런 어이없는 상황은 처음 겪었다. 아홉 살짜리 계집애가 주사를 부리는 꼬락서니라니…… 더구나 그 옆엔 잔뜩 얻어맞아 눈두덩이 시퍼렇게 멍든 사냥꾼이 겁에 질려 떨고 있었지."

"그 양반이 맞을 짓을 했어요. 다짜고짜 절 납치하려 했다니까요."

"시끄럽다, 이것아. 인적없는 산속에서 어린 계집애가 돌아다니는데 어느 누가 놀라지 않겠느냐. 그는 너를 집에 데려다 주려 했을 뿐이야."

"하지만 시커먼 수염의 사내가 확 덮치는데 저라고 안 놀랐겠어요?"

"그럼 그자의 술병은 왜 뺏었느냐?"

“이리저리 좀 뛰고 났더니 목이 말라서요. 처음엔 물인 줄 알았죠. 그런데 그 물 맛이 독특하더라구요. 신기해서 한 모금씩 마시다 보니 점점 몸도 따듯해지고…….”

“그래서 그처럼 고주망태가 되어 주사를 해댔던 게냐?”

“지금도 그 점이 이상해요. 어째서 전 그게 기억나지 않을까요?”

단리영이 나직이 한숨을 쉬며 고개를 저었다.

“적당히 해둬라. 우금이가 따라 하면 어쩌려고 늘 그 모양이냐?”

“이거요?”

한초설이 손에 들린 술병을 들어 보이며 배시시 웃었다. 그러다 문득 술병이 비었음을 깨닫고 주방을 향해 큰 소리로 외쳤다.

“여기 죽엽청 한 병 더요!”

손을 들어 지그시 관자놀이를 누르는 단리영의 모습에 한초설이 대수롭지 안다는 듯 입을 열었다.

“이제 겨우 네 병째예요. 죽엽청이 아무리 독해도 산서분주에는 비할 바가 아니라구요. 전 산서분주 한 동이를 비우고도 끄떡없었는걸요.”

막 입을 열어 뭐라 꾸짖으려던 단리영이었으나 이내 나직이 한숨을 흘리고 말았다. 환하게 웃는 겉모습과 달리 제자의 속이 새카만 재처럼 타 들어가고 있음을 아는 까닭이다.

술로라도 애끓는 심정을 달래려는 한초설의 마음을 어찌 모르겠는가. 하지만 그런 제자의 모습을 곁에서 지켜보는 그녀 역시 안타까운 심정은 마찬가지였다. 지금의 한초설은 언제 끊어질지 모르는 팽팽한 실을 보는 것 같아 늘 가슴이 조마조마했던 것이다.

사부의 한숨에 괜스레 미안해진 한초설이 창밖으로 고개를 돌렸다.

소복이 쌓이기 시작한 눈밭 위를 다람쥐처럼 뛰어다니는 우금의 모습이 눈에 들어왔다.

이때 색섬의 섬소이가 한 병의 죽엽청을 내왔다.

죽엽청과 함께 내온 쟁반 위에 올려진 구운 오리를 발견한 한초설이 의아한 표정을 지었다.

"어? 나 안주 안 시켰는데?"

"숙수께서 가져다주라고 하셔서… 술만 자꾸 들이켜면 속 버린다고……."

더듬더듬 말을 이어가는 점소이를 향해 한초설이 빙그레 미소를 지어 보였다.

그 미소 앞에 점소이는 일순 넋이 나간 듯 멍한 얼굴로 그녀를 바라봤다. 그저 한 번 웃었을 뿐인데 을씨년스럽던 객잔 안에 화사한 온기가 감도는 것만 같았다.

"숙수 아저씨, 고마워요. 잘 먹을게요."

한초설이 주방 쪽을 향해 소리치자 그 안에서 머쓱한 헛기침 소리가 들려왔다.

오리 다리를 쭉 찢어 들고 입 안에 우겨 넣던 한초설이 문득 따가운 시선을 느끼고 고개를 돌렸다.

"사부님도 드실래요?"

"입가에 묻은 기름이나 닦아라."

여지없이 날아든 핀잔에 한초설이 내밀었던 쟁반을 거두며 배시시 웃었다.

한초설은 다시 오리 고기를 먹기 시작했다. 그리고 단리영은 애써 너스레를 떠는 제자의 모습을 안타까운 눈빛으로 바라볼 뿐이었다.

부랴부랴 오리 고기를 다 먹어 치운 한초설이 일부러 소리 나게 손가락을 쪽쪽 빨았다. 그리고 이도 모자라 의도적으로 옷자락에 손을 쓱쓱 문질러 손에 묻은 기름기를 닦아냈다. 하지만 이내 의아한 얼굴로 단리영을 바라봤다. 여느 때라면 대뜸 꾸지람이 떨어졌을 텐데 그녀는 아무런 말도 하지 않았다.

귀신을 속일지언정 사부는 속일 수 없었다. 사부가 무엇을 걱정하는지는 그녀 역시 알고 있었던 것이다.

"에이, 재미없다."

괜스레 미안해진 한초설이 슬그머니 신형을 일으켰다.

"어디 가느냐?"

"우금이 좀 골려주려구요."

"술은 어쩌고?"

그 말이 떨어지기 무섭게 한초설은 병을 들어 단숨에 술을 들이켜기 시작했다.

순식간에 술 한 병을 비운 한초설이 씨익 웃으며 소매를 들어 입가를 훔쳤다.

기가 막혀 말을 잇지 못하는 단리영을 뒤로한 채 한초설은 달아나듯 객잔을 빠져나왔다.

객잔을 나서자마자 멍하니 서서 하늘을 올려다보고 있는 우금의 모습이 눈에 들어왔다.

한초설은 조심스레 눈덩이를 뭉쳐 들고 발소리를 죽여 살금살금 우금에게 다가섰다. 하지만 몇 걸음 채 옮기기도 전에 우금이 갑자기 입을 열었다.

"거기 밟으면 안 돼요!"

한초설이 고개를 숙여 바닥을 바라봤다.

눈밭 위에 그려진 그림들이 눈에 들어왔다. 조악한 솜씨였지만 딴에는 제법 정성을 들여 그렸으리라.

"뭐야, 이게?"

여전히 하늘을 올려다보며 우금이 대답했다.

"오른쪽부터 태사부님, 사부님, 저, 그리고 사저예요."

"뭐야? 내가 이렇게 못생겼어? 그리고 왜 내가 제일 마지막인 건데?"

"그림의 제목이 검문미인도(劍問美人圖)거든요."

뜬금없는 대답에 영문을 몰라 하던 한초설이었으나 이내 이어진 우금의 말에 어이없는 표정을 지었다.

"제목 그대로 예쁜 순서대로 그린 거예요."

"네가 나보다 예쁘다고?"

"사부님이 그러셨어요. 몇 년만 지나면 제가 사저보다 훨씬 예뻐질 거라고."

"그건 그때 가봐야 아는 일이지. 가슴도 없는 게 무슨."

발끈한 우금이 한초설을 향해 새초롬하게 눈을 흘겼다.

"반드시 외모만이 아름다움의 기준이 될 수는 없어요. 그 그림의 순서에는 내면의 아름다움도 포함되어 있다구요."

"오호라. 그래서 넌 이렇게 호리호리한 허리에 가슴을 풍만하게 그려놓고 난 절벽 가슴에 절구통 몸매로 그린 거야?"

"그거야……."

잠시 찔끔하던 우금이 애써 태연한 척 입을 열었다.

"그린 사람 맘이죠."

피식 웃은 한초설이 우금에게 빠르게 다가섰다.

그렇지 않아도 내심 긴장하고 있던 우금이 보법을 펼쳐 재빨리 물러섰다. 하지만 아직 무공으론 한초설의 상대가 될 리 없었다.

순식간에 우금을 따라잡은 한초설의 입매에 장난스런 미소가 걸렸다.

"꺄악!"

우금의 비명 소리가 짜랑하게 울려 퍼졌다. 심술궂게도 한초설은 뭉쳐 놓은 두 덩이의 눈을 우금의 옷 속에 집어넣었던 것이다.

눈 때문에 볼록해진 우금의 가슴 어림을 보며 한초설이 웃음을 터뜨렸다.

"좋아? 그림처럼 풍만한 가슴이 되니까?"

"이게 무슨 짓이에요!"

우금이 빽 소리를 지르자 한초설이 기다렸다는 듯 의미심장하게 받아쳤다.

"장난치는 사람 맘이지."

"몰라요! 사저랑 말 안 해!"

앗 차거를 연발하며 옷 속의 눈을 털어낸 우금이 팩 토라져 고개를 돌렸다.

"미안. 우리 사매 많이 화났어?"

한초설이 뒤늦게 달래보려 했으나 우금은 눈길 한 번 주지 않았다. 하지만 한초설은 그런 우금이 귀여워 죽을 지경이었다.

그렇게 얼마나 시간이 지났을까.

우금이 문득 눈을 들어 하늘을 바라봤다. 그리곤 그 상태로 한참이나 멍하니 서 있었다.

우금의 입가에는 어느덧 희미한 미소마저 감돌고 있었다.

이를 발견한 한초설이 우금에게 다가섰다.

"뭐가 그렇게 좋아?"

"눈 내리는 하늘이요."

"하늘?"

"이렇게 가만히 올려다보고 있으면 마음이 푸근해져요."

"우금이 너 그거 아니? 사부님이 너보고 이상한 애래."

또다시 장난기가 발동한 한초설이 넌지시 말을 건넸다. 하지만 우금은 이렇다 할 반응 없이 여전히 하늘만 바라볼 뿐이었다.

반응이 없으니 장난도 시들해졌다.

한초설도 이내 우금을 따라 하늘을 향해 시선을 옮겼다. 이내 그녀의 얼굴에도 감탄 어린 표정이 떠올랐다.

"정말 그렇네."

"그렇다니까요."

한초설이 실소를 머금었다.

"왜 네가 의기양양한 건데?"

한초설이 입술을 삐죽이는 우금의 뺨을 살짝 꼬집었다. 그리곤 다시 고개를 들어 하늘 가득 쏟아지는 함박눈을 눈에 담았다.

창문 너머 객잔에서 이를 바라보던 단리영의 입가에 보일 듯 말 듯한 미소가 어렸다. 우금이 이상하다며 놀릴 때는 언제고 이제는 한초설이 더 멍한 얼굴로 하늘을 올려다보고 있었기 때문이다.

그날 밤.

뺨을 간질이는 차가운 바람에 단리영이 눈을 떴다.

바로 옆에서 잠들어 있는 우금의 쌔근거리는 숨소리가 들려왔다. 하지만 맞은편에서 의당 들려와야 할 한초설의 뒤척이는 소리가 느껴지지 않는다. 그리고 보니 현사검도 보이지 않았다.

단리영은 조용히 자신의 옷을 챙겨 입기 시작했다. 그리고 우금이 차낸 이불을 목까지 끌어 올려주고는 방을 나섰다.

일층으로 이어진 계단을 내려서서 그녀가 가장 먼저 본 것은 커다란 탁자를 둘러싼 채 주거니 받거니 하며 술잔을 돌리는 십여 명의 장한들이었다. 저마다 병장기를 곁에 두고 있는 것으로 보아 무림인이 분명했다.

왁자지껄한 소음과 더불어 진동하는 술 냄새에 단리영은 살짝 인상을 찡그렸다.

이때 단리영을 발견한 장한들 중 한 명의 두 눈이 휘둥그렇게 변했다. 이에 모든 이들의 시선이 너나 할 것 없이 단리영에게 모아졌고, 떠들썩하던 장내는 거짓말처럼 정적에 잠겼다.

단리영의 미모에 넋을 잃고 술잔을 떨어뜨리는 인물도 있었고, 따르던 술이 잔을 넘쳐 흥건하게 옷깃을 적시고 있음에도 눈치 채지 못한 이들도 있었다.

단리영은 그런 그들에게 무심히 지나쳤다.

단리영이 문을 열고 사라지자 텁석부리 장한의 입에서 탄성이 터져 나왔다.

"오늘은 정말 눈이 호강하는군."

맞은편의 사내가 말을 받았다.

"그러게. 한 명도 아니고 두 명씩이나."

그렇게 사내들은 한참이나 단리영이 사라진 문에서 눈을 떼지 못하고 있었다.

밖으로 나선 단리영은 한초설을 찾기 위해 주변을 거닐기 시작했다.

고요한 밤이었다.

밤새 내릴 것 같던 눈은 어느덧 그쳐 있었고 무수한 별빛만이 새하얀 설원 위에 부서지고 있었다.

한초설을 찾는 것은 그리 어렵지 않았다.

멀지 않은 곳에 위치한 널따란 평지. 바람 한 점 없는 밤이었건만 유독 그곳만 눈보라가 어지럽게 흩날리고 있었던 것이다.

단리영은 조용히 그곳을 향해 걸음을 옮기기 시작했다.

어느 정도 거리가 가까워지자 비로소 단리영은 한초설의 모습을 확인할 수 있었다.

그녀는 검무를 추고 있었다.

별빛을 머금어 더없이 푸르게 느껴지는 검신.

이를 따라 분분히 피어오른 서늘한 검기가 차가운 눈송이를 말아 올리고 있었다.

허공에 아로새겨지는 현란한 검영(劍影). 더불어 조각조각 나뉘어 흩날리는 눈송이가 무수히 뿌려놓은 보석마냥 아름답다.

'초식을 떠나 순수한 검의 본질과 마주하니, 더 이상 검과 나의 구분이 의미없도다.'

한없이 유려하면서도 부드러운 한초설의 검무를 바라보던 단리영이 흡족한 미소를 머금었다. 한초설의 검무에는 설산검문의 검공, 나아가 그 요체라 할 수 있는 상승무학의 원리가 고스란히 담겨 있었던 것이다.

하지만 이도 잠시.

단리영의 얼굴에서 미소가 사라졌다. 어느 순간 한초설의 움직임이 급변했기 때문이다.

사나운 광풍처럼 휘도는 그녀의 검을 따라 무시무시한 예기가 주변을 휩쓸기 시작했다. 소름 끼치는 살기를 머금은 서슬 퍼런 검기는 그야말로 칼바람이 되어 그녀 주변의 모든 것을 파괴적으로 집어삼켜 갔다.

짜자작!

대기를 찢는 날카로운 소음. 귀신의 호곡성마냥 울부짖는 미친 바람 소리가 끊임없이 이어졌다.

'위험하다!'

틀림없는 주화입마의 전조(前兆)!

준비가 부족함에도 불구하고 무리하게 새로운 경지로 도약하려 하고 있는 것이다.

단리영이 황급히 신형을 뽑아 올렸다.

콰앙!

그 순간 돌연 대기를 뒤흔드는 폭음과 함께 자욱한 눈보라가 천지를 가득 채웠다. 그리고 그 사이로 한초설의 고함 소리가 터져 나왔다.

"왜 안 되는 거야!"

비산했던 눈송이가 가라앉고 장내의 모습이 드러났다.

얼어붙은 땅속에 박힌 채 금방이라도 부러질 듯 휘청이는 현사검. 그 앞에 이를 악문 채 서 있는 한초설을 발견한 단리영은 비로소 놀란 가슴을 쓸어내릴 수 있었다. 다행히 한초설이 늦기 전에 검을 거둔 것이다.

그렇게 한참을 서 있던 한초설이 현사검을 뽑아 검집에 갈무리했다. 그리고 돌아서는 순간 단리영을 발견하곤 흠칫하며 굳어졌다.

그 모습에 단리영이 혀를 찼다.

"쯧쯧."

"언제 오셨어요?"

"스스로를 다그친다 해서 해결된 문제가 아니다. 그 조급함이 족쇄가 된다는 걸 모를 네가 아니지 않느냐?"

"……."

"모든 일에는 시간이 필요한 법이다."

"하지만 시간이 없는걸요."

"앞날이 구만 리 같은 녀석이 못하는 소리가 없구나."

"저 말구요."

"……!"

단리영의 얼굴이 딱딱하게 굳어졌다. 한초설의 표정으로 미루어 단리백 외에 마땅히 생각나는 사람이 없었던 것이다. 하지만 이내 차가운 음성으로 입을 열었다.

"단리 가문의 사내들에게 동정은 모욕이다. 그리고 그것이 네가 강해지는 것과 무슨 상관이 있느냐?"

“동정이 아니에요. 차라리 그랬다면 이렇게 괴롭지는 않았겠죠.”

한초설이 처연한 미소로 말을 이었다.

“그가 보고 싶어요. 너무 보고 싶어서… 그의 모습만 떠올려도 가슴이 콱 하고 막혀요. 하지만 지금은 그를 만날 수가 없어요. 떠날 때 약속했거든요. 반드시 강해져 나를 돌아보게 만들겠다고.”

흐려지는 한초설의 음성에 단리영은 짙은 장탄식을 터뜨렸다.

“이 미련한 것아, 남녀 문제에 무슨 명분이 필요하단 말이냐.”

단리영이 손을 뻗어 한초설을 와락 끌어안았다.

한초설이 웃으며 단리영을 밀어냈다.

“징그럽다고 하실 땐 언제고?”

“그러면 좀 어떠냐. 사부와 제자 사이인데.”

“저 말고 사백을 안아주는 건 어때요? 무척이나 좋아하실 텐데.”

“시끄럽다.”

“저보다 급한 건 사부님…….”

픽!

한초설이 입을 다물었다.

등짝을 후려친 사부의 손속은 눈물이 찔끔할 만큼 매웠다. 그래서 마음 놓고 울 수가 있었다.

그리움만큼이나 뜨거운 눈물이 단리영의 앞섶을 적셨다.

"그래, 차라리 울어라. 애써 웃는 그 모습은 불안하기 짝이 없어 차마 보고 있을 수가 없구나."

단리영의 품 안에 얼굴을 묻은 채 한초설은 한참 동안 소리 죽여 흐느꼈다.

그렇게 얼마나 시간이 흘렀을까.

한바탕 눈물을 쏟고 나니 가슴이 후련해졌다.

단리영을 슬그머니 밀어낸 한초설은 붉어진 눈시울을 훔쳤다. 그리곤 멋쩍은 미소를 머금고 입을 열었다.

"그런데 괜찮겠어요?"

"뭐가 말이냐?"

단리영의 반문에 한초설이 평소처럼 농담을 늘어놓기 시작했다.

"만약 오라버니와 제가 맺어지면 사부님은 제 시누이가 되잖아요. 그럼 제가 사부님을 언니라고 불러야 하지 않겠어요?"

단리영이 실소하며 한초설을 바라봤다.

"간단한 방법이 있다."

의외로 태연한 단리영의 모습에 한초설이 의아한 표정을 지었다. 하지만 이어진 그녀의 말에 황당함을 금치 못했다.

"널 파문시키면 되지 않느냐? 그러면 더 이상 사승에 얽매일 필요가 없으니 사부와 언니라는 호칭 사이에서 고민하지 않아도 된다. 나 역시 골치 아픈 제자 하나 내치는 셈이니 손해 볼 것도 없고.”

“어? 진심이세요?”

“왜, 못할 것 같으냐?”

“하하, 사부님도 참. 농담이 많이 느셨네요.”

단리영은 조용히 웃을 뿐 긍정도 부정도 하지 않았다.

그제야 슬그머니 불안한 표정을 짓는 한초설이었다.

“농담… 인 거죠?”

“…….”

“에이, 사부님도. 무슨 농담을 그렇게 진지하게 하세요. 깜짝 놀랐잖아요.”

“글쎄. 두고 보면 알겠지.”

“어? 어!”

의미심장한 말을 남긴 채 단리영이 돌아섰다.

얼떨떨한 얼굴로 서 있던 한초설이 뒤늦게 단리영의 뒤를 쫓기 시작했다.

두 사람이 나란히 객잔에 들어서자 장내가 떠나가라 웃고 떠들던 사람들이 거짓말처럼 조용해졌다.

계단을 오르는 두 사람을 향해 한 사내가 입을 열었다.

“보아하니 무림인 같은데 통성명이나 합시다.”

한초설이 슬쩍 고개를 돌려 사내를 바라봤다.

삼십대 정도 되었을까.

옷차림으로 미루어 짐작컨대 꽤나 유명한 무가의 자손 같았는데, 이미 상당히 술에 취한 듯 불쾌하게 얼굴이 달아올라 있었다.

군이 상대하고 싶은 마음이 없어 한초설이 돌아서는 순간 사내가 다시 입을 열었다.

"나, 하북의 팽정이라 하오. 강호 친구들은 나를 맹룡도(猛龍刀)라 부른다오."

한초설의 눈빛에 차가운 한광이 번뜩인 것도 그때였다.

"하북팽가?"

"하하, 팽가의 사나운 용이 바로 나요."

팽정이 웃음을 터뜨리며 고개를 끄덕였다. 단리영과 한초설의 미모에 혹해 그냥 말 한마디 던져 본 것인데, 한초설이 걸음을 멈추고 반문하자 기분이 좋아진 것이다.

역시 좋은 배경을 지니고 봐야 한다. 석상처럼 냉랭하던 여인마저 하북팽가의 이름을 듣자마자 태도를 달리하지 않는가.

팽정이 자리에서 벌떡 일어나 한초설에게 다가섰다. 그리곤 다짜고짜 손을 잡더니 자신이 있던 탁자로 끌고 가 의자에 앉혔다.

한초설은 그의 손을 뿌리치지 않고 말없이 의자에 앉았다.

그러자 주위에 자리를 잡고 있던 장한들은 기다렸다는 듯이 앞 다투어 술잔을 건네기 시작했다. 더불어 자신의 이름과 명호를 밝히기 시작했다.

"반갑소. 난 진주언가의 언진광이오. 강호인들이 말하는 철담비도(鐵膽飛刀)가 나요."

"하하, 나는 혁련세가의 혁련종이오."

"나는 광동 진가장의……."

가만히 앉아 그들의 이름을 듣던 한초설이 빙그레 미소를 지었다.

가슴이 섬뜩할 만큼 화사한 미소 앞에 사내들은 일순 넋이 나간 듯 멍하니 그녀의 얼굴을 바라봤다. 하지만 그녀의 미소 안에 도사리고 있는 자욱한 살기는 그 누구도 깨닫지 못하고 있었다.

"소저의 방명은 어찌 되시오?"

팽정의 물음에 한초설이 조용히 웃으며 입을 열었다.

"내 이름을 듣고 싶나요?"

반쯤 얼이 빠져 고개를 주억거리는 사내들을 향해 한초설이 술잔을 내밀었다.

"내 잔을 받으면 알려 드리죠."

턱.

가장 빨리 술잔을 내민 사람은 광동 진가장의 사내였다. 하지만 한초설은 고개를 저었다.

"당신은 내 잔을 받을 자격이 없어요."

당혹스러워하는 사내를 제치며 혁련종이 잔을 내밀었다.

한초설이 웃으며 그의 잔에 술병을 기울였다. 그리고 팽정과 고진광의 술잔에도 술을 채워주었다. 하지만 그 외에 사람들은 뻘쭘한 얼굴로 여전히 비어 있는 자신의 잔을 내려다볼 뿐이었다.

술을 받은 세 사람을 향해 한초설이 입을 열었다.

"미리 말해두는데 제 이름값은 매우 비싸답니다. 그러니 그만한 각오가 되어 있지 않다면 술잔을 다시 내려놓으세요."

팽정이 호탕한 웃음을 터뜨렸다.

"하하. 나는 각오가 되어 있으니 걱정 마시오. 당신이 원한다면 팔이라도 잘라 드리리다. 미인의 이름을 듣는 데 그 정도가 대수일까."

팽정이 단숨에 술잔을 비웠다.

이에 뒤질세라 언진광과 혁련종 역시 호쾌함을 자랑하듯 술잔을 비웠다.

그 모습에 한초설이 의미심장한 미소를 머금었다.

그들을 향해 다가선 한초설이 그들의 귀에 입술을 가져가 무언가를 속삭이듯 말했다.

귀를 간질이는 미인의 숨결!

술잔을 받지 못해 그 고혹적인 자태를 지켜만 봐야 하는 장한들의 얼굴에 부러운 기색이 가득했다. 그러나 정작 팽정 일행의 안색은 창백하다 못해 파리하게 질려가기 시작했다.

애써 태연한 신색을 유지하며 팽정이 입을 열었다.

"하하… 소저, 농담이 과하오."

"농담? 내가 농담을 아무리 좋아한다지만 사람 목숨 가지곤 농담 안 해."

화사하기 그지없던 미소는 온데간데없이 사라지고, 한초설의 음성엔 냉랭함만이 가득했다.

싸늘한 살기를 피워 올리는 한초설의 모습에 팽정은 일순 얼음물을 뒤집어쓴 것처럼 그 자리에 얼어붙었다.

그때였다.

스릉!

혁련종이 대뜸 탁자에 기대놓고 있던 칼을 뽑아 들었다. 그러나 그의 칼이 채 뽑히기도 전에 한초설의 손이 가볍게 허공을 그었다.

서컥.

바닥에 뒹구는 팔. 그것은 다름 아닌 혁련종의 것이었다.

"으악!"

팔꿈치 아래로 사라진 자신의 팔을 움켜쥔 채 혁련종이 뒤늦게 비명을 터뜨렸다.

그 순간 언진광과 팽정이 거의 동시에 객잔 밖으로 신형을 날렸다.

"흥!"

뒤도 돌아보지 않고 달아나는 두 사람을 노려보며 한초설이 서리처럼 차디찬 냉소를 날렸다.

쉬익.

한순간 차가운 검광이 번뜩이나 싶더니, 새하얀 백선이 허공을 갈랐다. 그리곤 정신없이 달아나던 두 사람을 스치듯 지나쳤다.

"……!"

중인들의 얼굴이 창백하게 굳어졌다.

눈밭 위로 나뒹구는 언진광과 팽정의 모습이 눈에 들어왔다.

새하얀 눈밭을 적시는 검붉은 선혈, 그 위로 오른팔을 잃은 팽정과 무릎 아래로 왼쪽 다리가 날아간 언진광이 처절한 비명을 내지르고 있었다. 하지만 중인들이 놀란 이유는 정작 따로 있었다.

허공을 가로지른 한 자루 검이 커다란 궤적을 그리며 다시금 한초설을 향해 되돌아오는 광경을 목도했기 때문이다.

"이기어검……!"

누군가의 입에서 쥐어짜는 듯한 신음이 흘러나왔다.

갑작스런 사태에 정신을 놓고 있던 장한들 중 누군가가 앞으로 나섰다.

"이게 무슨 짓이오!"

그러나 한초설은 일말의 대꾸조차 없이 현사검을 휘둘러 바닥에 핏물을 뿌렸다.

벌레처럼 바닥에서 꿈틀대던 혁련종이 한초설을 향해 입을 열었다.

"다, 당신이 정말 설산검후……?"

"……!"

그제야 중인들은 어째서 그녀가 이처럼 독랄하게 손을 썼는지 깨달았다. 검단곡에서 살아남은 오대세가의 몇 안 되는 생존자들로부터 전해진 이야기는 그들 역시 들어 알고 있었던 것이다.

한초설이 혁련종을 향해 차가운 시선을 던졌다.

"돌아가서 전해. 조만간 내가 당신들을 찾아갈 거라고."

으드득 이를 악문 혁련종이 원한 가득한 눈빛을 들어 한초설을 바라봤다.

"미쳤군. 당신 혼자서 오대세가와 맞설 셈인가? 제아무리 설산검후라 할지라도……."

한초설이 피식 웃으며 그의 말을 잘랐다.

"그래, 미친년처럼 보이겠지. 근데 그거 알아? 날 이렇게 만든 게 당신들 오대세가라는 거. 처음부터 당신들은 그런 짓을 벌이지 말았어야 했어."

"……!"

"한번 끝까지 가보자구. 미친년이 뭐가 무섭겠어?"

한초설이 고개를 돌려 중인들을 바라봤다.

"아직도 내 이름을 알고 싶은 사람이 있나요?"

중인들은 자신도 모르게 부르르 몸을 떨었다. 무시무시한 한광을 머금고 있는 한초설의 시선과 눈이 마주치자 한줄기 섬뜩한 기운이 등줄기를 훑고 지나갔기 때문이다.

조심스레 한초설의 눈치를 살피던 사람들이 부상자를 수습해 객잔을 떠났다.

팽정은 무심코 내뱉은 약속대로 자신의 팔을 잃었고, 눈앞의 원수도 알아보지 못한 그의 안목을 빗대어 사나운 용이라는 뜻의 맹룡도 대신 눈먼 용, 즉 맹룡도(盲龍刀)라는 수치스러운 명호까지 얻어야만 했다.

그들이 사라지자 한초설이 단리영을 향해 씁쓸한 미소를 지어 보였다.

"제 손속이 과했나요?"

단리영이 고개를 저었다.

"잘했다. 만약 그들을 그냥 보냈다면 내가 너를 꾸짖었을 것이다."

그때였다.

살벌한 분위기가 채 가시지도 않은 객잔 안으로 들어서는 사람이 있었다.

"여전히 무서운 솜씨로군."

"어?"

한초설의 눈에 이채가 떠올랐다. 그도 그럴 것이 객잔 안으로 들어서는 노인은 그녀가 잘 아는 사람이었기 때문이다.

"아는 사람이냐?"

단리영의 물음에 노인이 그녀를 향해 정중히 포권을 취했다.

"호계상이 검후를 뵙소이다. 강호 친구들은 나를 천면호리라 부릅니다."

"강호사사?"

"멍청한 세 늙은이까지 더해 그렇게도 불리지요."

호계상은 예의를 잃지 않았다. 비록 나이는 그가 많다 하나 일파의 종주인 단리영이었기에 강호상의 배분은 그보다 훨씬 높았기 때문이다.

단리영이 고개를 끄덕였다. 이미 흑암보에서의 일은 한초설에게 들어 익히 알고 있었다.

한초설이 호계상을 향해 다가섰다.

"어떻게 여길?"

"척대명, 그 늙은 협잡꾼이 제법 쓸 만한 조직을 운영하고 있더군. 당금 강호 어디에도 천이문의 눈과 귀가 깔리지 않은 곳이 없어. 이곳도 사실은 천이문 소속의 정보망 중 하나지."

"그럼?"

"밥만 축낼 순 없어 잠시 동안 천이문을 돕고 있다."

한초설은 그제야 자신들에게 호의적이었던 숙수나 점소이의 태도를 이해할 수 있었다.

지금만 해도 그렇다.

평범한 객잔이라면 살풍경한 광경에 벌벌 떨고 있었어야 할 점소이가 아무렇지 않게 바닥의 핏자국을 지우더니, 금세 따듯한 차를 내왔던 것이다.

"그런데 무슨 일이죠?"

한초설의 질문에 호계상이 미안한 표정을 지었다. 약간은 들뜬 그녀의 표정에서 그녀가 무엇을 기대하고 있는지를 읽어낸 것이다.

"원하던 소식을 가져오지 못해 미안하군. 아직 그에 대해 이렇다 할 정보가 없네."

호계상의 대답에 한초설의 얼굴에 짙은 실망이 번져 갔다.

그런 한초설을 향해 호계상이 입을 열었다.

“살막이 다시 부활한 건 알고 있나?”

“살막이라면…….”

한초설은 의아함을 금치 못했다. 분명 유장령은 빈손이었다. 비록 손자인 유효명이 있다곤 하나 불과 몇 달도 되지 않아 살수 조직을 다시 꾸렸다는 것이 상식적으로 납득하기 힘들었던 것이다.

호계상이 웃으며 입을 열었다.

“유 노인이 불호신투와 사돈을 맺었어. 알다시피 척대명은 공공문의 문주. 공공문은 돈이 많거든. 게다가 정보력도 갖추고 있지.”

“자금과 정보를 갖추고 있다 해도 그처럼 짧은 기간에 살수를 키워낼 순 없을 텐데요?”

“살수 대부분이 나병 환자라더군.”

“나병 환자요?”

한초설의 얼굴에 의아함이 떠올랐다.

나병, 즉 문둥병은 치료가 불가능한 천형병이다. 몸도 온전치 못한 데다 언제 죽을지 모르는 그들이 어떻게 살수가 된단 말인가? 하지만 이어진 호계상의 설명에 그 이유를 납득할 수 있었다.

“듣자니 살수를 키우는 과정은 꽤나 어렵다더군. 남을 죽여야 하는 직업인만큼 자신의 목숨도 내놓을 각오가 되어 있어야 하는데, 제아무리 뛰어난 무인이라 할지라도 죽음에 대한 두려움은 있기 마련이거든. 한데 그들은 평범한 사람들이 아니야. 늘상 죽음을 곁에 두고 사는 사람들인지라 죽음에 대한 두려움이 없지."

한 모금의 차로 입술을 축인 호계상이 말을 이어갔다.

"게다가 그들이 늘 갈구하는 것이 있네. 그것은 바로 자유. 세상의 멸시와 천대로부터 시달리던 그들이었기에 유 노인의 제안을 거절할 수 없었던 게지. 무공을 통해, 그리고 살수가 되어 주어진 임무를 통해 그들은 정면으로 세상과 마주할 수 있는 힘을 얻게 되었으니까. 더구나 보통 사람들은 살수를 두려워하지. 그게 제아무리 나병 환자라 할지라도 말일세. 그리고 거기에 분노가 더해졌네."

"분노요?"

"인근에 전염병을 퍼뜨린다는 허황된 이유 하나에 얼마 전 그들은 관군에 의해 몰살당할 뻔했거든. 이래 죽으나 저래 죽으나 마찬가지. 그런 극단적인 각오가 있기에 그들은 범인과 비교할 수 없을 정도로 단시간에 살수가 될 수 있었던 게야."

"하지만 불과 몇 달 만에 살수가 된다는 것이 가능한가요?"

"유 노인이 자신이 가진 절기들을 모조리 풀었지. 뭐, 오랜 세월 이름을 알려왔던 살막이니만큼 나름대로 비전의 무언가가 있었겠지. 게다가 사가 놈이 그 일을 도왔다네."

"사염천, 그 사람 말인가요?"

"달리 누가 있을까. 그놈이 돌팔이 같아 보여도 지니고 있는 의술이 녹록치 않다네. 특히나 나병 같은 불치병이 그놈 전문 분야인만큼 이번에 제 몫을 톡톡히 했지."

“나병을 치료할 수 있을 만큼 그 사람의 의술이 높았단 말인가요?”

“물론 완전히 치료는 못해. 그랬다면 애초부터 불치병이라고 하지도 않았겠지. 병의 진행을 늦추는 게 전부야. 하지만 사실 그것만 해도 대단한 거지. 어쨌든 그 사람들에 대해 알고 난 후 사가 놈이 손을 걷어붙이고 나섰고, 그 덕에 유 노인은 계획했던 바를 앞당길 수 있었네.”

“손을 걷어붙이고 나섰다구요? 의외네요.”

한초설의 말에 호계상이 씁쓸한 미소를 머금었다.

“그놈이 독심광의(毒心狂醫)가 된 이유를 알면 그리 말하지 못할 걸세.”

호계상이 사염천의 과거를 언급했다.

“광의 그놈에게 누이가 있었어. 연홍이라고… 이름 못지않게 예쁜 처자였다고 하더군. 그런데 그녀가 그 몹쓸 병에 걸리고 만 게야. 당시에도 사가 놈은 제법 이름을 날리던 의원이었는데, 그런 누이를 보면서도 치료는커녕 손쓸 방도도 없었다고 해. 그때부터였지, 그놈 눈이 돌아간 게.”

“그럼…….”

호계상이 고개를 끄덕였다.

“나병 환자들을 찾아다니며 여러 가지 실험을 하기 시작했지. 대부분의 환자가 그 과정에서 죽게 되었고, 그중엔 몇몇 무림인도 포함되어 있었어. 그는 곧 강호인들의 지탄을 받아 악적으로 몰리게 되었지. 그 와중에도 그놈은 누이를 살리기 위한 방법을 찾기 위해 물불 가리지 않고 뛰어다녔어. 그러다 간신히 발견한 거야. 비록 완치는 못하더라도 병의 진행을 늦추는 방법을 말이야.”

“그래서요?”

“하지만 끝내 누이를 구하지 못했지. 누이를 치료하려는 순간 그에게 원한을 가진 무림인들이 찾아왔고, 그들과의 싸움에 애꿎게도 그녀가 휘말린 게야. 그 바람에 미처 손도 써보지 못하고 그녀는 죽고 말았어. 병이 아닌 무림인들의 칼에 말이야. 그 이후 사가 놈은 무림인라면 이를 갈게 된 거고.”

“아!”

사염천의 안타까운 과거에 한초설은 자신도 모르게 탄식을 흘렸다.

호계상이 입을 열었다.

“항상 옆에서 누이를 지켜봐 왔던 만큼 사가 놈은 자유를 갈구하는 그들의 심정을 누구보다 잘 알아. 그런 까닭에 그들을 도운 거지.”

고개를 끄덕이는 것과 달리 한초설은 여전히 인상을 찌푸리고 있었다. 사염천이 아닌 유장령 때문이었다. 모든 상황을 떠나 유장령의 행동이 마음에 들지 않았다. 절박한 사람의 심정을 이용한 듯한 그의 결정이 내심 못마땅한 것이다.

그런 그녀의 생각을 짐작한 듯 호계상이 슬쩍 웃음을 머금었다.

“사실 누구보다 살수가 되길 원한 건 그들 자신이었네. 살수는 꽤나 돈이 되는 직업이거든. 그들에게도 가족이 있네. 죽기 전에 마지막으로 가족에게 무언가를 남겨주고 싶었을 게야.”

말없이 대화를 듣고 있던 단리영이 고개를 끄덕였다. 그리곤 호계상을 향해 입을 열었다.

“단순히 살막이 부활했다는 소식을 전하기 위해 이곳까지 찾아온 건가요?”

그제야 호계상이 본론을 꺼냈다.

“유 노인이 자네에게 제안할 것이 있다더군.”

“제안이요?”

한초설의 반문에 호계상이 고개를 끄덕였다.

“오대세가와의 싸움을 자신에게 맡겨달라 했네.”

“어째서죠?”

“지금 당장 살막에게 필요한 건 명성이야. 제아무리 전설적인 살수 조직이라 하지만 몇십 년 동안 활동을 하지 않은 탓에 그 명성이 상당히 퇴색되었거든. 오대세가를 상대하면 그만큼 명성이 오르겠지. 이미 그들은 강호인의 지탄을 받고 있기 때문에 살막으로선 좋은 명분을 얻는 셈일세. 더구나 의뢰인이 이제 중 한 명인 설산검후라면, 그것만으로도 더할 나위 없는 명예가 될 테지.”

“그가 내건 요구 조건은요?”

“훗날 자신을 한번 도와달라고 하더군.”

“그것뿐인가요?”

호계상이 고개를 끄덕였다.

“지금 당장은 어떨지 몰라도 장기적으로 봤을 때 나병 환자들만으로 살막을 꾸려 나가는 건 한계가 있다네. 예전의 살막으로 돌아가려면 일반적인 살수를 육성해야 하지. 하지만 상당한 시간이 필요하다고 하더군. 언젠가는 나병 환자들이 아닌 일반적인 살수들로 세대교체를 해야 하는데, 그 과정에서 생기는 힘의 공백을 자네가 메워줬으면 하는 것 같아.”

“저더러 살수를 하란 말인가요?”

“아니, 그게 아니라 단지 자네의 명성만 빌리겠다는 뜻이야. 당금 강호에 설산검후가 비호하는 방파를 공격할 만큼 배포가 큰 문파는 그리 많지 않거든.”

선뜻 대답을 하지 못하는 한초설을 향해 호계상이 말을 이었다.

“게다가 유 노인은 이와 같은 조건을 단리백, 그에게도 제안할 생각일세.”

한초설의 표정이 급변했다.

“그게 무슨 말이죠?”

다그치듯 묻는 한초설의 모습에 유장령이 미안한 표정을 지었다.

“이런, 내가 말을 잘못했군. 오해하지 말게. 아직 그에 대한 소식은 없다네. 하지만 유 노인은 그가 살아 있다고 믿고 있지. 그건 나 역시 마찬가지고. 그를 겪어본 사람이라면 누구라도 그렇게 생각할 게야.”

“아……..”

아쉬움이 섞인 한초설의 탄식에 호계상이 미안한 표정을 지어 보였다.

잠시 유장령이 제안한 내용에 대해 곰곰이 생각하던 한초설이 고개를 들어 단리영을 바라봤다.

그런 한초설을 바라보며 단리영이 빙그레 미소를 머금었다.

"당대 검후는 너다. 본 문의 대소사는 네가 결정하려무나."

그제야 한초설은 고개를 끄덕여 유장령의 제안을 수락했다.

"알았어요. 그 제안 받아들이죠."

"그럼 그리 전하겠네."

자리를 털고 일어나던 호계상이 문득 한초설을 바라봤다. 그리곤 잠시 머뭇거리다 한초설을 향해 입을 열었다.

"그리고 이건 개인적인 부탁이네만……."

말끝을 흐리던 호계상이 난처한 얼굴로 입을 열었다.

"유 노인이 소하, 그 아이를 만난 모양이야. 마교의 교주란 자와 같이 행동한다더군."

"그 아이가 마교에 납치되었단 말인가요?"

한초설의 반문에 유장령이 고개를 흔들더니 한숨을 터뜨렸다.

"아니, 그건 아닌 것 같네. 유 노인 말에 따르면 소하 스스로 마교에 입교한 것 같다더군."

"그게 사실인가요?"

"아무래도 그런 것 같아. 그 이유야 짐작 못하는 건 아니지만……."

“대체 무슨 생각으로…….”

“정작 자신은 힘이 없으니 마교에 기대서라도 의숙의 복수를 하고 싶었던 게지. 게다가 무슨 연유에선지 그 아인 그가 죽었다고 믿고 있네. 그 때문에 그런 극단적인 결정을 내린 것일 게야.”

기가 막혀 말을 잇지 못하는 한초설을 향해 호계상이 거듭 부탁했다.

“생각 같아선 내가 직접 가고 싶지만 마교의 엄중한 감시망을 피할 자신이 없네. 그래서 생각 끝에 자네가 저임지리 생각했네. 자네라면 충분히 그 아일 데리고 빠져나올 수 있을 거야.”

“몰라요. 그런 녀석 어찌 되든 내가 알 바 아니에요.”

“이보게, 검후.”

“내가 왜 그 앨 도와줘야 하는데요?”

냉담하게 대꾸한 한초설이었으나 이어진 호계상의 말에 눈빛이 흔들렸다.

“단리백, 그가 다시 돌아왔을 때 소하가 마교에 있다는 걸 알게 되면 얼마나 화나고 어이없겠는가?”

“……!”

고운 아미를 한껏 찡그린 채 고심을 거듭하던 한초설이 이윽고 나직이 한숨을 터뜨렸다.

“좋아요. 그 아인 지금 어디에 있죠?”

그제야 호계상의 얼굴에 안도의 감정이 떠올랐다.

“유 노인이 그 아이를 만났던 곳을 중심으로 인근 백 리를
천이문이 샅샅이 뒤졌네만 그 행방을 정확히 찾을 순 없었네.
다만 마교의 임시 총단으로 짐작되는 곳은 있네. 검단곡에서
동쪽으로 사백 리가량 떨어진 곳인데, 백운장(白雲莊)이라는
장원이 바로 그곳일세.”

“알았어요. 그 응석받이 녀석, 엉덩이를 때려서라도 끌고 오
죠.”

“그럼 부탁하네.”

흐릿하게 웃은 호계상이 단리영을 향해 정중히 포권을 취했
다. 그리곤 말없이 객잔을 나서 어둠 속으로 사라졌다.

“어쩔 생각이냐?”

단리영의 물음에 한초설이 씁쓸한 미소를 떠올렸다.

“어쩔 수 없잖아요. 데리러 가야죠.”

“굳이 네가 그 아이를 신경 써야 할 이유가 있느냐?”

“물론 저야 없죠. 하지만 오라버닌 그렇지 않을걸요. 그는
지금까지 마교로부터 그들 모녀를 보호하기 위해 애썼어요.
그 노력을 이제 와서 수포로 돌아가게 할 순 없잖아요.”

“정 그렇다면 이틀만 기다리거라. 이틀 후면 네 사백이 도착
할 게다.”

한초설이 설레설레 고개를 흔들었다.

“저 혼자 다녀올게요. 사백과 함께 가면 틀림없이 커다란 소
란이 일어날 거예요. 그분 성격에 어디 조용히 잠입하는 게 가
능하겠어요? 게다가 일이 틀어지더라도 저 혼자라면 얼마든지

빠져나올 수 있으니 걱정 마세요."

단리영이 걱정스러운 표정으로 한초설을 바라봤다. 하다못
해 자신이라도 동행하고 싶었지만 이처럼 뒤숭숭한 시기에 어
린 우금을 홀로 놔둘 수가 없었던 것이다.

현사검을 집어 드는 한초설을 향해 단리영이 한마디를 덧붙
였다.

"혹시라도 마군, 그 늙은이와 조우하거든 주저하지 말고 돌
아서라. 너는 아직 그의 상대가 되지 못한다."

한초설이 씨익 웃으며 고개를 끄덕였다. 막상 마주치면 어
떻게 될지 모르겠지만 지금으로선 그와 상대하고 싶은 생각이
없었다. 어차피 그는 단리백의 몫이 아닌가.

"다녀올게요."

그 말을 남긴 채 한초설이 객잔을 나섰다.

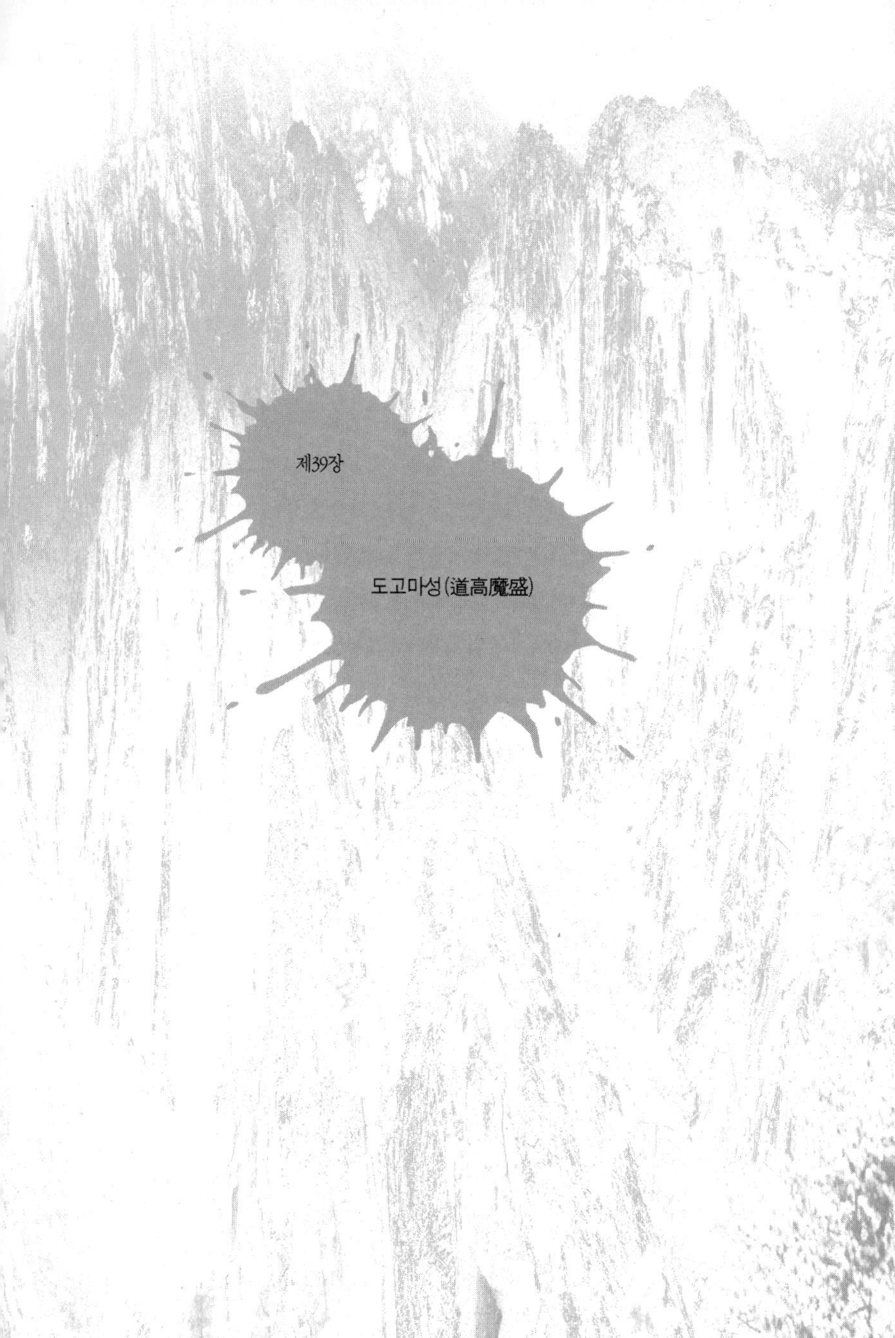
제39장

도고마성(道高魔盛)

고요한 방 안.

"크윽……."

한줄기 고통스러운 신음 소리가 공기를 흔들었다.

비처럼 쏟아지는 식은땀, 안색은 그야말로 분을 칠한 듯 창백하다. 이마 위로 도드라진 푸른 핏줄과 으스러져라 깨문 이빨은 지금 단리백이 겪고 있는 고통이 얼마나 지독한 것인지를 말해주고 있었다.

충분히 각오하고 벌인 일이었다. 하지만 체내에 침투해 혈관을 타고 도는 가공할 독기운은 의지만으로 버텨낼 수 있을 만큼 호락호락한 것이 아니었다.

이미 수십 번을 반복한 과정이다. 그럼에도 불구하고 매번

마다 사투의 연속이다.

지금만 해도 그렇다.

시뻘겋게 달궈진 바늘이 혈관을 타고 움직이는 듯한 극통 앞에서 단리백의 인내심은 한계를 넘나들고 있었다.

그렇게 얼마나 시간이 흘렀을까.

좌정한 채 눈을 감고 있던 단리백의 신형이 심하게 들썩였다.

"왁!"

돌연 단리백이 한 모금의 피를 토했다. 혈맥 일부를 막고 있던 울혈이었다.

독기와 뒤섞인 채 시커멓게 죽어 있는 피는 지독한 악취를 피워 올리고 있었다.

이윽고 단리백이 천천히 눈을 떴다.

'이번에도 무사히 넘겼군.'

주위를 둘러보던 단리백은 비로소 고문과도 같은 시간이 끝났음을 깨닫고 안도의 한숨을 흘렸다.

단리백은 다시 운공을 시작했다. 그리고 또다시 몇 번의 핏물 섞인 기침을 토해냈다. 일주천을 통해 몸에 남은 여독을 피와 함께 뱉어낸 것이다.

운공을 마친 단리백이 좌정을 풀고 신형을 일으켰다. 그러자 그의 옷에서 무언가가 후두둑 떨어졌다. 독기를 다 쏟아내고 죽어버린 십여 마리의 혈봉이었다.

이를 바라보는 단리백의 얼굴에 씁쓸한 미소가 떠올랐다.

무공을 되찾기 위한 방편으로 혈봉의 독을 선택한 것은 자신이었지만 스스로 생각하기에도 무모하기 짝이 없는 방법이었다.

비록 약간의 무공을 회복했다곤 하나, 예전에 비하면 조족지혈에 불과했다. 기경팔맥을 비롯한 세맥 일부가 막혀 있어 이전처럼 자유롭게 진기를 이끌 수 없었고, 이 때문에 무공이 심각하게 퇴보한 것이다.

그래서 생각해 낸 것이 혈봉의 독이었다.

주요 혈도에 혈봉의 독을 주입한 뒤, 극통이 느껴지는 부분으로 억지로 진기를 집중시켜 유도한다. 독기를 이용하여 기맥을 막고 있던 울혈을 녹여내는 것이다. 이후 진기로 독기를 에워싸 전신에 퍼지는 걸 막고, 일주천을 통해 울혈과 독기를 한데 몰아 몸 밖으로 배출한다.

얼핏 간단해 보이는 원리였지만 실상은 그리 녹록지 않았다.

한 마리가 수십 마리의 황소를 절명케 할 만큼 가공할 만한 위력을 지닌 혈봉의 독. 그와 같은 맹독이 전신의 기맥을 따라 휘도는 동안 단리백이 겪는 고통은 참으로 끔찍한 것이었기 때문이다.

문제는 그뿐만이 아니었다.

폭군처럼 날뛰는 독기를 제어하기 위해서는 정밀한 진기의 운용을 필요로 한다. 막혀 있는 기맥을 타통했다 하더라도 제때 이를 수습하지 못한다면 독기는 걷잡을 수 없게 전신으로 번질 것이고, 그렇게 되면 죽음만이 기다리고 있었다. 또한 실수로 독기를 엉뚱한 기맥으로 흘려 넣는다면 이는 주화입마로까지 이어질 수도 있었다.

참으로 위험하고 무모한 발상이 아닐 수 없었다. 하지만 달리 방법이 없었다.

정석대로라면 운공을 통해 내공을 쌓고, 그 힘으로 기경팔맥과 세맥을 타통하는 과정을 거쳐야 한다. 이것이 올바르고 일반적인 수순이었다. 하지만 그 과정은 참으로 아득하기만 했다.

십 년? 이십 년? 아니, 어쩌면 평생을 쏟아 부어도 예전의 무공을 되찾을 수 없을지도 모른다.

더구나 단리백의 나이 서른둘. 그 역시 단리 가문의 피를 이은 사내였기에 언제 천형의 병이 찾아올지 모르는 상태였다.

부족한 시간과 지난한 현실. 이것이 그로 하여금 이처럼 극단적인 선택을 강요하게 만든 것이다.

이처럼 위험한 과정을 반복함으로써 단리백은 하나씩 막혀 있던 세맥을 타통하고 있었다. 하지만 매번 겪는 고통은 익숙해지지가 않았다. 오히려 하루 하루가 사투의 연속이었다. 처음엔 혈봉 한 마리로 시작했지만 주요 기맥에 이르자 점차 필요로 하는 혈봉의 독이 많아져, 지금은 십여 마리의 독을 이용해서야 간신히 기맥을 타통할 수 있었던 것이다.

시간 역시 길어졌다. 일각에 불과했던 처음과 달리 지금은 근 한 시진 넘게 혈봉의 독과 싸워야만 했다.

그러나 정작 견디기 힘든 것은 따로 있었다.

밖으로 나선 단리백이 눈을 들어 천장을 바라봤다.

곳곳에 매달려 있는 종유석을 타고 떨어지는 빗방울이 겨울이 끝났음을 알리고 있었다.

'벌써 봄인가…….'

하루빨리 이곳을 벗어나야 한다는 초조함이 밀려왔다. 하지만 아직 그럴 수 없었다.

가장 중요한 임독양맥의 타통을 아직 이루지 못하고 있었던 것이다. 임독양맥을 타통하지 않고서는 본래의 무공을 완전히 회복할 수 없었다. 하지만 이 역시 벽에 부딪친 상태였다.

미루어 짐작컨대 임독양맥을 타통하려면 적어도 혈봉 백여 마리의 독기를 사용해야만 한다.

혈봉의 녹을 통해 세맥을 뚫는 과정을 거치면서 어느 정도 독에 대한 내성이 갖춰진 상태였다곤 하나 그만한 양의 독을 견뎌낼 리 만무했다.

'조금씩 독의 양을 늘려가는 방법만이 전부인가.'

단리백이 무거운 한숨을 터뜨렸다. 십여 마리의 혈봉독조차 버거운 것이 현실이었기 때문이다.

모옥으로 돌아온 단리백은 금방이라도 바스라질 것처럼 너덜거리는 책, 능요총서를 다시 집어 들었다.

혈라인을 사용할 수 없는 현재로서는 별반 쓸모 없는 책으로 전락해 버린 능요총서. 하지만 단리백은 놓친 부분이 없는지 다시금 능요총서를 읽어갔다. 사실 혈봉의 독을 이용하는 방법 또한 능요총서에서 비롯된 것이었기 때문이다.

능요총서엔 혈라인을 운용하여 환골탈태를 이루는 방법이 소상히 기록되어 있었다. 주요 혈맥과 혈도, 그리고 진기의 운용 과정 및 방법까지. 단리백은 이와 같은 방법을 응용해 혈라인 대신 혈봉의 독을 이용하고 있었다.

말없이 능요총서를 읽던 단리백이 자리를 털고 일어난 것은 밤이 깊어진 술시 무렵이었다.

창밖으로 고개를 돌린 단리백의 얼굴에 의아함이 떠올랐다. 이 시간이면 의당 짙게 깔려야 할 안개가 보이지 않았던 것이다.

모옥 밖으로 나선 단리백이 주위를 둘러봤다. 하지만 어디에서도 용왕의 모습이 보이지 않았다.

어찌 된 영문인지 알 수 없었다. 이 시간이면 늘상 모옥 곁에 웅크리고 있던 용왕이었기 때문이다.

주변을 거닐며 용왕을 찾던 단리백이 걸음을 멈춘 것은 유황천 근처의 커다란 바위였다. 그곳에 몸을 기댄 채 웅크리고 있는 용왕의 모습을 발견한 것이다.

평소라면 으레 반갑게 달려들어야 할 녀석이 가만히 자신을 바라보고만 있었다. 뿐만 아니라 용왕 주변 곳곳에 광택을 잃은 채 떨어져 있는 비늘이 눈에 들어왔다. 거친 숨을 몰아쉬며 괴로운 듯 꿈틀대는 모양새 역시 어딘지 심상치 않아 보였다.

"아!"

걱정스러운 마음에 유심히 용왕을 살피던 단리백이 탄성을 터뜨렸다.

용왕은 탈피를 준비하고 있었다.

아마도 마지막 탈피를 앞두고 있는 듯, 머리의 뿔 근처 부근이 금방이라도 표피를 찢고 튀어나올 것처럼 뾰족이 솟아올라 있었다. 뿐만 아니라 상서로운 옥색 서기가 안개처럼 일렁이며 용왕의 전신을 둘러싸고 있었다.

번쩍.

어둠에 잠긴 동부가 일순 밝아졌다.

고개를 들어 천장을 바라본 단리백의 눈에 연이어 내리치는 뇌화(雷火)가 들어왔다.

우르릉!

더불어 커다란 뇌성이 동부 안을 뒤흔들었다.

'용은 구름과 비를 몰고 다닌다 했던가.'

단리백은 비로소 용왕이 승천을 준비하고 있음을 깨달았다.

이를 방해하지 않기 위해서라도 자리를 비켜줘야 했다. 하지만 영문 모를 이 불안함은 대체 어찌 설명해야 할까. 단리백이 그 이유를 깨닫는 데는 그리 오랜 시간이 걸리지 않았다.

쉽게 발걸음을 돌리지 못하던 단리백이 무언가를 발견하고 경악성을 터뜨렸다.

"저건!"

상서로운 기운에 뒤섞여 있는 희미한 흑색 서기. 비록 옥색 서기에 묻혀 미약하게 느껴졌으나 그것은 분명 예전에 그가 떨쳐 냈던 파정도의 마기가 분명했다.

무슨 연유로 용왕이 이를 지니고 있는지 알 순 없었지만 이는 분명 좋은 징조가 아니었다.

그때였다.

크아앙!

허공을 찢어발기는 용왕의 포효!

울컥.

용왕과 가까이 있던 단리백은 그 소리에 귀가 먹먹해지는 것도 모자라 한 모금의 피를 토하고 말았다. 용왕의 포효에 내부가 진탕된 것이다.

용왕의 몸에 변화가 일어난 것도 그때였다.

쩌적.

용왕의 전신을 둘러싸고 있던 비늘이 우수수 떨어져 내리더니 피부가 쩍쩍 갈라지기 시작한 것이다. 그리고 그 사이로 붉은 피가 쉬지 않고 흘러내렸다.

몹시 괴로운 듯 연신 몸부림을 치는 용왕의 모습에 단리백은 자신도 모르게 주먹을 움켜쥐었다.

기존처럼 껍질을 벗고 몸의 크기만 불리는 그런 탈피가 아니었다. 이무기로서의 몸을 벗어던지고 새로운 육신을 얻어 신령한 존재로 탈바꿈하는 과정이 그리 쉬울 리가 없기 때문이다.

아니나 다를까.

생살을 찢는 고통을 견뎌내며 용왕은 조금씩 모습을 바꿔가고 있었다.

찢겨진 머리 위로 사슴의 그것을 연상케 하는 우람한 뿔이 모습을 드러냈다. 뒤이어 보는 것만으로도 섬뜩해질 만큼 날카로운 발톱이 조악한 다리가 붙어 있던 가슴과 배를 찢으며 뚫고 나왔다.

허물처럼 갈라진 피부의 균열 사이로 드러난 몸체는 은은한

광채를 뿜어내고 있었고, 서서히 자라나기 시작한 한 쌍의 수염은 어느덧 일 장의 길이에 이르러 춤을 추듯 허공에서 너울거렸다. 또한 부드럽고 온순하던 눈빛에는 위엄이 서리기 시작했다.

하지만 무엇보다 가장 큰 변화는 따로 있었다.

'여의주!'

용왕의 이빨 사이로 새하얀 기운이 뭉쳐지더니, 어느새 구체의 형태를 갖춰가고 있었던 것이다. 그것이 용의 권위를 상징하는 여의주임은 어렵지 않게 알아볼 수 있었다.

단리백이 초조한 마음으로 용왕의 탈피를 지켜보고 있을 때였다.

도고마성(道高魔盛)이라 했던가.

사단은 그때 일어났다.

스스스.

용왕이 뿜어내는 서기에 밀려 희미하게 흐려지던 파정도의 마기가 서서히 용왕의 머리 근처로 움직이기 시작했던 것이다.

파정도의 마기를 이미 겪어본 단리백이다. 마기가 지닌 유혹의 강렬함과 달콤한 속삭임을 떨쳐 내는 것은 결코 쉬운 게 아니었다.

불길한 예상은 역시나 빗나가지 않았다. 위엄이 서려 있던 용왕의 눈빛이 미미하게 흔들리는 것이 아닌가.

크르르.

나직한 울음을 토한 용왕이 채 완성되지 않은 여의주를 뱉어냈다. 그리고 이를 막 자라나기 시작한 왼쪽 발로 낚아챘다.

이후 용왕의 목울대가 크게 출렁이나 싶더니 평소 안개를 부릴 때 신주(神珠)처럼 사용하던 내단이 밖으로 모습을 드러냈다.

채 완성되지 않은 여의주와 신주를 각각 나누어 든 채 이를 번갈아 바라보는 용왕의 모습에 단리백의 눈빛이 급격히 흔들렸다. 마지막 순간 용왕은 시험에 놓인 것이다.

용왕은 여의주와 신주를 놓고 갈등하는 기색이 역력했다.

아직 완성되지 않아 당장 그 능력을 알 수 없는 여의주를 응시하는 용왕의 눈빛. 그것은 불신과 의혹을 담고 있었다.

반면 신주를 바라보는 용왕의 눈빛은 아쉬움이 가득했다. 막상 용이 될 수 있는 기회를 마주하고 있음에도 불구하고 자신이 천 년 넘게 쌓아온 영력의 정화인 신주에 미련을 버리지 못하고 있는 것이다.

단리백은 마음이 조급해졌다.

당장 주어진 탈피의 시기를 놓친다면 그 결과는 불을 보듯 뻔했다.

"포기해라, 용왕! 신주에 대한 집착은 너를 망칠 뿐이다!"

크아앙!

단리백의 고함 소리에 용왕은 마치 상관하지 말라는 듯 난폭한 포효로 대답했다.

내부를 뒤흔드는 충격에 또다시 왈칵 한 모금의 피를 토한 단리백은 진기를 끌어올려 내상을 다스리기 시작했다. 하지만 두 눈은 용왕을 주시하고 있었다.

단리백의 눈에 이상한 점이 발견된 것도 그때였다.

용왕의 전신에서 뿜어지던 서기가 흐릿하게 변하더니, 점차 짙은 회색으로 물들고 있었다.

변화는 그뿐만이 아니었다. 완전한 탈피를 채 이루기도 전에 찢어졌던 표피가 급속히 아물더니 흘러내린 붉은 피가 먹물마냥 새카맣게 굳어지며 용왕의 전신을 뒤덮고 있었던 것이다.

그렇게 얼마나 시간이 흘렀을까.

스스로의 욕심에 사로잡혀 미련을 버리지 못한 용왕의 갈등은 결국 최악의 결과를 초래하고야 말았다.

용왕의 왼손에 들려 있던 여의주가 찬란한 빛을 잃어버렸다.

퍼석!

동시에 타고 남은 새하얀 재처럼 여의주는 산산이 깨져 허공에 흩어지고 말았다.

단리백이 우려했던 바는 현실이 되고야 말았다. 망설이던 가운데 용왕은 용이 될 수 있는 기회를 놓쳐 버린 것이다. 그리고 한 번 잃어버린 기회는 두 번 다시 찾아오지 않을 터.

멍한 눈으로 텅 빈 왼손을 바라보던 용왕의 눈빛이 급격히 바뀌기 시작했다. 허무에서 슬픔으로… 그리고 다시 걷잡을 수 없는 분노로. 그리고 그 분노의 대상은 단리백이 되었다.

크허엉!

평소의 용왕과는 다른, 이질적인 포효에 단리백의 안색이
굳어졌다.

서서히 자신을 향해 다가서는 용왕의 모습은 말로는 설명하
기 힘들 만큼 끔찍한 것이었다. 미처 다 자라지 못한 한 쌍의
뿔과 완성되지 않은 발. 그리고 완전히 벗지 못한 껍질이 검은
핏물과 함께 뒤엉켜 흉측하기 짝이 없는 모습으로 용왕을 바
꿔놓았던 것이다.

더구나 정기가 가득했던 두 눈에서는 사이하기 그지없는 핏
빛 안광이 줄기줄기 흘러내리고 있었다.

그 안에 담겨 있는 감정. 그것은 명백한 살의였다.

푸스스.

용왕이 살기를 드러내자 유황천 주변에 자리 잡은 크고 작
은 물웅덩이에서 물이 사라지기 시작했다. 순식간에 말라붙은
물웅덩이는 금세 바닥을 드러내 버렸고, 마치 오랫동안 가뭄
을 만난 것마냥 곳곳이 거북이 등껍질처럼 갈라졌다.

그와 동시에 동부 안 곳곳에 자리 잡고 있던 식물들 역시 누
렇게 마르며 죽어가기 시작했다.

이에 단리백은 탄식을 터뜨렸다.

전설에 따르면 용이 되지 못한 이무기는 분노에 몸을 맡긴
악룡이 되어 세상의 물을 마르게 한다 했다. 결국 용왕은 악룡
이 되고 만 것이다.

용왕이 물고 있는 유백색의 신주 역시 본래의 신령스러운

기운을 품고 있던 유백색이 아닌, 섬뜩함이 감도는 짙은 흑색으로 그 색깔이 바뀌어 있었다.

점차 용왕이 다가서자 비로소 단리백은 자신이 가공할 살기에 노출되어 있음을 깨달았다.

단리백이 내상을 다스리던 진기를 거두고 급히 혈라강기를 끌어올리는 순간이었다.

파앙!

허공을 찢는 강맹한 파공음!

자신을 향해 날아드는 용왕의 꼬리를 뒤늦게 발견한 단리백이 이를 악물었다. 그 속도가 워낙 빨라 파공음이 들려왔을 땐 이미 지척에 이르러 있었다.

우두둑!

"……!"

단리백이 눈을 부릅떴다. 미처 제때 방비를 하기도 전에 채찍처럼 휘어진 용왕의 꼬리가 그대로 옆구리를 강타했던 것이다.

허공에 붕 떠오른 단리백의 신형이 십 장 정도를 날아가다 실 끊어진 연처럼 바닥에 추락했다.

쿵!

"쿨럭!"

피를 게워내는 단리백의 얼굴이 심각하게 굳어졌다.

온전한 무공을 지니고 있다 해도 버텨낼 수 있을지 장담할 수 없을 만큼 무시무시한 일격이었다. 이를 고스란히 맨몸으로 받아냈으니 무사할 리 만무했다.

아니나 다를까.

오른쪽 어깨 아래로 감각이 없었다. 늑골 역시 산산이 부서진 듯 숨 쉴 때마다 극통이 밀려왔다. 단 한 번의 공격에 치명적인 부상을 입고 만 것이다.

"크으……!"

이를 악물어 신형을 바로 세우던 단리백이 석상처럼 굳어졌다. 어느새 자신의 지척에 이른 용왕이 자욱한 살기를 흘리며 자신을 내려다보고 있었던 것이다.

본능적으로 위험을 직감한 단리백이 정면에 보이는 용왕의 몸통을 향해 주먹을 휘둘렀다. 삼성의 공력이 실린 염왕수였다.

쾅!

희미한 혈광을 머금은 단리백의 주먹이 그대로 용왕의 몸통을 후려쳤다. 하지만 피를 토하며 튕겨 나간 것은 오히려 단리백이었다. 삼성에 불과한 염왕수로는 단단한 용왕의 껍질을 뚫지 못한 것이다. 심지어 생채기조차 입히지 못했다.

마치 거대한 쇳덩이를 후려친 느낌이었다.

자신의 손을 내려다본 단리백의 입가에 쓰디쓴 웃음이 맺혀졌다. 손등이 심각하게 부어오르고 있었다. 되돌아온 반탄력에 손가락뼈가 조각조각 부서진 것이다.

단리백을 노려보던 용왕의 눈에서 흉포한 살기가 번들거렸다. 단리백의 염왕수가 가뜩이나 광분한 용왕의 성질을 건드린 것이다.

쿠아앙!

사납게 포효한 용왕이 순식간에 단리백을 휘감았다.

뿌드득!

용왕이 거대한 몸통을 움직여 조여오자 전신에서 뼈마디가 부서지는 소리가 터져 나왔다. 그러나 단리백은 비명을 지르지 않았다. 으스러져라 이를 악문 것으로 지독한 고통을 견뎌내고 있었던 것이다.

'혈봉의 독에 비하면 이 정도는 고통 축에도 들지 못한다.'

단리백은 절망적인 현재의 상황에서도 포기를 하지 않았다. 아니, 할 수 없었다. 자신이 돌아오길 기다리는 이들을 위해서라도 한낱 짐승에게 죽임을 당할 순 없었다.

살아야만 한다! 분명 기회가 있을 것이다!

스스로 되뇌며 당장 들이닥친 위기를 해결하기 위해 단리백은 생각하고 또 생각했다. 하지만 그런 단리백조차 이어진 용왕의 행동에 가슴이 서늘해지고 말았다. 단리백을 내려다보던 용왕이 물고 있던 신주를 꿀꺽 삼키더니, 그를 향해 거대한 입을 벌렸기 때문이다.

예리하기 짝이 없는 용왕의 이빨과 거기서 흘러내리는 침이 단리백의 눈에 들어왔다.

'나를 삼켜 버릴 생각인가.'

천하의 단리백이 이무기의 먹이로 전락하는 순간이었다.

어이없고 기가 막혀 단리백은 고통마저 느낄 수 없었다. 아무리 분노하고 생각을 거듭한들 현재로선 아무런 방법이 없었던 것이다.

자신을 기다리고 있을 이들을 향한 미안함이 밀려왔다.

막 체념을 하려는 순간, 단리백의 눈에서 섬전 같은 안광이 일렁였다. 용왕의 턱 아래 비죽하게 솟아 있는 커다란 비늘이 눈에 들어왔기 때문이다.

'역린(逆鱗)!'

용왕의 몸을 둘러싸고 있는 다른 비늘과 달리 붉은색을 띤 턱 아래 비늘만은 반대쪽을 향해 나 있었다.

그러고 보니 용왕은 평소에도 유독 그 부분의 비늘만을 만지지 못하게 했었다. 심지어 온순하던 용왕이 위협적으로 이빨을 드러내기도 했던 것이다.

용의 역린을 건드린다는 속담도 있듯 비록 용이 되지 못한 용왕이라 해도 이는 분명 치명적인 급소가 틀림없었다.

단리백이 온몸을 느슨하게 풀었다.

간헐적으로 경련을 일으키던 단리백의 신형이 축 늘어지자 용왕의 눈에 일순 의아함이 감돌았다. 하지만 다시금 단리백을 삼키기 위해 입을 벌렸다.

그 순간 단리백은 전신을 옥죄던 힘이 약간이나마 느슨해진 것을 깨달았다. 하지만 섣불리 움직여 용왕의 경계심을 건드리지 않았다. 조급한 마음에 천재일우의 기회를 날려 버릴 수 없었기 때문이다.

치익.

용왕의 이빨에서 떨어진 침이 얼굴에 떨어졌다. 그러자 극렬한 통증과 함께 새하얀 연기를 피워 올리며 피부가 녹아내렸다. 그러나 단리백은 죽은 듯이 꼼짝도 하지 않았다. 이대로 용왕과의 거리가 더욱 가까워지기만을 기다리고 있었던 것이다.

부러진 오른팔과 달리 왼팔은 아직 건재한 상태.

찰나의 시간이 억겁처럼 길게 느껴졌다. 하지만 단리백은 최대한의 인내심을 발휘해 참고, 또 참았다. 그리고 결국 용왕의 머리가 손을 뻗으면 닿을 듯한 지척까지 이르렀다.

그 순간 단리백의 왼손이 용왕의 턱을 향해 벼락처럼 뻗어졌다.

콰악!

"……!"

단리백이 자신의 역린을 움켜쥐자 용왕의 눈에 경악의 빛이 떠올랐다.

하지만 이도 잠시.

단리백을 조이는 힘이 강해졌다. 동시에 용왕은 고개를 쳐들어 단리백의 손으로부터 벗어나려 했다.

우두둑!

"큽!"

창백하던 단리백의 얼굴이 손톱으로 살짝 그어도 핏물이 솟구칠 것처럼 잔뜩 붉어졌다. 하나 이 순간 단리백이 겪는 고통은 말로는 형언할 수 없는 것이다. 가공할 압력에 전신의 뼈마디를 비롯한 내부의 장기가 산산이 으스러지는 것만 같았던 것이다. 하지만 단리백은 웃고 있었다.

찌직.

단리백이 손에 힘을 주어 비틀자 역린이 박혀 있던 용왕의 턱에서 한줄기 핏물이 솟구쳤다. 그러자 용왕은 더 이상 고개를 쳐들지 못하고 어정쩡한 상태를 유지했다. 반면 단리백의 전신을 조여오는 압력은 더욱 배가 되었다.

마지막 힘을 쥐어짜 단리백은 더욱 세게 역린을 비틀었다. 그러자 비늘이 뽑히며 분수처럼 피가 솟구쳤다.

꾸아앙!

용왕의 입에서 이제까지와는 다른, 고통스러운 신음이 터져 나왔다.

용왕의 턱에서 뿜어진 핏물을 뒤집어쓴 상태에서도 단리백의 얼굴에서는 여전히 웃음이 사라지지 않고 있었다.

혈라강기를 운용했음에도 불구하고 역린을 움켜쥔 손에 피가 흥건하다. 손바닥이 깊게 갈라져 뼈마디가 보일 정도였다. 그 찰나의 순간에도 단리백은 용왕의 역린이 그 어떤 병기와도 견줄 수 없을 만큼 예리함을 알아본 것이다.

단리백이 있는 힘껏 손을 위로 뻗었다.

푸욱!

염왕수로는 흔적도 남기지 못했던 용왕의 가죽이었다. 하지만 용왕의 역린은 마치 두부를 파고들 듯 그대로 용왕의 목에 들어박혔다.

전신을 부들거리던 용왕이 피거품을 게워내기 시작했다.

끄르륵.

그 순간 단리백은 이상한 소리와 함께 용왕의 목울대가 꿈틀거리는 것을 발견했다. 아마도 신주를 꺼내려는 것이리라.

신주에 깃들어 있는 영험한 힘을 익히 아는 단리백으로서는 두고 볼 수 없는 일이었다.

"으아아!"

단리백은 고함을 지르며 있는 힘껏 역린을 잡아당겨 용왕의 몸통을 길게 그어버렸다.

푸하학!

턱에서 시작해 배까지 길게 갈라진 용왕의 상처에서 폭포수처럼 핏물이 쏟아졌다. 단리백은 이를 고스란히 뒤집어쓸 수밖에 없었다.

용왕의 목을 타고 넘어오던 신주가 갈라진 목울대 사이로 툭 떨어진 것도 그때였다.

공교롭게도 신주는 고함을 지르던 단리백의 입속으로 들어갔다. 그리곤 순식간에 액체가 되어버렸다.

놀란 단리백이 이를 뱉어내려 했을 때는 이미 그의 목을 타고 넘어간 뒤였다.

이때 용왕의 신형이 균형을 잃더니 천천히 기울어지기 시작했다.

쿠웅!

굉음과 함께 용왕이 무너지자 단리백 역시 바닥에 쓰러졌다.

털썩.

"헉헉."

탈진한 단리백이 바닥에 누워 거친 숨을 몰아쉬고 있을 때였다.

푸스스.

거대한 몸을 늘어뜨린 채 꼼짝도 하지 않던 용왕의 전신에서 뭉클거리며 연기가 피어오르기 시작했다. 그리곤 순식간에 짙은 안개로 화하더니 이내 메마른 흙바닥에 스며들어 갔다.

용왕의 모습은 더 이상 어디에서도 찾아볼 수 없었다.

그 과정을 지켜보던 단리백이 무거운 한숨을 터뜨렸다. 살았다는 안도감과 더불어 한편으론 미안함을 금할 수 없었던 것이다.

그때였다.

안개가 스며들었던 흙바닥이 미약하게 들썩이기 시작했다. 그리고 약간의 시간이 흘러 무언가가 꼼지락거리며 흙 속을 뚫고 나왔다.

그것은 한 마리 백사였다.

눈처럼 새하얀 색깔을 지닌 백사의 크기는 손가락 굵기에 불과했다.

"용왕……."

단리백은 그것이 용왕의 본래 모습임을 깨달았다.

용왕이 고개를 돌려 단리백을 바라봤다. 단리백을 바라보는 용왕의 눈빛에는 허무함에 가까운 진한 아쉬움이 배어 있었

다. 힘들여 쌓은 천 년 적공(積功)이 순간의 망설임 탓에 무너
진 탓이리라. 더불어 단리백을 향한 미안함도 담겨 있었다.

그 모습에 단리백이 슬쩍 웃음을 머금었다. 순수한 용왕의
눈빛에서는 더 이상의 흉포함도, 사악함도 느껴지지 않았던
것이다.

그 자리에서 한참 동안 단리백을 바라보던 용왕이 신형을
틀었다. 그리곤 이내 멀지 않은 풀숲으로 사라졌다.

용왕이 사라지고 나서도 단리백은 한참 동안 누워 있었다.
오른쪽 팔이 부서지고 늑골 역시 부러져 운신조차 어려웠기
때문이다. 게다가 내상 또한 가볍지 않았다.

'산 넘어 산이로군.'

자신도 모르게 피식 터져 나오는 마른 웃음. 하지만 언제까
지 누워만 있을 순 없는 노릇이다.

거의 기다시피 하여 모옥에 도착한 단리백은 가까스로 벽에
기대 좌정을 했다. 그리곤 내상을 다스리기 위해 운공을 시작
했다.

"……!"

단전에서 진기를 끌어올릴 때만 해도 분명 아무런 이상이
없었다. 하지만 기맥을 통해 진기를 이끌어가는 순간 단리백
은 너무 놀라 하마터면 심마에 빠질 뻔했다.

콰콰콰!

세맥 곳곳에 잠들어 있던 강렬한 기운이 미친 파도처럼 전
신을 내달리기 시작했던 것이다.

한 번도 느껴본 적 없는 미증유의 힘은 기경팔맥을 따라 움직일수록 더욱 그 위력을 높여갔다. 마치 산 위에서 굴린 눈덩이가 바위처럼 커지듯이, 시간이 흐를수록 더욱 위력을 더해가고 있었다.

뜻하지 않은 기적 앞에 단리백은 크게 당황했다. 하지만 이내 그 이유를 짐작할 수 있었다.

'용왕의 신주!'

목숨을 건 용왕과의 사투. 이는 단리백으로서도 예상치 못한 악재 중의 악재였다. 겨우 추슬러 가던 몸이 엉망으로 으깨져 버렸기 때문이다. 한데 이것이 오히려 호재로 급변했다.

천 년 넘게 살아온 용왕이었다. 신주는 내단으로서의 효용도 갖추고 있었던 것이다. 이 정도 힘이라면 충분히 임독이맥을 타통할 수 있었다.

심하게 두근거리는 가슴을 애써 진정시키며 단리백은 경하기를 운용해 전신의 기경팔맥을 향해 진기를 이끌어가기 시작했다.

하지만 그 제어가 좀처럼 쉽지 않았다. 마치 거대한 둑이 무너지듯 일거에 불어난 진기의 위력은 단리백으로서도 감당할 수 없는 거대한 해일이 되어 있었던 것이다.

투두둑!

강맹한 진기에 막혀 있던 세맥이 빠른 속도로 타통되기 시작했다. 뒤이어 지금까지 겪어본 적 없는 거대한 충격이 연이어 임독양맥을 두드리기 시작했다.

콰앙!

한 번.

콰앙!

두 번.

그때마다 단리백의 신형이 크게 들썩였다. 하지만 정작 단
리백은 이를 느끼지 못하고 있었다. 마치 거대한 낙뢰가 정수
리를 후려치는 것만 같았다. 그리고 그 충격에 머릿속이 새하
얗게 비어버리는 것만 같았기 때문이다.

꾹 다문 단리백의 입술은 창백하다 못해 보랏빛으로 변해
있었고, 얼굴은 밀랍보다 새하얗게 변해 있었다. 그 위로 팥알
만 한 땀방울이 쉬지 않고 흘러내리고 있었다.

그리고 마지막 세 번째 충격.

퍼억!

좌정한 채 눈을 감고 있던 단리백이 돌연 코피를 쏟았다.

연신 쏟아진 검붉은 핏물이 단리백의 옷을 흥건히 적셨다.
그런데 단리백의 입가에는 희미한 미소마저 맺혀 있었다.

'임독양맥을 뚫었다!'

그토록 염원하던 임독양맥의 타통을 이룬 것이다.

이윽고 단리백이 눈을 떴다.

번쩍.

단리백의 눈에서 번갯불 같은 신광이 쏟아졌다. 방 안을 에
워싼 어둠마저 뒤흔들어 놓을 만큼 강렬하던 눈빛은 시간이
지날수록 점차 깊숙이 갈무리되기 시작했다.

담담한 눈빛으로 자신의 몸을 내려다보던 단리백이 소매를 들어 코피를 훔쳐 냈다. 그리곤 신형을 일으켜 모옥 밖으로 나섰다.

잠시 허공을 바라보던 단리백이 천천히 왼손을 들어 올렸다.

츠츠츠츳!

단리백의 전신에서 서릿발 같은 기파가 피어오르기 시작했다. 이제까지와는 확연히 다른 핏빛 서기! 단리백의 전신을 에워싼 붉은 서기가 아지랑이처럼 흔들리며 단리백의 손끝을 향해 모아지고 있었다.

피잉!

한데 뭉쳐진 핏빛 강기가 한순간 짙은 빛을 뿌리며 단리백의 손끝을 떠났다.

쩌엉!

묵직한 격중음.

허공으로 비산하며 흩어지는 붉은 광채 사이로 와르르 무너져 내리는 암벽의 모습이 단리백의 눈에 들어왔다.

단리백은 다시금 오른손을 들어 올렸다.

그그그극!

그의 손을 따라 생성되는 붉은 강기막!

높이가 무려 일 장에 달하는 천강마벽을 단리백이 말없이 응시하고 있을 때였다.

부우웅.

귀에 익은 소리에 고개를 돌린 단리백은 새카만 무리를 이뤄 자신을 향해 날아드는 붉은 구름을 발견할 수 있었다. 혈리탄으로 인해 무너진 절벽 틈에 서식하던 혈봉들이었다.

단리백이 구름 같은 혈봉 떼를 향해 가볍게 손을 휘둘렀다. 그러자 허공에서 일렁이던 천강마벽이 전면을 향해 움직였다.

콰콰콰콰!

가로막는 모든 것을 가루로 만들며 거침없이 내달리는 천강마벽! 천강마벽에 휩쓸린 혈봉은 허공에서 한 줌 핏물로 으깨져 버렸다. 그러고도 위력이 줄지 않아 그대로 백 장 정도를 지나치며 바위며 나무 할 것 없이 산산이 짓이겨 놓은 뒤 거대한 암벽을 송두리째 무너뜨리고 나서야 사라졌다.

"좋군……."

단리백의 목소리가 희미하게 떨려 나왔다.

일찍이 적수를 찾아볼 수 없다 해도 과언이 아닐 만큼 절대고수로 손꼽히던 단리백이었다. 그런 그에게 있어 무공의 상실이 가져온 상실감은 그 어떤 고통보다 견디기 어려운 것이었다. 하지만 그것도 오늘까지였다.

이제 완벽히 본연의 무공을 회복한 것이다. 제마봉공(擠魔封恐)의 금제도, 시간에 구애받던 불편함도 없었다.

하지만 아직 하나의 관문이 남아 있음을 깨달았다. 어딘가에 잠들어 있을 혈라인을 깨워야만 하는 것이다.

단리백은 다시 눈을 감았다.

순간 막연한 두려움이 왈칵 밀려들었으나 곧 이를 떨쳐 냈다.

그리곤 혈라인의 구결을 떠올리며 천천히 한 손을 들어 올렸다.

내민 단리백의 손끝 한 치 어림 앞의 공기가 희미하게 흔들렸다.

흐릿하게 흔들리던 공기의 움직임은 점차 격렬해지기 시작해, 종국엔 공간이 일그러지는 듯한 착각마저 불러일으켰다.

그 일렁이는 공간 사이로 하나의 기운이 모습을 갖춰가기 시작했다. 처음엔 흐릿했으나 시간이 지날수록 점차 뚜렷해지고 있었다.

단리백이 천천히 눈을 떴다.

초승달처럼 부드럽게 휘어진 투명한 무언가가 허공에 맺혀 있었다. 차가운 달빛처럼 고고하면서도 오연한 빛을 뿌리는 예리한 자태! 혈라강기의 정수라 할 수 있는 혈라인이 진정한 모습을 드러낸 것이다.

단리백의 입이 서서히 벌어졌다.

"심… 검?"

단리백은 가슴 깊은 곳에서 숫구치는 희열을 감출 수 없었다. 개인의 목적을 떠나 무인 본연으로서 느끼는 기쁨이었다. 혈라인의 운용 구결, 이는 곧 무공의 끝이라 할 수 있는 심검의 구결이었던 것이다.

비록 지금은 형태를 갖추고 있으나 언젠가 심검의 끝 자락에 접어들면 이조차도 완전히 사라지게 될 것이다.

혈라인을 운용한 상태에서 단리백은 진기를 돌려 자신의 몸을 살펴보았다. 아직은 특별히 위험한 징조가 느껴지지 않았다. 하지만 이미 혈라인을 개방한 지금, 조만간 어떤 식으로든 위험이 닥치리라.

단리백은 수백 번도 더 읽었던 능요총서의 내용을 다시 한 번 머릿속에 되새겼다.

능요총서의 이론은 완벽했다. 하지만 그것이 현실과 일치할지는 장담할 수 없었다. 그래도 시도는 하지 않을 수 없었다.

어차피 이대로라면 마흔을 넘기지 못할 것이다. 아니, 연생주를 사용해 임소하에게 수명을 나눠 준 이상 천형의 발병은 더욱 앞당겨질 것이다. 또한 혈라인으로 인해 중조부의 전철을 밟지 않으리라는 법도 없었다.

모옥으로 돌아온 단리백은 좌정을 하고 앉았다.

그의 전면에는 사무심의 위패 대신 놓아둔 초혼신침이 담긴 목갑이 놓여 있었다.

손을 뻗어 목갑을 취한 단리백이 조심스레 목갑을 열었다.

붉은 금광이 감도는 아홉 개의 침.

구절옥로환과 더불어 죽은 이도 살렸다는 무불능요의 또 다른 보물인 초혼신침이었다.

잠시 초혼신침을 응시하던 단리백은 능요총서의 내용을 다시 한 번 떠올렸다. 그리곤 손을 움직여 전신에 침을 찔러 넣었다.

정수리 부근의 천령혈(天靈穴)을 비롯해 기문혈(氣門穴)과 당문혈(當門穴), 제문혈(臍門穴)…… 약간의 충격만으로도 죽음에 이르는, 이른바 사혈이라 부르는 치명적인 요혈들이었다.

아홉 개의 사혈에 초혼신침을 꽂은 채 단리백은 혈라인의 구결을 운용했다. 그러자 눈앞에 혈라인의 형태가 모습을 갖춰가기 시작했다.

잠시 이를 응시하던 단리백이 천천히 눈을 감았다.

기본적인 운공심법인 경하기를 일으켰다. 더불어 혈라강기를 운용하는 것과 동시에 능요총서에 기록된 주요 혈도와 기맥을 향해 진기를 흘려 넣기 시작했다. 그러면서도 단리백의 의식은 혈라인에 집중되어 있었다.

그렇게 얼마나 시간이 지났을까.

지이잉.

허공에 떠 있던 혈라인이 나직하게 울었다. 그리고 이내 뿌연 안개처럼 흩어지기 시작하더니 방 안을 가득 메워 버렸다. 하지만 이도 잠시, 짙은 운무의 형상으로 단리백을 에워싸고 있던 혈라인의 기운이 단리백을 중심으로 회전을 시작했다. 그리곤 순식간에 둥근 고리 모양으로 변해 버렸다.

'여기까진 성공이다.'

능요총서의 내용은 틀리지 않았다. 무불능요, 그의 의지와 노력이 만들어낸 말년의 성과는 결코 헛되지 않았던 것이다. 하지만 아직 혈라인을 융화시켜 육체를 바꾸는 최종 단계가 남아 있었다.

단리백의 의식이 점차 깊어져 갔다.

모든 감각을 닫고 철저히 외부의 자극과 격리된 단리백의 의식은 오직 혈라인 하나에 집중되었다.

이윽고 그의 몸은 마른 장작처럼 뻣뻣해지고 마음은 타고 남은 재처럼 깊게 가라앉아, 더 이상 그 어떤 것도 느낄 수 없었다. 도가에서 흔히 말하는 무념무상(無念無想)의 경지에 다다른 것이다.

지극히 고요한 한순간의 마음, 모든 것이 빠져나가고 텅 빈 그릇같이 남은 육신. 그 안으로 미증유의 힘이 스며들기 시작했다. 허공을 맴돌던 운무가 한순간 단리백의 콧속으로 빨려들 듯 사라진 것도 그때였다.

피잉!

단리백의 정수리에 박혀 있던 금침이 무서운 속도로 튕겨져 나갔다.

피피피피핑!

이를 시작으로 아홉 개의 사혈에 박혀 있던 초혼신침이 일제히 뽑히더니 그대로 사방의 벽을 뚫고 틀어박혔다.

뚜두둑!

돌연 단리백의 전신에서 끔직한 소리가 터져 나온 것은 그 이후였다.

그것도 모자라 단리백의 몸이 서서히 뒤틀리기 시작했다.

의지를 벗어난 근육이 제멋대로 꼬이고 있었다. 더구나 관절을 비롯한 전신의 뼈가 본래의 자리를 벗어나고 있었다.

피부 또한 마찬가지였다. 마치 붉은 줄이 죽죽 새겨지듯 갈라지더니 그 사이로 핏물이 흘러내리기 시작했다.

"……!"

단리백은 너무 놀라 비명조차 지를 수 없었다. 분명 능요총서에 기록된 바대로 진기를 운용했을 뿐이다. 그런데 이것은 마치 주화입마에 스스로 뛰어든 꼴이 아닌가. 하지만 이어진 놀라움에 비하면 이는 아무것도 아니었다.

툭. 투둑.

"……!"

임독양맥을 비롯한 충맥(衝脈), 대맥(帶脈), 양교맥(陽蹻脈), 음교맥(陰蹻脈), 양유맥(陽維脈), 음유맥(陰維脈)의 기경팔맥이 제자리를 이탈하고 있었다. 그것도 모자라 가닥가닥 끊어지기 시작했다.

그 고통은 이제껏 겪어온 그 어떤 고통에 비할 바가 아니었다.

"으아아악!"

결국 단리백의 입에서 처절한 비명 소리가 터져 나왔다.

무려 칠 주야에 걸친 환골탈태. 그 시작을 알리는 비명 소리였다.

지옥과도 같은 고통이 엄습하는 와중에서도 단리백은 쉬지 않고 운공을 계속했다. 하지만 고통은 전혀 줄어들지 않았고, 영겁과도 같은 절망만이 기나긴 고통의 시간을 채우고 있었다.

그에 대한 대가였을까.

이틀째에 이르러 서서히 고통이 사그라지기 시작했다. 그리고 그의 육체는 새로운 변화를 맞이했다.

아득한 의식 너머 단리백은 희미한 내부의 움직임을 느낄
수 있었다.

처음엔 무척이나 더뎠지만 시간이 지날수록 점차 변화는 빠
르게 진행되었다.

엉키고 꼬여 있던 기맥이 하나씩 제자리를 찾아가기 시작했
다. 그리고 가닥가닥 끊어졌던 기경팔맥이 다시금 하나씩 이
어지고 있었다. 뒤이어 이전과는 비교할 수 없는 강력한 기운
이 사지백해를 내달리며 더할 나위 없는 상쾌함을 맛볼 수 있
었디.

변화는 그뿐만이 아니었다.

미세한 신경과 근육을 시작으로 파문처럼 전신으로 퍼져 가
는 경련.

그와 더불어 뒤틀려 있던 온몸의 근육이 바로잡히며 부러졌
던 뼈가 연결되고, 그 위로 새로운 골막(骨膜)이 덧씌워지고 있
었다.

단리백의 얼굴에 땀방울이 맺히기 시작한 것도 그때였다.

처음엔 그 양이 미미했으나 이내 비처럼 쏟아지기 시작한
땀은 붉은 핏빛을 띠고 있었다. 더불어 지독한 악취를 동반하
고 있었다. 그동안 몸 안에 쌓여 있던 독기와 탁기가 체외로
배출되고 있었던 것이다.

그렇게 칠 주야의 시간이 빠르게 지나갔다.

코끝에 느껴지는 차가운 감촉.

죽음보다 깊은 잠에 빠져 있던 단리백이 천천히 눈을 떴다.

자신을 깨운 것이 종유석을 타고 흐르던 빗방울이었음을 깨달은 단리백은 의아함을 금치 못했다. 자신은 분명 모옥 안에 들지 않았던가.

주위를 둘러보던 단리백은 이내 그 이유를 짐작할 수 있었다. 폭발하듯 부서진 모옥의 잔해가 사방에 즐비하게 널려 있었던 것이다. 운공 도중 맞은 급격한 변화. 그리고 이를 통해 발산된 기운이 모옥을 송두리째 날려 버린 것이다.

단리백은 비로소 자신의 몸을 살펴보기 시작했다.

눈을 뜬 순간부터 자신의 몸이 완전히 달라졌고, 부상을 당하기 전보다도 훨씬 가벼워져 있다는 것을 느끼고 있었다. 하지만 눈으로 직접 확인하기 전에는 그 어떤 것도 장담할 수 없었다.

단리백이 서서히 신형을 일으켰다. 그리곤 손가락과 발가락을 시작으로 천천히 몸을 움직여 보았다. 그러나 이는 기우에 불과했다. 언제 부상을 입었느냐는 듯 전신의 근육이 그의 의지를 따라 자연스럽게 움직이고 있었다.

'살아난 것인가.'

눈앞에 두 손을 들어 살피던 단리백의 눈에 감출 수 없는 격정이 드러났다.

그때였다.

돌연 참을 수 없는 가려움이 찾아왔다.

자신도 모르게 얼굴을 긁던 단리백이 깜짝 놀라 자신의 손을 바라봤다.

손가락 끝에 걸려 있는 것. 그건 바로 자신의 피부였다.

단리백은 곧장 유황천을 향해 걸음을 옮겼다. 그리고 물 위에 자신의 얼굴을 비춰보았다.

"……!"

뱀의 허물마냥 얼굴을 뒤덮고 있는 얇은 피막(皮膜)이 눈에 들어왔다.

단리백은 이를 조심스럽게 벗겨내기 시작했다.

물에 비친 자신의 용모를 확인하는 순간 단리백은 비로소 웃음을 머금었다. 자신은 진정 환골탈태를 이룬 것이었다.

곳곳에 부딪치고 찢긴 데다 유황천에 데어 흉측했던 모습은 그 어디에서도 찾아볼 수 없었다. 오히려 이전보다 더욱 윤택해진 피부는 어린아이의 그것마냥 뽀얗게 변해 있었다.

눈을 들어 천장을 바라보자 구멍을 통해 쏟아지는 빗방울을 볼 수 있었다.

한참 동안 그대로 서서 온몸으로 비를 맞던 단리백은 자신도 모르게 한숨을 내쉬었다.

눈에 띄게 길어지는 햇살과 부쩍 따스해진 공기를 통해 봄이 다가오는 것을 짐작할 수 있었다. 하지만 정작 봄을 알리는 비를 마주하자 더없이 마음이 심란해졌다. 한초설을 비롯한 임소하, 그리고 자신을 기다리고 있을 이들에 대한 염려와 걱정이 불현듯 떠올랐기 때문이다.

검단곡에 추락한 이후 용왕에게 이끌려 이곳에 온 때가 겨울로 접어드는 가을의 끝 자락이었으니, 얼추 서너 개월은 이 안에서 보낸 셈이다.

진기를 끌어올린 단리백이 신형을 박차 올렸다. 동시에 가볍게 휘둘러진 그의 손을 따라 붉은 강기가 번뜩였다.

콰앙!

굉음과 함께 천장이 무너져 내렸다. 하지만 비처럼 쏟아지는 돌조각과 바위는 단리백의 지척에 이르러 맥없이 튕겨져 나갔다.

단 한 번의 도약으로 가볍게 동부 밖으로 빠져나온 단리백이 먹구름 잔뜩 낀 하늘을 바라봤다.

빗줄기가 점차 가늘어지기 시작하더니 희뿌연 구름 사이로 언뜻 창백한 상현달이 모습을 드러냈다.

"부디 무사하기를……."

푸르게 흘러내리는 달빛이 고아한 운치를 자아내는 밤.

단리백은 쏟아지는 월광에 몸을 묻고 남쪽을 향해 달리기 시작했다.

*   *   *

눈을 부릅뜬 척대명이 으스러져라 이를 악문 채 전방을 노려봤다. 마치 흉신악귀를 연상케 하는 살벌한 안광이 그의 눈에서 줄기줄기 흘러내리고 있었다. 하지만 그를 마주한 이십여 명의 흑의인은 추호의 흔들림 없이 이를 담담히 받아내고 있었다.

“이제 어쩌죠?”

등 뒤에서 들려온 음성.

척대명은 고개를 돌려 척은소를 바라봤다.

그녀는 한 쌍의 짧은 단도를 양손에 나누어 쥐고 있었는데, 정작 척대명의 눈에 들어온 것은 이제 제법 불러오기 시작한 그녀의 아랫배였다.

“망할 것. 어쩌긴 어째? 그러게 제 서방 놔두고 여긴 뭐 하러 기어왔어? 등 따신 데 누워 귤이나 까먹고 있을 일이지.”

마음과 달리 험한 말을 쏟아내고야 마는 척대명이다, 하지만 자신을 노려보며 소리치는 척은소의 대답에 그만 목이 메이고 말았다.

“어떡해 그럼! 대가도 없고, 할아버지도 안 계신데 나라도 와야지. 그냥 넋 놓고 있으라고? 그렇게 못해, 난. 내 아가만큼이나 아빠도 나한텐 중요하단 말이야!”

코끝이 시큰해지는 것을 느끼며 척대명이 고개를 돌렸다.

“망할 년. 나중에 볼기짝을 때려주마.”

“흥. 내 엉덩이가 아빠 거야? 이젠 우리 서방님 거야.”

피식 터져 나오는 웃음을 애써 삼키며 척대명이 흑의인들을 노려봤다.

이미 바닥엔 시신들이 즐비했다. 그리고 그 시신 대부분이 공공문도였다.

처음 담장을 넘은 흑의인의 숫자는 스물세 명. 하지만 전멸에 가까운 피해를 입으면서도 척대명은 고작 세 명의 흑의인을 베어 넘겼을 뿐이다. 더구나 이들의 무위는 상상외로 높았다.

물론 개개인의 무위는 십대고수인 그에게 미치지 못했으나 적어도 일개 문파의 장로 수준에 근접해 있었다. 더구나 연환하듯 맞물리는 그들의 연수합격은 절묘하기 짝이 없어 이렇다 할 파훼법을 찾아내지 못하고 있었다.

하다못해 최근 들어 높은 성취를 이룬 강호사사나 살황 그 노인네만 있었더라도 이렇게 처참히 깨지진 않았을 것이다. 하지만 공교롭게도 그들이 자리를 비우고 없을 때 사단이 일어난 것이다.

'일찍 손을 뗐어야 했어.'

뒤늦게 후회가 밀려왔다.

그가 아는 한 단일문파 중 이 정도 저력을 지닌 곳은 당금 강호에 존재하지 않았다.

'빌어먹을 동창!'

종리청을 추적하던 수하들이 비명횡사했을 때 이번 일이 심상치 않음을 짐작했었다. 그리고 수하들이 죽기 전 남긴 비문(秘文)을 통해 충격적인 사실을 알아낼 수 있었다. 이 모든 것이 역모를 위한 동창의 음모였다.

결과적으로 오대세가를 비롯한 의천맹과 구대문파, 심지어 마교까지도 그들의 계략에 놀아난 꼴이 되고 말았다.

척대명은 이를 강호에 알리려 했다. 그래서 위험을 무릅쓰고 더욱 은밀히 동창에 대해 조사를 시작했다. 하지만 얼마 안 가 꼬리를 밟히고 말았다. 제아무리 날고 긴다 하는 은밀함을 지닌 천이문이라 할지라도 천하제일의 정보망을 지닌 동창의 이목을 피해갈 수 없었던 것이다.

'무슨 수를 써서라도 은소와 아이만은 살려내야 한다.'

방천화극을 힘껏 움켜쥐며 스스로 다짐하는 척대명이었으나 딱히 이렇다 할 방법이 떠오르지 않았다. 기껏 생각나는 거라곤 몸을 던져 동귀어진하는 것뿐인데, 이 방법으로도 그들 모두를 저승길 동무로 삼을 수 있을지 자신이 없었다.

이때 우두머리로 보이는 선두의 흑의인이 입을 열었다.

"당신이 천이문주인가?"

일말의 대꾸 없이 자신들을 노려보는 척대명을 향해 흑의인의 싸늘한 음성이 이어졌다.

"일개 무부가 도당을 결성, 감히 황실을 기만하고 천하를 우롱한 죄를 물어 즉결참에 처한다."

"크큭, 개소리."

척대명이 실소하며 말을 이었다.

"황실을 우롱해? 언제부터 동창이 황실이 되었냐? 내시 따위가 이끄는 일개 조직 따위가 황실을 사칭하다니, 딱 보아 황실 꼴도 개판인 모양이로군."

그 말에 흑의인의 눈에서 불꽃이 튀었다.

공공께서 말씀하신 대로 위험한 놈이었다. 이미 많은 것을 알고 있는 눈치다. 하나 죽은 자는 말이 없는 법.

"쓸어내라."

흑의인의 명령이 떨어지기 무섭게 뒤에 도열해 있던 인물들이 신형을 뽑아 올렸다.

척대명이 이를 악물며 방천화극을 휘둘렀다.

그때였다.

피잉!

공기를 찢는 예리한 파공음이 들려오나 싶더니,

퍽.

척대명을 향해 달려들던 흑의인 중 한 명의 머리가 수박이 깨지듯 산산조각났다.

쿵!

머리를 잃은 흑의인이 썩은 나무토막처럼 바닥에 처박혔다.

"……!"

비릿한 혈향과 더불어 장내에 떠도는 적막.

흑의인들이 고개를 돌려 뒤를 돌아봤다.

오십 장쯤 떨어진 정원의 담장 위. 짙은 어둠을 짊어진 채 한 사람이 유령처럼 서 있었다.

말없이 그를 바라보던 흑의인이 입을 열었다.

"네놈은 누구냐?"

씨익.

어둠 속에서 웃는 새하얀 이빨이 대답을 대신했다.

비로소 흑의인은 달빛에 비친 사내의 모습을 확인할 수 있었다. 낡고 닳아 색이 바랬으나 본래는 핏빛을 머금고 있었을 장포, 그리고 산발한 머리카락. 한없이 서늘한 눈빛이 이와 맞물려 기괴하고도 묘한 분위기를 자아내고 있었다.

흑의인들은 머리털이 쭈뼛 서는 것을 느꼈다.

분명 사람이 확실한데 그 어떤 기파도, 존재감도 느껴지지 않았다. 눈으로 보지 않았다면 그저 허깨비로 치부하고 말았을 것이다. 하지만 그는 분명 눈앞에 서 있었고, 섬뜩한 미소를 짓고 있었다.

이때 사내가 척대명을 바라봤다.

"안가(安家)라며?"

"너……!"

척대명의 얼굴이 묘하게 일그러졌다. 그의 목소리를 기억해 낸 것이다. 또한 이곳이 천이문의 안전 가옥임을 알고 있는 자는 극소수에 불과했다.

"역시나 살아 있었군."

척대명의 퉁명스러운 대꾸에 단리백이 피식 웃었다.

"죽기를 바랐나?"

"최소 어디 한두 군데는 병신이 되었으면 하고 생각했지."

단리백의 시선이 흑의인들을 향했다.

"저자들은 뭐야?"

척대명이 손가락을 들어 흔들었다.

"우선 이자들부터 치워줘. 답례로 흥미로운 이야기를 들려주지."

단리백이 천천히 고개를 끄덕였다. 그리곤 담벼락 아래로 내려서서 흑의인들을 향해 다가서기 시작했다.

그 모습에 흑의인들은 가슴이 답답해지는 것을 느꼈다.

자신들을 앞에 두고도 태연하기 그지없는 사내의 눈빛. 자만도, 그렇다고 미친 것도 아니었다. 그것은 절대고수만이 지닐 수 있는 여유였다.

더구나 척대명은 그가 등장한 이후 완전히 마음을 놓고 있었다. 이미 몸으로 자신들의 실력을 겪어봤을 그가 이처럼 안도한다는 것은 그가 척대명과 비교할 수 없는 고수라는 반증이었다.

누가 먼저랄 것도 없이 흑의인들이 단리백을 향해 신형을 날렸다.

그들은 일정한 진세를 이뤄 단리백을 향해 쏘아져 갔다. 특유의 연환진이 순식간에 구축된 것이다.

십대고수에 이름을 올리고 있던 척대명조차 손을 쓰지 못했던 연환진이다. 하나 단리백에게 그 파훼법은 지극히 간단했다.

단리백은 바위처럼 그 자리에 서 있었다. 그리고 가장 먼저 지척에 이른 네 명이 칼을 내리긋는 것을 바라보다 칼이 몸에 닿기 직전에 한 손을 휘둘렀다.

서석.

예리한 칼이 종이를 자르는 듯한 미세한 소리가 단리백과 흑의인들 사이에서 흘러나왔다.

“……!”

척대명의 얼굴이 딱딱하게 굳어졌다.

단리백의 표정을 보고 예전의 무위를 회복했으리라 짐작은 했지만 이건 웬걸, 이전과는 비교도 할 수 없는 괴물이 그 자리에 서 있었다.

그야말로 전광석화!

어지간한 고수조차 눈으로 쫓지 못할 만큼 단리백의 손은 빠르게 움직였다. 언뜻 보면 수십 번의 손칼을 날린 것처럼 보였지만 실제로 그의 손은 왼쪽으로 두 번, 오른쪽으로 두 번 휘둘러졌을 뿐이다.

지극히 간단한 그 움직임만으로도 단리백은 네 명의 칼을 든 팔과 머리를 땅에 뒹굴게 만들었다.

십대고수인 척대명조차 넋을 잃고 바라볼 정도로 쾌속 무비한 솜씨였다. 하지만 이내 부끄러움이 밀려왔다. 얼마 전까지만 해도 그는 내심 단리백에게 복수하리라 굳게 다짐해 왔던 것이다.

흑의인들의 동작이 멈춰졌다. 원래는 처음 네 명의 공세에 맞춰 연환공격을 펼쳐야 하지만 단 한 수의 공격에 허무하게 그들이 죽어버리자 그 흐름이 끊겨 버린 까닭이다.

그런 그들을 향해 이번엔 단리백이 신형을 날렸다.

순식간에 거리를 좁혀온 단리백의 모습에 흑의인들이 기겁하며 검을 휘둘렀다.

단리백은 자신의 가슴을 향해 날아드는 검을 향해 오히려 손을 뻗었다.

쩡!

단리백을 찔러가던 자의 검이 박살이 났다.

검뿐만이 아니었다. 검을 들고 있었던 팔까지지도 뭉개져 있었다.

가슴뼈가 움푹 주저앉은 채 피를 뿌리며 훨훨 날아가는 동료의 모습을 바라보는 흑의인들의 얼굴에는 한결같이 경악의 감정만이 자리 잡고 있을 뿐이었다.

하나 이는 이어질 죽음에 비하면 아무것도 아니었다.

단리백과 가까이 있던 흑의인 둘의 최후는 더욱 비참했다. 그들은 동료의 어이없는 죽음에 놀라 멍하니 서 있다가 단리백에게 그대로 배후를 내주고 말았다.

단리백이 손을 뻗어 뒷목을 붙들었다.

우두둑.

뼈마디가 부러지는 음향과 함께 그들의 목뼈가 으스러졌다. 창졸간의 죽음이었다. 그들은 비명조차 제대로 질러보지 못하고 우두커니 서 있다가 단리백이 손을 놓자 썩은 짚단처럼 무너졌다. 눈 한 번 깜짝하는 사이에 일곱 명의 목숨이 허공에 흩어진 것이다.

"너… 넌 누구냐?"

흑의인들의 우두머리인 듯한 자의 입에서 두려움과 당혹감이 뒤섞인 음성이 흘러나왔다.

그 순간 단리백의 신형은 이미 그의 면전에 이르러 있었다.

"헉!"

두려움에 휩싸인 사내가 황급히 칼을 휘두르며 뒤로 물러섰다. 하지만 단리백은 그를 쫓지 않았다. 대신 벌레를 쫓듯 양손을 가볍게 휘둘렀을 뿐이다.

그 어떤 전조도 찾아볼 수 없었다.

그저 붉은 홍광이 눈앞에서 번뜩이나 싶더니 다섯 명의 목이 허공에 솟구쳤다.

흑의인은 뒤늦게 자신의 실책을 깨달았다. 성급히 몸을 빼는 바람에 구축하고 있던 진이 무너진 것이다. 그러나 후회는 아무리 빨라도 늦는 법.

완전히 살의를 드러낸 단리백에게 이초는 필요없었다.

단리백은 흑의인들 사이를 헤집으며 한 번씩 손을 움직였고, 그때마다 확실히 흑의인들의 숫자를 줄여가고 있었다.

"……!"

결국 홀로 남게 된 우두머리는 눈앞에 펼쳐진 광경에 자신도 모르게 진저리를 쳤다. 그러다 어느 순간 벼락처럼 뇌리를 스치는 이야기가 있었다.

피처럼 붉은 장포. 더불어 잔인한 손속. 거기에 더없이 고강한 무공까지.

"촉산혈성!"

단리백이 고개를 끄덕이자 흑의인은 비로소 자신들이 염왕을 상대하고 있었음을 깨달았다.

"죽었다 들었는데……."

한차례 허탈한 웃음을 흘린 사내는 싸늘한 주검이 되어버린 수하들을 바라봤다. 그리곤 이내 자신의 칼을 들어 올려 단리백을 가리켰다.

우우웅.

나직한 울음을 토하는 그의 칼 위로 흐릿한 옥색 서기가 형태를 이뤄 뭉쳐 가기 시작했다.

"도강인가? 재미있군."

흑의인을 향해 단리백이 한 발을 내딛는 순간이었다.

"그놈은 내 몫이야."

단리백이 고개를 돌려 목소리가 들려온 곳을 바라봤다. 방천화극을 움켜쥔 채 진기를 잔뜩 끌어올리고 있는 척대명의 모습이 눈에 들어왔다.

"좋을 대로."

단리백이 순순히 자신을 양보하자 오히려 흑의인은 허탈함에 휩싸였다.

그런 그를 향해 척대명이 살기를 실어 나직이 외쳤다.

"어디 한번 막아보아라."

방천화극의 창대가 활처럼 휘어졌다.

구부러진 창대 사이로 희뿌연 강기가 일렁이며 맺혀가기 시작했다. 척대명의 절기인 용극탄강이 시전된 것이다. 그리고 그 순간 척대명이 손을 놓았다.

칙!

예리한 소음이 허공을 찢었다. 그리고 그 찢어진 허공을 메운 건 빛살과도 같은 한줄기 강기의 화살이었다.

이에 흑의인은 자신을 향해 날아드는 강기살을 향해 있는 힘껏 도강을 마주 휘둘렀다.

콰앙!

대기를 찢는 폭음과 함께 칼날 같은 경기가 장내를 휩쓸었다.

잠시 후 흩어지는 먼지 사이로 비틀거리며 물러서는 흑의인의 모습이 보였다.

그의 손에 들려 있던 도는 손잡이만 남긴 채 산산조각이 나 있었다. 뿐만 아니라 그의 가슴엔 커다란 구멍이 뚫려 있었다.

잠시 흐릿한 눈을 들어 단리백과 척대명을 번갈아 보던 흑의인은 이내 질펀한 핏물 위로 쓰러졌다. 그리곤 그대로 숨이 끊어졌다.

펙.

흑의인을 죽이고도 분이 풀리지 않았던지 있는 힘껏 시신을 걷어차는 척대명을 향해 단리백이 입을 열었다.

"이자들은 누구지?"

"동창."

난데없이 동창이 거론되자 단리백의 표정이 묘하게 일그러졌다. 그런 그를 향해 척대명은 자신이 가진 모든 정보를 쏟아내기 시작했다.

근 일각에 걸친 설명 끝에 단리백이 천천히 고개를 끄덕였다. 비로소 모든 상황의 아귀가 맞아떨어졌다.

단리백은 잠시 생각을 정리했다. 그리고 한참 후 고개를 들어 척대명을 바라봤다.

"그들은 어디에 있지?"

"그들이라니?"

"소하, 그리고 초설."

"그게……."

잠시 대답을 망설이던 척대명이 단리백의 눈치를 살피며 자신이 알고 있는 바를 토해냈다.

"소하 그 아이… 지금 마교에 있어. 검단곡에서 동쪽으로 사백 리가량 떨어진 곳에 화곡진이란 마을이 있는데, 그곳에 백운장이라 불리는 장원이 있다더군. 아마도 거기가 마교 임시 총단인 모양이야. 어제 날아든 전서구에 의하면 검후 역시 그쪽으로 향했다고 해. 아침부터 강호사사 네 늙은이들이 소리 없이 사라진 것도 그와 관련이 있다고 보는데……."

말이 끝나기도 전에 신형을 돌리는 단리백을 향해 척대명이 황급히 말을 이었다.

"화곡진 인근의 분위기가 심상치 않아. 갑자기 이곳저곳에서 장사치들이 모여들기 시작했는데, 화곡진에서 그처럼 큰 거래가 있다는 말은 듣지 못했거든."

단리백이 걸음을 멈췄다.

"무슨 말이지?"

"평범한 장사치가 아니란 뜻이야. 게다가 그들은 장성을 넘어온 자들이 대부분이지."

"마교로군."

척대명이 고개를 끄덕였다.

"그들뿐만이 아니야. 무당을 비롯한 구대문파가 오랜 칩거를 깨고 하산했어. 그리고 화곡진에서 멀지 않은 곳에 속속 모이고 있지. 그리고 재미있는 건……."

잠시 말끝을 흐리던 척대명이 의미심장한 표정을 지어 보였다.

"마치 이를 기다렸다는 듯이 동창을 위시한 관군이 움직이기 시작했다는 거야."

단리백이 고개를 끄덕였다. 동창이 무엇을 노리고 있는지 알 만했다. 마교와 구대문파의 양패구상, 혹은 어느 한쪽의 몰락. 이를 기다렸다 어부지리를 취하겠다는 심산이 틀림없었다.

"구대문파의 상황은 어떻지?"

단리백의 질문에 척대명이 곧장 대답했다.

"그야말로 일촉주발. 이번에야말로 제대로 붙을 심산인 것 같아. 본산의 정예를 비롯한 속가의 고수들까지 대거 동원되었더군. 오랜 시간 힘을 쌓아온 만큼 그 기세가 아주 대단해."

잠시 무언가를 생각하던 단리백이 입을 열었다.

"화산의 무음매영도 그곳에 있나?"

"아마도. 화산의 태상장로가 그처럼 중대한 자리에 빠질 리가 없지."

"당신이 그를 만나."

"내가?"

"지금까지의 경과를 그에게 설명하고 섣불리 움직이지 말라고 전해."

"마교와의 결전을 늦추라고?"

단리백이 고개를 끄덕이자 척대명이 피식 웃음을 흘렸다.

"그들이 자네 말을 따를까?"

"그들은 따를 수밖에 없을 거야."

“무엇 때문에?”

“그들이 바로 구대문파이기 때문이지.”

“무슨 말이야, 그게?”

“그들에게 전해. 구대문파 문설주에 새겨진 피의 맹약. 사백 년의 불명예를 내가 거둔다고.”

척대명은 천이문의 수장. 강호의 온갖 정보를 꿰뚫고 있는 그였다. 하지만 구대문파와 촉산혈문 사이에 얽힌 비사는 그 역시 제대로 아는 바가 없었다. 구대문파로서는 더없이 불명예스러운 일이었기에 그들이 지금까지 철저히 함구해 왔기 때문이다.

“그것만으로 될까?”

뜻 모를 말에 고개를 갸웃거리던 척대명이 단리백을 향해 반문했다. 그러나 한참이 지나도 단리백의 대답이 들려오지 않았다.

“아빠, 그 사람 갔어요.”

“어?”

척은소의 말에 척대명이 그제야 주위를 두리번거렸다. 하지만 단리백의 모습은 그 어디에서도 찾아볼 수 없었다.

제40장

염왕강림(閻王降臨)

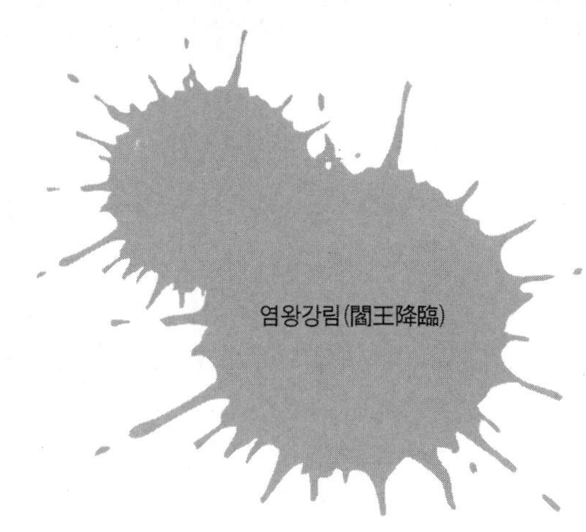

쏴아아.

종일 무겁게 가라앉아 있던 하늘이 기어이 굵은 빗줄기를 쏟아내기 시작했다. 우기도 아니건만 한번 시작된 비는 밤이 깊도록 그칠 줄을 몰랐다.

임소하는 방 안을 밝힌 대황촉의 불빛에 기대어 처마 위로 부서지는 빗방울을 바라보고 있었다. 뿌옇게 피어오르는 물안개 사이로 세상의 모든 풍광이 아스라하게 비쳐졌다.

"하아……."

한참 동안 말없이 창밖을 응시하던 임소하가 나직이 한숨을 터뜨렸다.

"뭐야, 그 한숨은?"

“……!”

갑자기 들려온 말에 임소하가 깜짝 놀라 신형을 돌렸다.

널따란 방 한 면을 가득 메운 벽화들. 그리고 거기엔 언제부터인지 한 사람이 등을 기댄 채 팔짱을 끼고 서 있었다.

같은 여인이 보기에도 더없이 아름다운 여인. 늘 그렇듯 한 자루 검과 작은 술병을 끌어안은 채 사람의 마음을 흔드는 특유의 미소를 배시시 흘리고 있었다.

“꼬맹이 주제에 다 산 늙은이처럼 한숨이나 쉬는 게 아니야.”

“어떻게 여길……?”

“왜? 너, 나 평생 안 보고 살려고 그랬니?”

한초설이 싱긋 웃으며 말을 이어갔다.

“호 노인이 가르쳐 주더군. 스스로 절벽을 향해 달려가는 꼬마 계집애를 재주껏 달래서 데려오라고 부탁하더라.”

“제 말은 그게 아니라…….”

“아, 문밖의 호위들? 호홋, 내가 누구라고 생각해? 걱정 마. 그냥 잠시 재워뒀을 뿐이니까.”

씨익 웃으며 자신을 바라보는 한초설의 모습을 임소하가 뚫어져라 바라봤다.

그녀가 지금 이곳에 있는 이유를 알 수 없었다. 분명히 자신은 유 노인에게 자신의 뜻을 밝히지 않았던가?

이때 한초설이 대뜸 입을 열었다.

“가자.”

"네?"

"가자고. 언제까지 여기서 미적거리고 있을 건데?"

"난……."

잠시 말끝을 흐리던 임소하가 한숨과 함께 입을 열었다.

"난 가지 않아요."

"왜?"

"이유는 언니가 더 잘 알잖아요."

한초설은 잠시 동안 말없이 임소하를 바라봤다. 그리곤 천천히 입을 열었다.

"지금 네 눈은 내가 처음으로 그를 만났을 때와 같다는 걸 알고 있니? 캄캄해. 마치 끝을 알 수 없는 나락의 밑바닥처럼."

"무슨 소릴 하고 싶은 거죠?"

한초설이 임소하를 향해 빙그레 미소를 머금었다. 그리곤 오랫동안 가슴에 묻어두었던 이야기를 꺼내기 시작했다.

"어린 시절의 오기랄까. 아니, 호기심이라고 하는 게 맞겠군. 귀에 못이 박히도록 들어왔던 그 사람의 정체가 너무 궁금해서 무작정 촉산을 올랐던 적이 있었어. 그리고 그 사람을 만났지. 그는 그때 통소를 불고 있었는데, 그 솜씨가 정말 일품이었어. 하지만 그처럼 아름다운 선율 속에 녹아 있는 절망을 난 느낄 수 있었어. 사람을 옴짝달싹 못하게 만들어 버릴 만큼 자신의 괴로움을 이처럼 통소로 연주하는 소년이 어떤 녀석인지 흥미가 생겼지. 그리고 한편으로 생각하길, '이 녀석 오래 살긴 글렀네'라고 속으로 읊조렸더랬어. 당시의 난 어렸지만 그와 같은 절망의 무게를 짊어지고 살아간다는 게 얼마나 버거운 일인지는 알고 있었거든. 그때부터였을 거야, 그 사람이 내 마음을 채우기 시작한 게."

한초설이 술병의 마개를 열어 한 모금의 술로 입술을 축였다. 그리곤 다시 말을 이어갔다.

"그가 촉산을 내려갔단 말을 듣고 강호로 나왔을 때 나는 무척이나 놀랐어. 몇 년 만에 만난 그는 꽤나 인간미 넘치는 눈빛을 지니고 있었거든. 그게 너로 인한 것임을 깨닫고 무척이나 서글펐고, 한편으론 질투도 느꼈어. 그런데 정작 넌 과거의 그를 닮아가고 있으니 참으로 기분이 묘할 수밖에."

말없이 자신을 바라보는 임소하를 향해 한초설이 질문을 던졌다.

"그래, 넌 대체 그 눈으로 무얼 보고 있는 거지?"

"나에 대해 뭐든지 안다는 식으로 함부로 말하지 말아요. 이건 내가 선택한 길이에요."

"겁쟁이인 주제에 말은 잘하는구나."

발끈하여 소리를 치려는 임소하를 향해 한초설이 입을 열었다.

"사실을 말해줄까? 넌 아무것도 보려 하지 않아. 달아나고, 또 달아나고… 그렇게 계속해서 현실에서 도망칠 뿐이지."

"……!"

"예전에 그가 말했어, 두려움에서 눈을 떼지 않고 마주하는 용기야말로 그 사람이 지닌 진정한 힘이라고."

한초설의 말이 이어졌다.

"적어도 그는 그랬어. 단 한 번도 자신의 운명을 외면하거나 피하지 않았지. 항상 자신의 운명에 맞서 노력했어. 네가 선택한 길이라고? 그렇다면 어째서 그토록 나약한 모습을 보이는 거지? 어째서 그 사람처럼 당당히 어깨를 펴고 운명을 마주하지 못하는 거야?"

임소하의 눈빛이 흔들렸다.

이 사람은 늘 그랬다.

항상 이처럼 진심으로 부딪쳐 온다. 장난처럼 가벼운 언행 속에 묻혀 드러나지 않았을 뿐이다.

그래서 누구보다 그녀를 상대하는 것이 부담스러웠다.

고개를 숙인 임소하가 입술을 잘근 깨물며 입을 열었다.

"이젠 더 이상 돌이킬 수 없어요."

"뭐가?"

"모든 것이요. 이젠 나조차도 어찌해야 할지를 모르겠어요. 내 의지와 상관없이 부모님도, 의숙도 제 곁을 떠났어요."

"그래서 지쳤다고? 너무 힘들어서 포기하겠다는 거야?"

"모르겠어요."

"모든 걸 외면해 버리고 싶은 거야?"

"모르겠어요."

"이따위 세상 어찌 돼도 난 모른다, 그러니 될 대로 되라는 심정?"

"몰라요! 정말 모르겠다구요!"

결국 임소하가 고함을 지르고 말았다. 그러나 그녀를 바라보는 한초설의 눈빛은 더없이 부드러웠다.

"나는 알겠는데?"

"……!"

임소하가 눈을 들어 한초설을 바라봤다.

"힘든 거지? 외롭고 쓸쓸해서… 그래서 괴로운 거지? 너는 무척이나 마음이 여린 아이니까."

"아니에요. 전……."

"정말 못 말리는 바보로구나, 너라는 아이는."

고개를 설레설레 젓던 한초설이 임소하를 향해 부드러운 미소를 건넸다.

"무겁겠지. 그래, 알아. 많이 힘들 거야. 그런데 말이야, 넌 그가 이제 돌아오지 않을 거라 생각하는 거니?"

아련하게 젖은 한초설의 눈빛은 임소하를 지나 뿌옇게 흐려진 창밖의 풍경을 더듬고 있었다.

"그는 곧 돌아올 거야. 난 알아. 그는 반드시 돌아와. 만약 그가 돌아오지 않는다 해도 난 기다릴 거야. 왜냐구? 그를 믿으니까."

말을 마친 한초설이 고개를 돌려 임소하를 바라봤다.

임소하는 한초설의 눈빛에서 흔들리지 않는, 절실한 무언가를 여실히 느낄 수 있었다. 그리고 이어진 그녀의 말에 말할 수 없는 부끄러움을 느껴야만 했다.

"그런데 넌 뭐야? 다른 사람은 몰라도 너만은 그를 기다려

쥐야 하는 거 아니야?"

"……!"

"그가 돌아왔을 때 네 모습이 보이지 않는다면 어떤 생각을 할까?"

할 말을 잃은 임소하를 향해 한초설이 입을 열었다.

"마교의 두려운 점이 무엇인지 알아?"

한초설이 난데없이 마교를 언급하자 임소하가 의아한 표정을 지었다.

이에 상관없이 한초설은 말을 이어가기 시작했다.

"그것은 바로 두려움이 없다는 거야. 자신의 행동에 관해 그 어떤 의심도 없지. 죽음 또한 마찬가지야. 그들은 죽음마저 자신의 숙명으로 받아들여. 스스로 생명을 살라 미륵이 이 땅에 헌신할 때 발을 딛는 계단이 되고자 하는 염원. 그 맹목적인 신앙이 그들의 가장 두려운 점이지."

"……."

"구대문파 역시 마찬가지야."

마교와 구대문파. 결코 같은 선상에 놓고 생각할 수 없는 두 개의 무력 단체였다.

한초설이 입을 열었다.

"그들 역시 죽음을 두려워하지 않아. 소림이 그렇고, 무당과 화산이 그래. 이제껏 수많은 싸움을 겪어오며 기둥뿌리가 뒤흔들릴 만큼의 타격을 입고도 그들이 뿔뿔이 흩어지지 않는 이유가 무엇 때문인지 알아? 그것은 그들이 하나의 종교로 뭉쳐져 있기 때문이야. 속가문파들도 예외가 아니야. 이미 그들에게 있어 구대문파는 그 자체가 하나의 믿음이고, 신앙이 되어 있으니까."

"갑자기 왜?"

"서로 완전히 다른 믿음과 이념이 충돌한다면 그 결과는 어떨까? 자신의 신앙만을 고집하며 목숨까지 아까워하지 않는 그들이 서로의 목숨을 내걸고 싸운다면?"

"……!"

"네가 없으면 그 싸움은 벌어지지 않아. 나중에, 언젠가는 벌어진다 해도 지금 당장은 아니야. 신탁을 믿는 마교에게 있어 신녀의 위치는 그만큼 특별하니까. 넌 지금 스스로의 가치를 모르고 있어."

"알고 싶지 않아요."

"아니, 알아야 해. 네 말 한마디에 마교는 세상을 향해 오랜 세월 쌓아온 한을 터뜨릴 거야. 구대문파 역시 호락호락 당하고만 있진 않겠지. 그야말로 시체가 산처럼 쌓이고 피가 바다를 이루는 지옥이 현세에 도래하는 거야. 그 무거운 책임을 훗날 어찌 감당하려 그러니?"

한초설의 말에 임소하의 얼굴은 점차 창백하게 변해갔다.

미처 그녀가 생각하지 못했던 부분이었다. 아니, 스스로 외면하고 있었는지도 모른다. 세상을 향한 자신의 분노가 어떤 결과로 이어질지 그녀는 비로소 깨달은 것이다.

그때였다.

"당신이 걱정하는 일은 일어나지 않을 겁니다."

"……!"

문밖에서 들려온 음성을 듣는 순간 한초설의 얼굴에서 미소가 사라졌다. 당금 강호에서 그녀의 이목을 속이고 이처럼 가까이 접근할 수 있는 사람은 전무하다 하더라도 과언이 아니었다.

이윽고 문이 열리고 한 사람이 방 안으로 들어섰다.

서른이나 되었을까? 허름한 청삼을 걸친 모습이 먹물 냄새 묻어나는 글방 서생을 연상케 했다. 하지만 그와 눈이 미주치는 순간 한초설은 등줄기를 타고 오르는 한기를 느껴야만 했다.

고수!

그것도 자신의 무위로는 깊이를 알 수 없는, 벽을 넘어선 고수였다.

굳어진 한초설의 얼굴을 보며 탁일항이 조용히 웃음을 머금었다.

"듣던 바와 달리 검후의 손속은 인정이 많으시군요. 수하들을 해치지 않은 것에 대해 감사드립니다."

"당신은 누구죠?"

"소개가 늦었군요. 탁일항이라고 합니다. 본 교의 교주 직을 맡고 있지요."

"……!"

마교 교주.

그 직책이 지닌 의미에 한초설은 놀라움을 금치 못했다.

마교의 하늘. 지금껏 단 한 번도 모습을 드러내지 않았던 구름 속의 존재가 자신 앞에 서 있는 것이다.

탁일항이 입을 열었다.

"장원 밖에 약간의 소란이 있었습니다. 그래서 혹시나 싶어 와본 것인데, 이처럼 늦은 시간 검후께서 본 교를 방문하리라곤 생각지도 못했습니다. 그러니 본 교의 손님 접대가 허술하다 섭섭해하진 않으셨으면 좋겠군요."

"아니에요. 오히려 이처럼 직접 교주께서 왕림해 주시니 이보다 더한 환대는 있을 수 없겠지요."

차분한 음성과 달리 한초설의 얼굴은 서리가 내려앉듯 냉랭하기 그지없었다. 탁일항의 등 뒤, 문 너머로 서 있는 두 사람의 모습을 발견했기 때문이다.

바로 마군 진종립과 마풍영이었다.

단리백에게 직접 위해를 가했던 그들인지라 두 사람을 바라보는 한초설의 눈빛은 자욱한 살기가 가득했다.

그런 그녀의 눈빛을 받은 진종립이 피식 웃음을 흘렸다. 가소롭다는 의미였다.

한초설의 입매에도 웃음이 맺혔다. 그러나 화사하고 따듯한 미소가 아닌, 어딘가 섬뜩함이 느껴지는 차디찬 미소였다.

확실히 그녀는 아직 그의 상대가 되지 못한다. 그녀의 사부도 마군과의 충돌은 가급적 피하라 누누이 말하지 않았던가. 하지만 저와 같은 웃음을 마주하고도 웃으며 넘어갈 만큼 한초설은 무른 성격이 아니었다.

아니, 오히려 그의 모습을 확인한 순간 주체할 수 없는 분노와 투지가 가슴을 메우는 것을 느끼고 있었다.

아직도 선명히 눈앞에 떠오른다.

그가 웃으며 진기를 흘려 넣어 단리백의 심맥을 갈가리 찢어놓는 광경, 그리고 팔과 다리를 부서뜨리는 모습.

앙상한 가지처럼 삐쩍 마른 그의 손이 단리백의 어깨와 무릎을 훑어갈 때마다 터져 나왔던 무서운 소리가 뇌리에서 잊혀지지 않는다. 그짓도 모지라 단리백의 목을 꿰뚫고, 손목과 팔을 차례대로 부러뜨린 다음 가슴마저 박살 내버린 그의 손속. 거기에 더해진 비웃음과 멸시.

마치 여흥을 즐기듯 천천히 단리백을 죽음으로 몰아넣던 그의 모습을 어찌 잊을 수 있겠는가.

그의 일장에 가슴을 얻어맞고 검단곡 아래로 추락하던 단리백의 모습은 지금도 그녀에게 지옥과 같은 악몽으로 기억되고 있었다.

그러나 정작 무엇보다 견디기 어려운 건 당사자인 단리백이 느꼈을 모멸감이었다. 그토록 자존심 강한 사람이 무력한 당시의 상황에 얼마나 힘들고 화가 났을까.

이를 생각하면 지금도 잠이 오지 않는다.

여전히 진종립을 노려본 채 한초설이 입을 열었다.

"너 참 대단하다. 어떻게 네 의숙을 해친 자와 같은 지붕을 이고 살 수 있는 거지?"

"그게 무슨 뜻이죠?"

임소하의 반문에 한초설이 차가운 눈빛으로 진종립을 쏘아 봤다.

"저자에게 물어봐. 네 의숙을 검단곡 아래로 밀어 넣은 사람이 그자니까."

"……!"

임소하는 너무 놀라 아무런 말도 잇지 못했다. 그녀가 알고 있던 내용과는 너무도 달랐던 까닭이다.

이윽고 임소하가 입을 열었다.

"의숙은 정파 인물들의 암격에 쓰러진 것이 아니었단 말인가요?"

탁일항을 향해 던진 질문이었다.

이에 탁일항은 쓰게 웃으며 진종립을 바라봤다.

"진 호장."

"말씀하십시오."

"밖의 소란이 아직도 정리되지 않은 모양이에요. 귀찮더라도 진 호장께서 나서주셔야겠습니다."

"알겠습니다."

순순히 고개를 끄덕인 진종립이 신형을 돌려 멀어졌다. 교주께서 상황을 수습하려 하는 이상 자신이 나서 좋을 게 없기 때문이다. 그리고 그 또한 임소하의 원망을 사는 것은 원치 않았다.

탁일항이 이번엔 마풍영을 향해 입을 열었다.

"마 호장이 검후를 모셨으면 합니다."

"복명."

고개를 조아린 마풍영의 전신에서 무형의 마기가 쏟아져 나왔다. 하지만 이어진 탁일항의 말에 마풍영은 자신도 모르게 인상을 찌푸리고 말았다.

"나는 그녀가 다치지 않길 바랍니다."

마풍영은 내심 한숨을 흘렸다.

설산검후의 이름은 동네 건달들이 꿰차고 다니는 홍루의 계집에게 거저 주는 명호가 아니었다. 자신이 전력을 다한다 해도 이길 수 있을까 말까 한 무서운 고수인 것이다.

마풍영이 한초설을 향해 다가섰다.

"물러서."

한초설이 현사검을 늘어뜨리며 나직이 말했다. 하지만 그 순간 마풍영의 신형은 한줄기 검은 바람이 되어 한초설을 향해 달려들고 있었다.

"흥!"

한초설의 입에서 차디찬 냉소가 터져 나온 것도 그때였다. 동시에 그녀의 손에 들려 있던 현사검이 최단거리의 짧은 직선을 그리며 허공을 갈랐다.

푹.

"……!"

한초설의 눈빛이 미미하게 흔들렸다.

마풍영의 심장을 정확히 관통한 자신의 검 때문이 아니었다. 그 상황에서도 고통으로 일그러진 마풍영의 얼굴이 점차 자신을 향해 다가서고 있었던 것이다.

한초설은 급히 현음진기를 끌어올렸다.

스스스스.

그녀의 전신에서 서릿발 같은 한기가 쏟아지기 시작했다. 그리고 이는 곧 현사검을 타고 마풍영에게로 옮겨갔다.

"큭!"

마풍영의 입에서 고통스러운 신음이 터져 나왔다. 심장을 관통한 검에서 쏟아진 지독한 한기가 혈맥을 타고 빠르게 전신을 얼려가고 있었다. 그러나 마풍영은 한초설이 당혹감에 휩싸인 찰나의 순간을 놓치지 않았다.

"아!"

한초설의 입에서 짧은 경악성이 새어 나왔다. 스스로 심장을 내준 대가로 마풍영은 그녀와의 거리를 좁힐 수 있었고, 벼락같이 손을 뻗어 그녀의 마혈을 짚어버린 것이다. 그러고 나서 마풍영은 얼음처럼 뻣뻣하게 전신이 굳은 채 바닥에 쓰러졌다.

'지독한 자.'

그 모습에 한초설은 엄습하는 오한을 느꼈다. 아무리 마교도라 할지라도 그들 역시 인간이다. 더구나 그 정도 되는 고수가 교주의 명령 하나에 이처럼 순순히 자신의 목숨을 던지리라곤 생각지 못했다. 하지만 이어질 경악에 비하면 이는 놀라움도 아니었다. 분명 죽었다 생각했던 마풍영이 천천히 몸을 일으키고 있었기 때문이다.

'어떻게?'

그녀의 검은 정확히 그의 심장을 갈랐다. 호흡은 느껴지지 않았고 두 눈의 동공 역시 완전히 풀려 있었다.

챙그랑.

마풍영이 등 뒤로 비죽이 솟아 있는 현사검을 천천히 뽑아 바닥에 던졌다.

"말도 안 돼……."

한초설은 눈앞에 벌어지고 있는 일을 믿을 수 없었다. 마풍영의 가슴에서 뭉클거리며 흘러내리던 피가 한순간 멎더니, 그 위로 시커먼 흑색 서기가 뒤덮었다. 그리곤 새살이 돋으며 빠른 속도로 상처가 아물어가고 있었던 것이다.

초점없이 흐릿하던 눈 역시 점차 본래의 안광을 되찾아갔다.

잠시 멍하니 서서 잔뜩 인상을 찡그리고 있던 마풍영이 한초설을 향해 고개를 돌렸다. 그리곤 씨익 웃으며 입을 열었다.

"그래, 말이 안 되지."

마풍영이 한초설을 향해 다가섰다. 그리곤 마혈이 짚여 석상처럼 우두커니 서 있는 그녀를 들쳐 업으며 나직이 중얼거렸다.

"그래도 당신이라면 조금 다를 줄 알았는데 실망이로군."

마치 자신을 죽여주길 바랐다는 마풍영의 어조에 한초설은 의아함을 금할 수 없었다.

그런 한초설의 반응에 마풍영이 쓰디쓴 웃음을 머금었다.

그녀가 알 리 없었다.

그 역시 스스로 원해 그와 같은 몸이 된 것이 아니었다. 마기에 의존한 불사의 육체는 그의 의지를 거역해 몇 번이고 되살아났다. 죽음의 안식에서 억지로 끌어올려지는 끔찍한 고통. 그것은 겪어보지 않은 이는 결코 알 수 없는 지독한 것이었기 때문이다.

그때였다.

임소하에게 어떤 말을 해야 할지 고심하던 탁일항의 눈빛이 미미하게 흔들렸다.

그의 본능적인 감각이 위험을 경고하고 있었다. 터무니없이 엄청난 기세를 지닌 무언가가 빠른 속도로 장원에 접근하고 있었던 것이다.

'설마…….'

꽈아앙!

그 순간 엄청난 굉음이 장원 전체를 뒤흔들었다. 그리고 연이어 들려오는 충격음.

탁일항의 신경이 그곳을 향해 모아졌다.

늘 웃음이 떠나지 않던 탁일항의 얼굴이 바위처럼 굳어진 것도 그때였다.

혼란스러운 와중에도 유독 선명히 느껴지는 누군가의 기파. 그것은 기억 속에 너무도 뚜렷이 남아 있는 한 사람의 모습을 떠올리게 했다.

단리백, 그가 찾아온 것이다.

*　　　　*　　　　*

"허……."

무수한 적들에 둘러싸인 위송령이 허탈한 웃음을 흘렸다. 기백을 헤아리는 머릿수가 새카맣게 주위를 에워싸고 있었다. 그러나 정작 문제는 따로 있었다. 그들 중 어느 하나 예사로운 놈들이 없다는 것이다.

위송령이 곱지 않은 눈으로 백무쌍을 노려봤다. 그의 신법인 개로보는 직선으로 움직일 때는 쾌속하기 그지없었지만 은밀히 잠입하는 데 용이하지 않았다.

지금만 해도 그렇다. 적들의 칼을 피해 펄쩍펄쩍 뛰어다니는 모양새가 영락없이 벼락맞은 강시 꼴이다.

모처럼 의기로운 일을 했다 좋아했더니 결국 이 모양이다. 이래서 사람은 살던 대로 살아야 하는 법인가 보다.

단신으로 마교의 소굴로 잠입하겠다는 여우 놈을 따라나선 게 잘못이었다. 미운 정이 무섭다고, 수십 년간 으르렁댄 것도 모자라 제 무덤 파고 뛰어드는 놈을 차마 혼자 보낼 수가 없었던 것이다.

위송령이 고개를 돌려 호계상을 바라봤다. 미안한 표정을 지어 보이는 그의 모습에 위송령은 내심 한숨을 내쉬었다.

죽을 때가 되면 평소와 다른 행동을 한다는 옛 어른들 말이

헛된 것이 아니란 것을 하필이면 왜 이제야 깨닫느냔 말이다.

슬쩍 고개를 돌리니 그새 한칼 얻어맞고 숨을 헐떡이는 사염천의 모습도 눈에 들어왔다.

옆구리를 움켜쥔 사염천의 손가락 사이로 끊임없이 피가 흘러내리고 있었다. 당장 치료를 하지 않으면 목숨이 위험할 만큼 위중한 부상이었다.

그때였다.

강호사사를 에워싸고 있던 마교도들이 썰물처럼 양쪽으로 갈라졌다. 그리고 그 사이로 모습을 드러낸 한 사람.

"강호사사인가?"

대수롭지 않다는 듯 입을 여는 노인을 발견한 강호사사의 얼굴이 밀랍처럼 창백해졌다.

오 척을 간신히 넘겼을까.

툭 치면 그대로 죽어 나자빠질 만큼 왜소한 체구의 노인이었다.

그는 짙은 흑의를 입고 있었는데, 걷어올린 소매 사이로 드러난 팔은 앙상하기 그지없어 말라 죽은 고목을 보는 것만 같았다. 더구나 팔에는 수십 마리의 뱀이 기어가는 듯한 끔찍한 흉터가 자리 잡고 있었다. 하지만 그의 모습을 확인한 순간 강호사사 일행의 얼굴은 창백하게 질려갔다. 칠십여 년 전, 치열했던 정마대전 당시 마교의 절대적인 무인으로 전설처럼 회자되던 한 사람을 떠올렸기 때문이다.

"마군 진종립?"

호계상의 질문에 진종립이 고개를 끄덕였다.

"그래도 사람 보는 눈은 제대로 박혀 있구나."

위송령이 잔뜩 긴장한 채 사염천에게 속삭였다.

"저 노괴가 왜 아직까지 살아 있는 거야?"

"그걸 내가 어찌 알아?"

퉁명스럽게 대답하는 사염천이었으나 그의 눈빛엔 이미 체념이 가득했다. 진종립이 나타난 이상 자신들이 제아무리 날고 기는 재주가 있다 해도 무사히 이곳을 빠져나가긴 글러먹은 것이나.

이때 호계상이 입을 열었다.

"체념이 사람을 죽여. 포기하지 마라. 무슨 수를 써서라도 살아 남는 거다."

"망할, 그 무슨 수가 대체 뭔데?"

툴툴거리는 위송령의 말에 호계상이 혈영음도를 길게 늘어뜨리며 앞으로 나섰다.

"내가 그를 막겠다. 동귀어진을 각오한다면 적어도 십 초 정도는 버티겠지. 그동안 네놈들은 재주껏 이곳을 빠져나가라."

호계상이 진종립을 향해 신형을 날리려는 순간 그의 어깨를 붙드는 손이 있었다.

"내가 하지."

호계상이 고개를 돌렸다. 사염천이 투실한 볼 살을 씰룩이며 웃고 있었다.

"이 몸으로 달려봐야 고작 십 리야. 그러니 여긴 내게 맡겨."

부우우웅!

돌연 수만 마리의 벌 떼가 날갯짓하는 듯한 소리와 함께 사염천의 장포가 팽팽하게 부풀어 올랐다. 동시에 뚱뚱하던 그의 몸이 눈에 띄게 홀쭉해지기 시작했다. 더불어 무시무시한 열기가 뿜어져 나왔다.

구화마공(毬火魔功)을 끌어올린 사염천은 만류할 틈도 주지 않고 진종립을 향해 몸을 던졌다.

"재밌군."

재롱을 지켜보듯 서 있던 진종립이 자신을 향해 달려드는 사염천을 향해 마주 손을 뻗어나간 것도 그때였다.

사염천의 눈에서 강렬한 안광이 쏟아졌다. 죽음을 각오한 그의 의지는 최후의 신력을 끌어냈고, 그 결과는 놀라운 것이었다.

꽈아앙!

천지를 뒤흔드는 굉음과 함께 지독한 압력이 장내를 휩쓸었다. 이어지는 지독한 열기! 그리고 한 사람의 몸이 훨훨 날아갔다.

쿠웅!

그 사람은 거의 십여 장이나 날아가 건물의 벽면에 부딪친 다음 땅바닥에 처박혔다.

"크으윽……!"

오공으로 피를 뿌린 채 바닥에서 바둥거리고 있는 사람은 놀랍게도 사염천이었다.

사염천은 전신의 심맥이 가닥가닥 끊어지고 내장이 조각난 채로 피바다 속에서 꿈틀거리고 있었다. 그는 필사적으로 고개를 쳐들었다. 그리곤 꺼져 가는 눈으로 강호사사를 향해 더듬거렸다.

"안 달아나고… 뭐 하는 거야……."

그것이 끝이었다.

호계상을 비롯한 백무쌍과 위송령의 안타까운 시선을 받으며 사염천은 천천히 고개를 떨구었던 것이다.

쉑!

이를 신호로 한 사람이 진종립을 향해 벼락처럼 신형을 솟구쳤다.

온몸이 새카맣게 변해 있는 백무쌍이었다. 고루마공의 최상승 경지인 고루현림(骷髏現臨)을 극성으로 끌어올린 채였다.

백무쌍의 손이 강철로 만들어진 한 쌍의 봉처럼 진종립을 향해 쇄도해 갔다. 그리고 어느 순간 그와 진종립 사이에는 시커먼 장막이 드리운 듯 흑색의 수영만이 가득 차버렸다.

그야말로 번개가 무색할 정도로 가공할 신법과 손속이었다. 하지만 막 장력이 진종립에게 작렬하기 직전, 백무쌍은 진종립의 입가에 떠오른 희미한 미소를 발견할 수 있었다.

그것은 믿을 수 없으리만치 태연자약한 미소였다. 동시에 진종립의 오른쪽 소맷자락이 가볍게 흔들렸다.

쾅!

허공을 가득 메운 수영 속에서 한줄기 벼락이 번쩍이나 싶더니 흑색 수영은 종적도 없이 사라져 버렸다. 그리고 한줄기 벼락은 그대로 백무쌍의 가슴 어림에서 폭발했다.

"컥!"

허공에 떠오른 백무쌍이 실 끊어진 연처럼 나가떨어졌다. 그의 가슴팍의 옷은 불에 탄 것처럼 재가 되어 바스러졌다. 그리고 그의 입에서는 연신 검게 죽은피가 꾸역꾸역 쏟아지고 있었다.

그런 그를 보며 진종립은 감탄했다는 듯 입을 열었다.

"칠성의 풍멸쇄심수(風滅碎心手)에 맞고도 죽지 않다니, 과연 고루현림은 소림의 외공과 견줄 만하군. 하지만 몇 번이나 버틸 수 있을까?"

진종립이 다시금 손을 뻗었다.

소리도 없고, 눈으로 볼 수도 없었다. 다만 육감으로 그 존재를 확인할 수 있을 뿐인 무형의 경력이 그의 손으로부터 뻗어 나왔다.

호계상이 튀어나가 혈영음도를 휘둘렀다.

촤라락!

순식간에 눈부신 은빛 장막이 허공을 가득 메웠다.

카앙!

그러나 차가운 금속성과 더불어 허공에 뿌려지는 조각난 칼의 파편과 함께 호계상이 피를 뿜으며 튕겨져 나갔다. 그토록 엄밀하던 도막(刀幕)이 단 일격을 막지 못하고 허무하게 뚫려 버린 것이다.

콰르르!

호계상을 간단하게 튕겨낸 무형의 경력이 신음을 흘리며 누워 있는 백무쌍을 향해 쇄도했다.

"젠장!"

위송령이 뛰어들어 백무쌍 앞을 가로막았다. 사염천을 그리 보낸 마당에 백무쌍마저 눈앞에서 죽게 놔둘 수는 없었기 때문이다.

잔뜩 진기를 끌어올린 채 양팔을 교차한 위송령을 향해 무형의 경력이 짓쳐들었다.

우두둑.

"……!"

위송령이 눈을 부릅떴다. 아무리 그의 특기가 호신강기는 아닐지라도 단 일격에 팔이 부러질 줄은 예상치 못했던 까닭이다. 그러나 위송령은 팔이 부러졌음에도 불구하고 그대로 버티고 서 있었다. 하지만 이도 잠시.

주르륵.

깊은 족적을 남기며 십 장가량을 밀려가던 위송령 역시 결국 피를 토하며 꼬꾸라졌다. 그러고도 진종립이 뿌린 경력은 위력이 줄지 않아 곧바로 백무쌍을 덮쳐 갔다.

호계상과 위송령이 경력을 늦추는 사이 신형을 일으킨 백무쌍이 열심히 개로보를 밟아 이를 피하려 했다. 하지만 역시 소용없었다.

터엉!

가죽으로 만든 북을 두드리는 듯한 소리가 장내에 울려 퍼졌다. 그리고 그것으로 끝이었다.

백무쌍의 신형이 풀썩 무너져 내렸다.

쓰러진 백무쌍의 입과 코에서는 검은 피가 꾸역꾸역 흘러내리고 있었다. 외부에는 아무런 충격을 주지 않고 내부를 진탕시켜 곤죽을 만들어 버린 것이다.

호계상이 침충한 얼굴로 신음을 흘렸다.

호계상과 위송령을 상대할 땐 한없이 강맹하던 경력이 백무쌍에게 이르러 음유한 암경으로 바뀌어 있었다. 이는 진종립의 무위가 어느 정도에 이르러 있는지를 여실히 말해주고 있었던 것이다.

"제길! 죽엇!"

발작적으로 달려드는 위송령을 향해 진종립이 슬쩍 웃음을 머금었다.

불과 진종립과 일 장의 거리를 남겨둔 채 위송령이 달려가던 그대로 꼬꾸라졌다. 진종립이 가볍게 손을 휘두른 결과였다.

"이제 남은 것은……."

진종립은 유일하게 두 다리로 서 있는 호계상을 향해 시선을 옮겼다. 그리곤 천천히 손을 치켜들었다.

그 순간 시종일관 여유롭던 진종립의 표정이 굳어졌다.

콰드드드!

강력하기 그지없는 무서운 경력이 자신의 등을 향해 쇄도하는 것을 느낀 까닭이다.

진종립이 급히 신형을 돌려세우며 소매를 휘둘렀다.

쩌엉!

핏빛 광채가 사방으로 비산했다.

충격을 이기지 못하고 주르륵 밀려난 진종립은 오 장이나 물러난 뒤에야 자신에게 일격을 가한 사람을 확인할 수 있었다.

마지 수십 근의 주사(硃砂)를 뿌려놓은 듯 허공에 흩어지는 붉은 강기의 잔해. 그 사이로 들어서는 한 사람이 있었다.

"너는……!"

진종립이 주름진 눈가를 씰룩였다.

장원의 문이 활짝 열려 있고, 그 앞엔 시신들이 즐비했다. 그리고 그곳에는 오연한 눈빛을 뿌리며 진종립을 노려보는 단리백이 서 있었다.

"오랜만이군."

웃고 있는 단리백과 달리 진종립은 마치 귀신을 본 것마냥 일순 아무런 말도 하지 못하고 있었다.

그렇게 침묵 속에 잠겨 있던 진종립이 이윽고 입을 열었다.

"어떻게 살아난 거냐?"

진종립을 향해 단리백이 웃으며 다가섰다.

"빚을 지곤 못 사는 성격이라서."

그리 크지 않은 음성이었다. 하지만 사위를 압도하는 강한 울림을 담고 있었다.

"그는 제가 맡지요."

이때 한 사람이 장내에 뛰어들었다.

그를 발견한 단리백의 눈에 자욱한 살기가 일렁였다. 단지 마풍영과의 끈질긴 악연 때문이 아니었다. 그가 옆구리에 끼고 있는 여인. 한초설을 발견한 순간 걷잡을 수 없는 분노가 솟구쳐 올랐던 것이다.

"아!"

뒤늦게 단리백을 발견한 한초설의 눈빛이 급격히 흔들렸다. 하지만 마혈이 제압당해 있어 움직일 수 없었다.

그런 그녀를 향해 단리백이 입을 열었다.

"거기서 기다려. 내가 데리러 가지."

"나는 안중에도 없단 뜻인가?"

마풍영이 실소하며 한초설을 바닥에 내려놓았다. 그리곤 단리백을 바라보며 복잡한 표정을 지어 보였다.

"그렇게 쉽게 죽을 놈이 아니라고 생각했어. 하지만 한편으론 두 번 다시 보는 일이 없길 바랐지. 그런데 정작 마주하니 뭐랄까… 반가운 생각마저 드는군."

천천히 주먹을 말아 쥐며 마풍영이 단리백을 향해 걸음을 옮기기 시작했다.

단리백은 이렇다 할 방비조차 하지 않은 채 묵묵히 마풍영을 응시하고 있을 뿐이었다.

단리백과 거리를 좁히며 마풍영이 입을 열었다.

"이제 우리 사이의 묵은 빚을 청산할 때가 된 것 같군."

그 말과 함께 마풍영의 신형이 한줄기 바람이 되어 단리백을 향해 쇄도했다.

서로의 거리가 십 장 정도에 이르렀을 때 단리백이 오른손을 들어 마풍영을 가리켰다.

단리백의 손끝에 맺혀 있는 붉은 서기를 발견한 마풍영이 흐릿하게 웃었다.

"혈리탄인가? 하나 나에겐 통하지 않아!"

단리백의 손끝에서 꿈틀내딘 날카로운 기운이 마풍영을 향해 쏘아진 것도 그때였다. 하나 마풍영은 단리백을 향해 달려가는 속도를 늦추지 않았다. 처음부터 그는 이를 피할 생각이 없었다. 일격을 허용하더라도 거리를 좁혀 반격하는 것이 더욱 이득이라 생각한 것이다. 하지만 단리백의 서늘한 눈빛을 발견한 순간 벼락처럼 뇌리를 스치는 불길함을 느껴야만 했다.

눈에 보이지 않는 무언가가 빠른 속도로 날아들고 있었다. 아니, 단순히 빠르다는 표현만으론 담아내지 못할 섬뜩한 기운이었다.

'혈리탄이 아니다!'

혈라강기 특유의 붉은빛도, 허공을 찢는 파공음조차 없었다. 단지 뼈를 시리게 하는 예리한 기운이 어느 순간 턱 밑에 이르러 있었다.

마풍영이 신형을 틀었다.

계산된 행동이 아니었다. 오랜 시간 도산검림을 거닐어온 무인의 본능이 그리 시킨 것이다. 하지만 단리백의 손을 떠난 한줄기 기운은 그 찰나의 망설임조차 허락지 않았다.

퍽.

한차례 크게 어깨를 들썩인 마풍영은 가슴 어림을 관통한 충격에 떠밀려 일 장가량을 비틀거리며 물러섰다.

마풍영의 가슴에는 어느새 커다란 구멍이 뚫려 있었다. 그리고 그 안에서 쉴 새 없이 검붉은 핏물이 쏟아지고 있었다.

물끄러미 가슴의 부상을 바라보던 마풍영의 얼굴이 당혹감에서 의아함으로, 그리고 종국엔 허탈함으로 이어졌다.

그에게 있어 부상 자체는 그리 위중한 것이 아니었다. 단리백의 일격은 심장을 비껴갔기 때문이다. 아니, 심장을 꿰뚫었다 해도 마찬가지다. 그를 지배하고 있는 마기가 갈가리 찢어진 심장을 순식간에 복원할 터.

정작 그가 그와 같은 표정을 드러낸 이유는 따로 있었다.

마치 보이지 않는 창에 꿰인 것마냥 가슴 부근에서 낯선 이물감이 느껴졌다. 게다가…

'마기가 흩어지고 있다!'

이 정도 부상이라면 금방 출혈이 멎어야 정상인데, 좀처럼 상처가 수복될 기미를 보이지 않고 있었던 것이다. 오히려 시간이 지날수록 출혈은 더욱 많아져 마풍영의 안색은 순식간에 백지장마냥 창백하게 변해 버렸다. 이대로라면 과다출혈로 죽는다 해도 이상한 일이 아니었다.

마풍영이 고개를 들어 단리백을 바라봤다.

"뭐지, 이건?"

"혈라인."

되돌아온 단리백의 대답에 마풍영이 희미하게 웃어 보였다.

"이게 네가 지닌 최고의 한 수였나?"

말없이 고개를 끄덕이는 단리백의 모습에 마풍영은 비로소 만족스런 미소를 드러낼 수 있었다.

"나쁘지 않군. 나쁘지 않아……."

죽음을 목전에 둔 상황에서도 마풍영은 무엇이 그리 기쁜지 크게 웃음을 터뜨렸다.

그런 그를 향해 단리백이 천천히 오른손을 내밀며 입을 열었다.

"당신 말대로야."

"……?"

"묵은 빚은 청산해야겠지."

단리백의 얼굴에 떠오른 감정. 그것은 분노나 증오가 아닌, 일말의 동정이 담겨 있었다.

퍽!

한줄기 예리한 기운이 무서운 기세로 마풍영의 가슴을 꿰뚫었다.

마풍영의 등을 뚫고 나온 자욱한 피보라가 허공에 흩뿌려졌다. 그 핏물 속엔 조각조각 찢어진 심장의 파편도 섞여 있었다. 하나 이를 바라보는 마풍영의 표정은 의외로 담담했다.

모진 운명이 비로소 죽음의 안식을 허락한 것이다.

마풍영의 눈에서 정광이 사라졌다. 그리곤 서서히 신형이 기울어지더니 쿵 소리를 내며 바닥에 쓰러졌다. 이후 마풍영은 두 번 다시 일어나지 않았다. 그토록 바라던 영면에 든 것이다.

"허……."

자신의 예상을 크게 엇나간 상황 앞에 진종립이 허탈함이 담긴 소리를 내뱉었다. 그러나 단리백은 그에게는 시선도 주지 않은 채 마혈이 짚여 있는 한초설을 향해 걸음을 옮기기 시작했다.

한초설의 눈에 뿌연 습막이 어리기 시작했다. 그토록 보고 싶어했던 사람이건만 정작 이처럼 마주하게 되자 눈물 때문에 그의 모습을 제대로 확인할 수 없었다. 하지만 거리가 가까워질수록 더욱 뚜렷해지는 그의 모습은 그녀가 오랫동안 가슴에 품고 있던 사내가 분명했다.

한초설은 단리백에게서 시선을 떼지 않았다.

걱정과 근심으로 멍울졌던 가슴. 하지만 이제는 가슴이 터져 나가지 않을까 걱정이 될 만큼 심장이 심하게 두근대고 있었다.

"왜 이제야 오는 거야!"

"오래 기다렸나?"

"내가 당신을 왜 기다려!"

마음과 다르게 팩 쏘아붙이고 마는 한초설이었다.

"그럼?"

단리백의 반문에 한초설이 우물쭈물하며 말끝을 흐렸다.

"그렇잖아. 그런 부상을 입고 절벽 아래로 떨어지는 걸 봤는데… 당연히 꿈자리가 사납잖아."

희미하게나마 미소가 어려 있던 단리백의 표정이 점차 굳어지는 걸 훔쳐보던 한초설의 마음이 철렁 내려앉았다.

이게 아닌데.

이런 식으로 말하려 한 게 아니었는데…….

뒤늦게 후회했지만 한 번 뱉어낸 말은 주워 담을 수 없었다.

내심 어쩔 줄 몰라 하는 한초설을 향해 단리백이 입을 연 것도 그때였다.

"분위기 다 깨는군. 이게 어디 고백할 분위기야?"

"어?!"

뜻밖의 말에 한초설의 눈이 휘둥그레졌다.

단리백이 다시 입을 열었다.

"어떻게 돌려주면 되는 거지?"

뜬금없는 말에 한초설이 의아한 표정을 지었다. 하지만 이어진 단리백의 말에 그녀의 신형이 굳어졌다.

"언젠가 그러지 않았던가? 네 마음 내놓으라고. 그래서 묻는 거야. 어떻게 돌려주면 되는 거야?"

그 말에 한초설의 얼굴이 확 달아올랐다.

격동의 심정을 담은 미미한 떨림은 어깨로, 그리고 전신으로 퍼져 갔다.

마음은 연신 고개를 끄덕이고 있는데 정작 대답을 해야 할 혀끝은 허공을 헤매고 있다.

심하게 두근대는 가슴을 애써 억누르며 한초설이 입을 열었다.

"그게… 어디 고백하는 사람 표정이야? 어떤 사내가 그렇게 딱딱한 표정으로 고백을 해?"

"웃지 말라며. 내 웃음이 독이 되어 심장에 박힌다 하지 않았나?"

단리백의 입가에 슬며시 번지는 미소를 발견한 한초설이 믿기지 않는다는 표정으로 단리백을 바라보며 입을 열었다.

"그 말… 나랑 같이 살고 싶다는 이야기?"

단리백의 눈썹이 꿈틀거렸다. 이 여자 기껏 한다는 소리가……

"왜, 싫어?"

그제야 화들짝 놀란 한초설이 마구 고개를 끄덕였다.

"아니! 좋아! 좋아! 같이 살아! 내가 살아줄게. 당신하고!"

그런 그녀를 바라보는 단리백은 자신도 모르게 웃음을 머금었다.

한마디로 단정 짓기 어려운 복잡한 마음.

조금만 솔직해지면 충분히 그 답을 알 수 있었다. 너무나 낯설어 인정하고 싶지 않았던 감정.

'왜 사람들이 사랑이란 것에 미치는지 알겠군.'

단리백이 한초설을 향해 가볍게 손을 휘둘렀다. 그와 동시에 한초설은 한줄기 부드러운 기운이 미심혈과 중곡혈 부근을 어루만지는 것을 느꼈다. 그리곤 거짓말처럼 마혈이 풀리는 것이 아닌가.

마혈이 풀리기 무섭게 한초설은 팔을 뻗어 단리백의 목을 와락 끌어안았다.

갑작스런 그녀의 행동에 당황한 건 단리백이었다.

"무슨 짓이야?"

"내 남자 내가 안는다는데 남들 눈이 무슨 상관이야? 설마 내가 부끄러운 거야?"

배시시 웃음을 흘리는 모양새와 달리 한초설의 눈빛엔 말로는 설명하기 힘든 간절함이 배어 있었다. 손을 놓는 순간 단리백이 사라질지도 모른다는 일말의 불안감.

이를 읽어낸 단리백이 나직이 한숨을 흘렸다.

"이래서야 싸우는 모양새가 나질 않잖아."

그러나 한초설은 쉽게 떨어질 기색이 아니었다.

단리백이 그녀의 허리를 힘주어 껴안았다.

"헉!"

한초설의 입에서 헛바람이 터져 나왔다. 그런 그녀의 귀에 입술을 대고 단리백이 조용히 속삭였다.

"걱정 마. 앞으론 함께 있을 테니."

"……!"

한초설의 눈빛이 격렬하게 흔들렸다.

세상에 이런 날이 올 줄 누가 알았겠는가. 차갑기로 따지면 만년빙주(萬年氷柱)보다 더한 사내가 바로 그였다. 그 무뚝뚝하고 목석같던 그가 이렇게 자신을 안아주다니.

"나 어떡해?"

"뭐가?"

단리백의 반문에 한초설이 눈물이 그렁거리는 눈으로 환하게 웃었다.

"좋아 죽을 것 같아."

단리백이 피식 웃으며 설레설레 고개를 흔들었다. 그리곤 억지로 한초설을 떼어내더니 진종립을 향해 고개를 돌렸다.

진종립은 우두커니 서서 제자의 시신을 내려다보고 있었다. 그러다 단리백의 시선을 느꼈음인지 천천히 고개를 들어 올렸다.

살소(殺笑)든 조소(嘲笑)든 간에 늘 웃음이 머물러 있던 그의 얼굴이 야차처럼 일그러져 있었다. 유일한 제자의 죽음은 그만큼 그에게 걷잡을 수 없는 살의를 불러일으켰던 것이다.

"아느냐?"

진종립의 눈에서 진노의 화염이 뚝뚝 쏟아지고 있었다.

"그 아이는 나의 전부였다."

차갑게 식은 얼굴로 단리백이 입을 열었다.

"내가 아는 건 오늘 이곳에서 당신이 죽는다는 사실이야."

"조악한 무공을 믿고 함부로 지껄이는구나. 그날 네놈의 조부도 나를 어찌하지 못했다. 고작 네놈 따위가 날 상대할 수 있으리라 생각하느냐?"

진종립이 냉소를 날렸다. 하지만 이어진 단리백의 말에 그의 얼굴은 노기로 붉게 달아올랐다.

"예전부터 느낀 것이었지만… 늙은이, 당신은 너무 말이 많아."

"이노옴……!"

한순간 진종립의 신형이 희끗하게 변하더니 순식간에 단리백의 지척에 이르러 있었다.

그 신법이 어찌나 빠르던지 상황을 주시하던 한초설마저 경악을 금치 못할 정도였다.

마군이라는 명호가 무색지 않은 실력이었다. 그는 단 한 번의 도약으로 이십여 장의 공간을 압축해 버린 것이다. 그녀가 아는 한 당금 강호에 이를 뛰어넘는 신법은 존재하지 않았다.

호계상 역시 마찬가지였다. 신법만으론 천하의 누구도 부러워하지 않는 그였으나 진종립의 신법을 보는 순간 부끄러워 목을 매고 싶을 정도였다. 하지만 이내 의아함을 금치 못했다. 단리백과 불과 한 걸음만을 남겨둔 채 진종립이 멈춰 섰던 것이다.

그러나 정작 진종립이 느끼고 있는 놀라움에 비하면 이는 아무것도 아니었다.

처음 진종립은 단매에 단리백의 허리를 으스러뜨리리라 마음먹었다. 하지만 거리가 가까워지자 그것이 자신의 착각이었음을 깨달았다. 말없이 자신을 응시하고 있는 단리백의 모습에서 말로는 형용키 어려운 가공할 기세가 흘러나오고 있었던 것이다.

그것은 결코 일부러 만들어내거나 흉내 낼 수 없는 것으로, 그 어떤 벽을 넘어서야만 자연스럽게 지닐 수 있는 무형지기의 일종이었다.

진종립의 얼굴이 굳어졌다.

섣불리 상대할 녀석이 아니었다. 검단곡에서의 무력하기 짝이 없던 그놈이 아닌 것이다.

진종립은 엄숙한 표정으로 천천히 양손을 들어 올렸다. 그러자 그의 손에서 조금 전과는 비교도 할 수 없는 삼엄한 기운이 뭉클거리며 쏟아지기 시작했다.

진종립이 입을 열었다.

"어디 한번 받아보아라."

진종립의 어깨가 가볍게 흔들렸다. 그 순간 구름처럼 피어오른 흑색 장영이 전면의 공간을 아우르며 단리백을 겹겹이 에워쌌다.

실로 순식간에 벌어진 일이었다. 하나 그 안에 담긴 위력은 무쇠조차 가루로 만들 만큼 가공한 것이어서 그 흉험함은 말로는 표현할 수 없을 만큼 무시무시한 것이었다.

이를 지켜보던 한초설은 가슴이 철렁 내려앉았다. 하지만 그녀는 단리백을 믿었다.

아니나 다를까.

단리백의 지척에 이르러 소리없이 흩어지고 있었다. 아니, 가닥가닥 풀어내고 있다는 것이 맞으리라. 잡아채고, 누르고 두드리며, 끊어내 흘려내는…… 신기와도 같은 사량발천근의 묘리가 기묘하게 움직이는 단리백의 손끝을 따라 모습을 드러낸 것이다.

진종립의 입가가 슬쩍 비틀렸다.

"그래, 얼마나 버티나 보자꾸나."

풍멸쇄심수를 비롯해, 아홉 줄기의 음유한 경력으로 상대의 내부를 파괴시키는 구유장(九幽掌), 그리고 실전되었다 알려진 밀종의 대수인까지. 온갖 절기들이 진종립에게서 쏟아져 나온 것도 그때였다.

말라붙은 나뭇가지 같던 진종립의 손은 무려 한 자가 넘게 변해 있었다. 더구나 그 안엔 전문적으로 상대의 호신강기를 파괴시키는 고절한 내공심법이 가미되어 있어, 함부로 마주 상대했다간 돌이킬 수 없는 결과를 초래하고 말 것이 틀림없었다.

더구나 지금 단리백의 가슴을 향해 날아드는 손은 지금까지처럼 사량발천근의 수법만으론 흘려내지 못할 섬뜩한 기세를 담고 있었다.

단리백의 신형이 한차례 휘청했다. 다음 순간, 눈부신 섬광이 피어올랐다.

마침내 단리백이 출수를 한 것이다.

진종립은 막 단리백의 가슴에 일장을 후려갈기려는 찰나, 서늘하고 예리한 무언가가 상상도 할 수 없는 속도로 자신의 목을 향해 날아드는 것을 느끼고 머리끝이 쭈뼛해졌다.

　진종립은 장력을 쳐내던 손을 급히 거두며 양손을 교차해 상체를 방비했다. 그 와중에도 진종립은 반격을 잊지 않았다. 허공의 한 점에 응축시킨 암경의 칼날을 일순 허점이 드러난 단리백의 옆구리를 향해 밀어 넣었던 것이다.

　콰앙!

　장원 전체가 뒤흔들리는 듯한 폭음이 터져 나오며 한 사람의 몸이 훨훨 날아갔다.

　쿠웅!

　그 사람은 거의 십여 장이나 날아가 장원의 건물 한 채를 무너뜨린 다음에 바닥에 추락했다.

　"크으윽……!"

　한 움큼의 피를 토한 채 비틀거리고 있는 사람은 놀랍게도 진종립이었다.

　간신히 신형을 일으키긴 했으나 진종립의 두 팔은 힘없이 늘어져 있었다. 손목은 절반 이상이 잘려 나가 제대로 움직일 수도 없었으며 온몸은 피투성이였다.

　진종립의 눈에는 경악만이 가득했다. 단리백의 무공은 그로서도 일찍이 본 적이 없는 가공스러운 것이기 때문이다.

　어찌 단 한 번 공격으로 자신을 이런 꼴로 만들 수 있단 말인가. 그는 아직 이토록 무서운 무공은 본 적도, 들은 적도 없었다.

　으스러져라 이를 악물며 진종립이 단리백을 바라보았다.

　"그게… 무엇이었느냐?"

"보여달라며?"

잠시 의아한 표정을 짓던 진종립은 이내 검단곡에서 자신이 단리백에게 했던 말을 떠올렸다.

"방금 전의 그것이 혈라강기란 말이냐?"

묵묵히 고개를 끄덕이는 단리백을 향해 진종립이 잔인한 웃음을 흘렸다.

"크흐흐… 과연 대단하군. 하나 네놈도 무사하진 못할 터. 이제 끝을 보자꾸나."

부상을 입었음에도 불구하고 진종립은 여전히 자신이 있었다. 마지막 순간 단리백의 옆구리를 향해 밀어 넣었던 암경. 분명 손끝에 제대로 된 충격이 느껴졌었다. 서로가 비슷한 부상을 안고 있다면 아직 승기는 자신에게 있는 것이다. 하지만 그것이 자신의 착각이었음을 깨닫는 데는 오랜 시간이 걸리지 않았다.

"……!"

진종립의 눈빛이 당혹감으로 흔들렸다. 그도 그럴 것이 단리백은 여전히 차가운 눈빛을 뿌리며 오연히 그 자리에 서 있었기 때문이다.

"그래, 끝을 보지."

그 말과 함께 단리백이 진종립을 향해 성큼 걸음을 내디뎠다.

이에 진종립은 자신도 모르게 움찔하며 반걸음 물러서고 말았다. 그리고 이를 깨닫는 순간 진종립은 커다란 충격에 휩싸였다.

불과 반보.

강호에 나선 이후 단 한 번도 물러선 적 없던 그였다. 그런 그가 처음으로 상대에게 두려움을 느끼고 있는 것이다.

비록 무의식중이었다곤 하나 진종립은 그 사실이 매우 부끄럽고 수치스러웠다.

"허… 그런가. 내가… 이 진종립이 눈앞의 애송이를 두려워한다고?"

실성한 노인네처럼 중얼거리던 진종립의 분위기가 어느 순간 일변했다.

그 모습에 단리백은 내심 감탄했다.

부상을 입었다 해도 역시 호랑이는 호랑이. 마라(魔羅)라 불리는 이유가 있었던 것이다.

어느새 자세를 바로잡은 진종립의 모습.

그 어떤 기세도 흘리지 않았다. 시퍼런 살기를 요란하게 흘리며 짓쳐드는 것이 아닌, 그마저도 안으로 갈무리한 채 침묵으로 일관하는 무서운 고수의 의지가 그 안에 배어 있었다. 분노로 일그러져 있던 그의 표정 역시 무심함으로 바뀌어 있었다. 비로소 그는 단리백을 일생일대의 적으로 인정한 것이다.

진종립이 단리백을 향해 마주 걸음을 옮기기 시작했다.

천천히 치켜드는 그의 오른손이 시커멓게 물들었다. 진종립의 성명절기인 풍멸쇄심수가 시전된 것이다. 하지만 어느 순간 흑빛이 옅어지더니 그의 손은 본래의 피부색을 회복했다.

극성에 이른 풍멸쇄심수는 이처럼 오히려 평범해 보이는 것이다. 하지만 그 안에 담긴 위력만큼은 단리백조차 경시할 수 없는 위험한 기운을 담고 있었다.

"끝내 이 늙은이의 밑천을 보이고 마는군. 이 한 수로 승부를 가르세."

진종립의 말에 단리백이 말없이 오른손을 들어 올렸다.

그렇게 서로를 향해 다가선 두 사람은 한 걸음만을 남겨둔 채 멈춰 섰고, 공기가 싸늘하게 식어가며 팽팽한 긴장감이 장내를 가득 메웠다.

그리고 어느 한순간, 누가 먼저랄 것도 없이 서로에게 주먹을 뻗는 두 사람이었다.

쾅!

지축을 뒤흔드는 한 번의 폭음.

그것으로 모든 상황은 종결되었다.

고수들 간의 겨룸에 있어 이처럼 싱거운 싸움도 없을 것이다. 하지만 어느 누구도 그렇게 생각할 수 없었다. 쓰러진 사람이 다름 아닌 진종립이었기 때문이다.

두 발로 서 있는 단리백과 달리 진종립은 바닥에 길게 누워 있었다. 그의 오른팔은 걸레처럼 짓이겨져 형체조차 알아볼 수 없었고, 입에서는 연신 폭포수 같은 선혈을 뿜어내고 있었다.

"쿨럭… 대단… 하군. 정말 대단… 해……."

꾸역꾸역 핏물을 게워내는 진종립을 향해 차디찬 단리백의 눈빛이 쏟아졌다.

"유언은 그게 다인가?"

천천히 치켜드는 단리백의 주먹을 보며 진종립은 쓰디쓴 웃음을 머금었다. 한때 천하를 오시하던 그였지만 지금은 죽음을 기다리는 노인네로 전락하고 만 것이다.

단리백이 막 진종립의 숨통을 끊으려는 찰나였다. 갑자기 서늘한 예기를 담은 한 사람의 손이 지척에 다가와 있었다.

'그자다!'

단리백은 직감적으로 손의 주인이 누구인지를 깨달았다. 비록 방심했다곤 하나 이처럼 그의 이목을 속이고 가까이 접근할 수 있는 사람은 그가 유일했던 것이다.

검단곡에 나타나 한 모금의 술을 흘려주었던 자. 그리고 거대한 벽으로 느껴졌던 사내.

그의 손속도 빠르기 그지없는 것이었지만 워낙 창졸간의 일이라 단리백은 피하고 자시고 할 여유조차 없었다.

"쳇!"

절기인 혈라강기를 제대로 운용하지도 못한 채 단리백은 옆구리를 향해 날아든 손을 향해 정면으로 주먹을 내질렀다.

퍼엉!

일순 회오리바람 같은 경기가 폭발하듯 두 사람의 신형을 감싸고돌았다.

진기를 채 반도 끌어올리지 못했던 단리백이 휘청이며 뒤로 주르륵 밀려났다. 하지만 의외로 그 외엔 달리 큰 충격은 없었다. 불시의 일격이었으나 처음부터 단리백을 떠밀어내기 위한 것이었기 때문이다.

"그쯤 해두시지요. 그는 더 이상 무공을 쓸 수 없습니다. 굳이 목숨까지 거둘 이유가 있을까요?"

"역시 당신이로군."

탁일항이 착잡한 표정으로 단리백을 바라봤다.

"당신은 정말 대단한 사내입니다. 지금도 당신이 내 앞에 서 있다는 게 믿기지 않는군요."

단리백은 이렇다 할 대꾸 없이 탁일항이 낚아채 간, 금방이라도 숨이 끊어질 듯 위태하게 숨을 몰아쉬는 진종립을 노려볼 뿐이었다.

이윽고 단리백이 차가운 살기를 담아 입을 열었다.

"내놔."

이에 탁일항이 나직이 한숨을 쉬며 고개를 저었다.

"그럴 수 없습니다."

무인에게 동정만큼 큰 치욕이 어디 있을까. 이를 모를 탁일항이 아니었다. 비록 말은 할 수 없지만 참괴함을 담은 진종립의 눈빛이 지금도 이를 말해주고 있지 않은가. 하지만 그는 무인이기 전에 명교의 교도였다. 자신은 명교의 교주. 교도의 죽음을 좌시하고 있을 수만은 없었다.

반면 단리백은 의아함을 느꼈다. 그가 대체 누구길래 죽음을 각오한 무인의 대결에 함부로 관여한단 말인가? 하지만 이어진 한초설의 외침에 모든 의문이 사라졌다.

“그가 바로 마교의 교주야!”

“……!”

단리백의 눈빛이 미미하게 흔들렸다. 마교 내의 고위층이라 짐작은 하고 있었지만 설마 십만을 헤아리는 마도인의 하늘인 교주였을 줄이야.

“그랬었군.”

천천히 고개를 끄덕이는 단리백과 달리 탁일항은 복잡한 시선으로 단리백을 바라봤다.

단리백이 피식 웃으며 입을 열었다.

“굳이 천마각을 찾을 필요가 없어졌군.”

“…….”

“마교의 하늘인 당신만 쓰러뜨리면 되니까.”

“기어이 끝을 볼 생각인가요?”

탁일항의 반문에 성큼 걸음을 내딛는 것으로 대답을 대신하는 단리백이었다.

그런 그를 향해 탁일항의 말이 이어졌다.

“그녀의 행방은 묻지 않으시는군요.”

멈칫.

단리백이 그 자리에 멈춰 섰다.

이윽고 약간의 시간이 흘러 단리백이 입을 열었다.

“그 아이… 소하는 어디에 있지?”

“말해주지 않을 겁니다.”

자신을 우롱하는 듯한 탁일항의 말에 단리백의 얼굴이 와락 일그러졌다. 하지만 탁일항은 희미한 웃음마저 머금은 채 단리백을 바라봤다.

"당신은 더 이상 그녀의 그늘이 되어줄 수 없어요."

"그건 네가 판단할 문제가 아니다."

"그럴까요?"

탁일항의 입매에 맺혀 있던 웃음이 짙어졌다.

"그녀는 각성을 시작했습니다. 머지않아 천룡의 인이 완전히 깨어날 것이고, 그때가 되면 당신은 그녀를 감당할 수 없습니다. 아니, 이해할 수 없다고 하는 것이 맞겠죠. 그녀가 느끼는 십분의 일조차 당신은 알 수 없을 테니까요. 그녀는 결국 고독과 외로움 속으로 침잠하고 말 겁니다."

"헛소리!"

"당신에게 묻지요. 당신은 그녀와 평생을 함께할 수 있습니까?"

탁일항의 반문에 단리백은 선뜻 대답을 할 수 없었다.

그럴 줄 알았다는 듯 탁일항이 고개를 끄덕였다.

"그녀가 당신을 앙모하고 있다는 건 알고 계시겠지요? 그것이 비록 어린 나이의 치기라 할지라도 그녀의 마음은 진심입니다. 당신은 그런 그녀의 마음을 받아줄 수 있습니까?"

"무슨 말을 듣고 싶은 거지?"

"의숙이라는, 피조차 섞이지 않은 허울뿐인 명분이 아닌 당신의 진심을 알고 싶은 것뿐입니다."

장내는 침묵에 잠겼다.

오직 단리백만이 양손을 늘어뜨린 채 방심한 듯 우두커니 서 있을 뿐이었다.

이윽고 한참의 시간이 흘러 단리백이 입을 열었다.

"당신… 원래 이렇게 말이 많은 사람이었나?"

"때에 따라서는. 그리고 아직 당신은 내 질문에 대답을 하지 않았어요."

"굳이 대답할 의무도, 이유도 내게는 없다."

"그녀에게도 말인가요?"

탁일항의 눈빛을 따라 고개를 돌린 단리백의 눈에 한초설의 모습이 들어왔다.

앙다문 입술. 그리고 눈빛으로 외치는 무언의 항변.

단리백의 입가에 씁쓸한 웃음이 스쳤다.

'그런 것인가.'

그녀는 아직 확신을 못하고 있는 것이다. 평생 지금과 같은 불안함을 가슴에 담고 억지로 자신의 곁에 머무는 건 단리백 역시 원하는 바가 아니었다. 그것이 그녀에게 얼마나 가혹한 짐이 되리란 것을 모를 그가 아니었기 때문이다.

"초설."

나직이 부르는 단리백의 음성에 한초설이 어깨를 움찔하며 단리백과 시선을 마주했다. 그리고 애써 태연한 표정으로 단리백을 향해 입을 열었다.

"응."

그리곤 다시 스스로 마음을 다잡는 한초설이었다.

그의 입에서 어떤 말이 나오더라도 감내하리라. 그것이 설령 자신들의 관계를 파국으로 치닫게 하더라도 기꺼이. 하지만 정작 단리백의 한마디를 듣는 순간 한초설은 가슴이 쿵 하고 내려앉았다.

"미안해."

한참 동안 멍하니 단리백을 바라보던 한초설이 떨리는 음성으로 입을 열었다.

"…그런 거였어?"

단리백이 무언가를 말하려는 순간 한초설이 재빨리 귀를 막으며 소리쳤다.

"아니! 이젠 안 들을래. 충분해. 그걸로 됐어."

그리곤 신형을 돌려 단리백을 외면했다.

눈물을 보이기 싫은 듯 여전히 돌아선 채 한초설이 입을 열었다.

"내 욕심이 너무 과했지? 미안. 당신에게만은 이런 모습 보여주고 싶지 않은데… 미안해. 나도 당신을 억지로 붙들고 싶은 마음은 없어."

잠시 어깨를 들썩이던 한초설이 잔뜩 메인 음성으로 말을 이어갔다.

"하지만 아무리 나라 해도 당신에게 차인 건 역시 아프네."

막 걸음을 옮기려는 찰나 그녀의 어깨를 움켜잡는 손이 있었다.

"어이, 무슨 소리를 하는 거야?"

“어?”

눈물범벅이 된 얼굴로 돌아보는 한초설의 눈에 피식 웃는 단리백의 모습이 들어왔다.

“사람 말을 끝까지 들어.”

억지로 한초설을 돌려세운 단리백이 말을 이어갔다.

“내가 함께하고 싶은 사람은 너야.”

“하지만 방금… 미안하다고…….”

“정말 바보 같은 여자로군.”

한초설의 이마를 가볍게 쥐어박은 단리백이 부드러운 미소를 지어 보였다.

“지금까지 마음고생시켜서 미안하단 말이었어.”

“……!”

커다란 눈을 깜빡이며 자신을 바라보는 한초설을 향해 단리백이 고개를 끄덕였다.

“이제 대답이 되었나?”

그제야 상황을 이해한 한초설의 얼굴이 기쁨으로 환해졌다. 하지만 이도 잠시, 스스로 지레짐작하고 오해하는 바람에 눈물로 엉망이 된 자신의 모습을 깨닫고 얼굴이 확 붉어졌다.

“못됐어. 정말!”

그 짧은 순간 천당과 지옥을 몇 차례 오갔는지 그가 알 리 없었다. 하지만 어쩌겠는가. 이 모든 것이 그를 마음에 담은 자신의 원죄인걸.

그런 그녀를 향해 단리백이 입을 열었다.

“하지만 역시 그 아이를 이대로 놔둘 순 없어. 그래서 말인데…….”

“응. 데려가야지. 이제 걱정 안 해, 난.”

단리백의 말이 끝나기도 전에 고개를 끄덕이는 한초설이었다.

비로소 단리백이 탁일항을 향해 고개를 돌렸다.

“시작하지.”

탁일항이 빙그레 웃으며 고개를 끄덕였다.

단리백과 탁일항, 두 사람이 걸음을 옮겨 서로에게 다가섰다. 그리고 서로의 거리를 오 장 정도 남겨두었을 무렵, 탁일항이 입을 열었다.

“우리 두 사람의 무위는 호각세. 굳이 요란하게 싸움을 벌일 필요가 있을까요?”

“무슨 뜻이지?”

“자신이 지닌 최고의 한 수로 승부하는 게 어떻습니까?”

단리백이 묵묵히 고개를 끄덕였다. 그리곤 천천히 손을 들어 탁일항을 가리켰다.

키이잉!

돌연 허공을 찢는 듯한 날카로운 소리가 중인들의 귓전을 때렸다. 동시에 단리백의 손끝이 가리킨 곳, 허공을 일그러뜨리며 맺혀가는 투명한 무언가가 차가운 달빛마냥 예리한 빛을 뿌렸다.

“저건!”

“심검······! 심검이다!”

악인이든 선인이든 무림에 몸담은 자라면 죽음과 바꿔서라도 보고 싶은 광경!

모두들 멍하니 숨소리마저 죽인 채 그 모습을 지켜볼 뿐이었다.

탁일항마저 나직한 탄성을 터뜨렸다.

“과연. 그것이 당신의 심검인가요.”

탁일항의 눈빛이 바뀌었다. 부드럽던 그의 눈매가 굳어지며 섬뜩한 한광이 일렁이더니 천천히 치켜드는 그의 양손을 따라 무시무시한 무형의 기운이 뭉쳐지기 시작했다. 그리곤 이내 한 자루 창의 형태를 이뤄 단리백을 겨누었다.

단리백과 탁일항, 두 사람의 얼굴은 석상마냥 굳어 있었다. 무학의 근원을 달리할 뿐 상대의 한 수가 심검의 서로 다른 형태임을 아는 까닭이다.

쩌저적.

두 사람이 뿜어내는 기파가 충돌하자 대기가 요동쳤다. 뒤이어 칼날 같은 용권풍이 두 사람을 집어삼켰다. 그리고 어느 한순간, 먼지 자욱한 공간을 사이에 두고 이질적인 두 개의 기운이 충돌했다.

쩌엉!

내부를 진탕시키는 육중한 충격음이 천둥처럼 장내를 떨어 울렸다.

푸학!

그리고 뿌려지는 자욱한 피보라!

먼지와 뒤섞인 피안개가 섬뜩한 혈향을 사위에 뿌렸다.

이윽고 천천히 가라앉는 낙진 사이로 두 사람의 모습이 드러났다.

어깨를 움켜쥔 채 비틀거리며 물러서는 사내의 모습을 확인한 순간 한초설의 얼굴은 밀랍보다 창백해졌다. 비틀거리며 몇 걸음 물러선 단리백이 그대로 허리를 꺾으며 울컥 핏물을 토하는 것이 아닌가.

반면 마교에 몸담은 이들의 얼굴은 더없이 환하게 밝아졌다. 여전히 두 발로 굳건히 서 있는 탁일항의 모습을 발견했기 때문이다.

"와아!"

천지가 떠나갈 듯한 함성 소리가 장원을 가득 메웠다. 마라마저 단숨에 꺾은 괴물 단리백. 하나 그라 할지라도 마도의 하늘인 자신들의 교주는 넘어설 수 없었던 것이다. 그러나 어느 순간 그들의 함성이 잦아들기 시작했다. 단리백과 탁일항, 두 사람 사이에 흐르는 이해하기 힘든 분위기를 그들도 읽어낸 것이다.

패자인 단리백은 웃고 있었고, 승자인 탁일항은 우울한 얼굴로 하늘을 응시하고 있었다.

그렇게 얼마나 시간이 지났을까.

탁일항이 문득 입을 열었다.

"당신이 이겼군요."

“……!”

힘없이 읊조리는 탁일항의 음성에 마교도들은 육중한 둔기로 머리를 얻어맞은 것마냥 그 자리에서 굳어졌다.

그때였다.

“왁!”

탁일항이 돌연 가슴을 움켜쥐며 피를 토하기 시작했다. 그리곤 무너지듯 털썩 그 자리에 주저앉았다.

마교도들은 질끈 눈을 감았다. 자신들의 하늘이 눈앞에서 무너져 내리고 있었다. 그 모습을 차마 지켜볼 수 없기에 그들은 눈을 감은 것이다.

그러나 한번 드리운 암운은 그들이 비탄에 잠길 여유도 주지 않았다.

꽈앙! 콰콰콰쾅!

천지를 집어삼키는 듯한 굉음과 함께 장원을 에워싼 사방의 벽이 폭발하듯 터져 나갔다.

철그럭. 철그럭.

뒤이어 뿌연 분진 사이로 들려오는 육중한 마찰음.

“……!”

뒤늦게 자신들이 수천을 헤아리는 군사들에게 포위되어 있음을 깨달은 마교도들의 얼굴이 창백하게 굳어졌다.

장원을 에워싼 채 도열해 있는 수천의 군사들이 썰물처럼 갈라지며 한 사람이 모습을 드러냈다. 그는 화려하게 치장된 태사교(太奢轎)에 반쯤 몸을 눕히고 있었는데, 새하얀 백발과

눈썹, 그리고 뱀처럼 차가운 눈빛을 지닌 오 척 단구의 노인이
었다.

"저기 쓰러져 있는 자가 마교의 교주인가?"

남자의 것이 분명했으나 어딘가 간드러지는 날카로운 고음.

다소 경망스럽게 느껴지는 음성이었으나 어딘지 모르게 위
엄이 느껴지는 어조였다.

이미 장내의 상황을 수하로부터 보고받았는지 노인은 흥미
롭다는 표정으로 장내를 쓸어보았다. 그러다 단리백에게 시선
이 고정되었다.

"호오, 마교의 교주를 단신으로 쓰러뜨릴 만큼 강한 자가 강
호에 있었던가? 어찌 된 거요, 북진무사. 자네의 이야기와 다
르지 않은가?"

북진무사라 불린 한 사내가 노인을 향해 부복하며 입을 열
었다.

"제가 아는 범위에서 그렇다는 이야기입니다. 더불어 강호
란 강변의 모래알만큼이나 기인이사가 많다 하지 않았습니
까."

"클클. 그래, 기억나는군. 분명 그랬었지."

키득대며 웃던 노인이 단리백을 향해 시선을 던졌다.

"나는 저자에게 흥미가 있다네. 앞으로 큰일을 도모하기 위
해서라도 인재는 많을수록 좋은 법이 아닌가?"

노인의 말에 북진무사라 불린 중년인이 고개를 끄덕였다.
그리곤 신형을 돌려 단리백을 향해 걸음을 옮겼다. 그는 단리

백의 지척까지 다가온 다음에야 걸음을 멈추었다.

하나 먼저 입을 연 사람은 단리백이었다.

"그만 다가오지 그래? 악취가 진동을 하는군."

무례하기 그지없는 단리백의 말에 중년인의 눈썹이 꿈틀댔다. 하지만 단리백과 눈이 마주치는 순간 그의 몸은 거의 알아차릴 수 없을 만큼 미미하게 흔들렸다.

수십 년을 도산검림 속에 살면서 수많은 절정고수들을 보아왔지만 이토록 무서운 눈은 아직 본 적이 없었다.

그 모습을 보며 단리백이 차디찬 조소를 던졌다. 그가 나타나는 순간부터 단리백은 그의 정체를 꿰뚫어 보고 있었던 것이다. 한때 정도무림의 기둥인 의천맹의 수장이었으나 무림을 팔아 북진무사의 지위를 얻은 자. 바로 남궁정이었다.

"너는 누구냐?"

남궁정이 자신의 마음을 다잡으며 냉랭한 음성으로 물었다. 하지만 단리백은 아무 말도 하지 않고 웃기만 했다.

그 미소를 보자 남궁정은 가슴 한 켠이 싸늘하게 식어왔다. 그러다 문득 무슨 생각이 들었는지 안색이 굳어졌다.

얼음 같은 살기, 피처럼 붉은 장포… 그리고 가슴을 짓누르는 존재감! 그 모든 것이 자연스럽게 한 사람을 떠올리게 했다.

"귀하는 검단곡에서 죽었다 들었는데?"

단리백이 천천히 신형을 일으켜 세우며 남궁정을 바라봤다.

"아아, 죽을 뻔했지. 네놈이 키우던 개에게 물려서 말이야."

단리백이 종리청을 언급하며 얼음장 같은 눈빛을 뿌리자 남궁정은 흠칫하며 신형을 떨었다.

맹세코 그는 육십 평생 누군가를 두려워한 적이 없었다. 하지만 지금 그는 자신도 확연히 느낄 만큼 두려움을 느끼고 있었다. 하지만 이내 남궁정은 흔들리는 마음을 가다듬었다.

'고작 저 정도의 허세에 두려움을 느끼다니 아직 멀었구나, 남궁정.'

비록 마교의 교주를 쓰러뜨렸다 해도 그 과정은 참으로 험난했을 터. 한눈에 보아도 단리백이 입고 있는 부상은 결코 가볍지 않았다. 게다가 제아무리 촉산혈성의 위명이 오랜 세월 강호를 떨어 울렸다 할지라도 자신은 이미 무학의 끝 자락인 심검지도에 들어서지 않았는가.

그런 남궁정을 향해 태사교의 노인이 입을 열었다.

"보아하니 내 사람으로 만들기엔 어려울 것 같군. 베어버리시게."

"복명!"

제독태감의 명령에 고개를 조아린 남궁정이 단리백을 향해 신형을 돌렸다.

스릉.

차가운 금속성과 함께 남궁정의 검집에서 한 자루 검이 유백색 검신을 드러냈다.

잠시 자신의 검을 바라보던 남궁정의 입가에 희미한 웃음이 맺혔다 사라졌다. 그리곤 무슨 생각에선지 자신의 검을 바닥에 깊숙이 꽂아 넣었다.

중인들은 의아함을 느꼈다.

검가의 고수가 검을 버렸기 때문이다. 하지만 정작 그와 마주하고 있는 단리백이 느끼는 압박은 상당한 것이었다. 검을 버리고 우뚝 서 있는 남궁정의 모습은 전혀 다른 사람이 되어버렸던 것이다.

장내에서 상황을 주시하던 한초설이 뒤늦게 무언가를 깨닫고 나직하게 외쳤다.

"저자도 심검을?!"

그제야 중인들은 남궁정이 검을 버린 이유를 깨닫고 웅성이기 시작했다. 평생을 두고도 한 번 볼까 말까 한 심검의 경지를 하루 만에 세 차례나 목도하게 될 줄 어찌 알았겠는가.

불안한 마음으로 단리백을 향해 고개를 돌린 한초설은 가슴이 덜컥 내려앉았다. 무시무시한 기파를 뿜어내는 남궁정과 달리, 단리백은 마치 모든 것을 포기한 듯이 그저 우두커니 서서 남궁정을 바라볼 뿐이었다.

반면 남궁정이 드러낸 위압감은 이미 인간의 경지를 넘어서고 있었다. 상당한 거리를 두고 있음에도 불구하고 십대고수인 그녀조차 숨이 턱 막힐 만큼 가공할 기파가 전신을 찍어 누르고 있었기 때문이다.

그러나 정작 남궁정의 상황은 다른 이들의 생각만큼 여유롭지 않았다.

남궁정은 한동안 번뜩이는 눈빛으로 단리백의 몸을 뚫어지게 응시했다. 몇 번인가 그는 몸을 앞으로 움직이려다 멈춰 서곤 했다. 빈틈투성이 같으면서도 막상 공격을 하려 하면 단리백의 자세가 너무 완벽해 어떻게 손을 써야 할지 판단이 서지 않았던 것이다.

스스로 난감해하는 찰나, 그는 단리백의 입가에 맺혀 있는 비웃음을 보았다.

가슴속에서 울컥하고 치미는 것이 있었다. 평생 절정고수로 군림해 온 그가 언제 이런 대접을 받아봤단 말인가. 더구나 지금은 절대고수의 반열에 들어서 있는 자신이었다.

남궁정이 천천히 손을 들어 단리백을 가리켰다. 그와 동시에 그의 손끝에서 주위를 질식시킬 듯한 가공할 기세가 피어오르기 시작했다. 손은 비어 있었으나 분명한 검세였다. 그리고 이내 한 자루 검의 형태를 갖춰가기 시작했다.

단리백이 입을 연 것도 그때였다.

"고작 그거였어?"

"……?"

"형편없군."

"……!"

뒤늦게 단리백의 말을 이해한 남궁정의 얼굴이 노기로 물들었다. 하지만 단리백이 손을 들어 자신의 미간을 가리키는 순간 그의 얼굴은 흙빛이 되어버렸다.

아무것도 느낄 수 없었다.

그 어떤 기세도, 심지어 살기조차 느껴지지 않았다. 하지만

말로는 설명하기 힘든 무언가가 분명하게 느껴졌다. 마치 발
가벗은 맨몸으로 칼을 받는 듯한 기분.

불길함에 휩싸인 남궁정이 심검을 날리려는 순간,

파바박.

돌연 눈앞으로 피보라가 뿜어졌다.

그것이 자신의 길게 갈라진 가슴에서 뿜어지는 피라는 것을
깨달은 남궁정의 얼굴에 믿을 수 없다는 감정이 가득 떠올랐
다.

"심즉살(心卽殺)……."

쥐어짜듯 이 한마디를 간신히 내뱉은 남궁정은 그대로 쿵
소리를 내며 뒤로 넘어졌고, 그는 더 이상 산 사람이 아니었다.

"당신은 정말 괴물이군요."

등 뒤에서 들려온 음성에 단리백이 고개를 돌려 탁일항을
바라봤다.

탁일항은 피칠갑을 한 채 진심으로 감탄했다는 듯이 웃으며
단리백을 바라보고 있었다.

남궁정의 무위는 그조차 승부를 장담할 수 없을 만큼 대단
한 경지에 이르러 있었다. 약간은 우위를 차지할 수 있을지도
모르나 호각세를 겨룰 수 있음은 분명했던 것이다. 그런데 단
리백은 자신과의 싸움을 통해 누구도 나아간 적 없던 전인미
답의 경지에 들어선 것이다.

"나에게 부족했던 것이 무언인지 알려주겠어요?"

탁일항의 질문에 단리백은 의외로 선선히 대답했다.

"당신은 지킬 것이 없었으니까."

"그게 무슨……?"

탁일항의 반문에 대답한 것은 단리백이 아니었다.

"교주께서는 스스로 마미륵(魔彌勒)이 되고자 했으니까요."

"신녀?"

어느새 장내에 모습을 드러낸 임소하가 탁일항을 향해 빙그레 미소를 지어 보였다.

"미륵이 강림하기 이전, 마미륵이 도래해 혼탁해진 세상을 불의 업화로 정화한다고 하죠. 교주께서는 당신이 바라던 이상향을 이루기 위해 스스로 파괴의 길을 걷고자 하지 않으셨던가요?"

탁일항의 얼굴에 더없이 쓸쓸한 자조의 미소가 드리웠다.

"들키고 말았군요."

"이대로 건국을 성공하면 좋은 것이고, 만약 실패하여 무로 돌아간다 해도 혼란으로 치달으리라 예상하셨겠죠. 하지만 한편으론 교도들을 비롯한 백성들이 비탄에 잠기는 걸 원치 않았죠. 한 치의 망설임, 그리고 실낱같은 흔들림. 아마도 그 때문일 거예요. 그렇지 않은가요, 의숙?"

단리백이 뭐라 말하기도 전에 임소하가 재빨리 말을 이었다.

"죄송해요, 의숙. 전 돌아가지 않아요."

"무슨 소리야? 이제 와서!"

어이없다는 표정으로 다그치는 한초설을 향해 임소하가 환하게 웃어 보였다.

"언니 말대로예요. 분명 지금까지 전 현실을 외면하며 달아나려고만 했어요. 하지만 지금은 아니에요. 제가 진정으로 원해서 선택한 길이에요."

"하지만 넌……."

"예, 맞아요. 전 의숙을 좋아해요. 그래서 그와 대등하게 서고 싶어요. 항상 그의 뒷모습만 따라가는 것이 아닌, 그가 나를 한 사람의 여자로 보아주길 원해요. 그리고 언젠가 스스로에게 자신이 있어지면 돌아올 거예요. 질녀가 아닌 여자로서. 그리고 지금 당장 제가 아니면 할 수 없는 일들이 있거든요."

단리백이 입을 열었다.

"너, 그들의 신녀가 되겠다는 거냐?"

단리백의 질문에 임소하는 환한 미소로 대답을 대신했다.

그때였다.

"놀랍군! 설마 북진무사 정도 되는 고수가 손도 써보지 못하고 황천행이라니!"

귀에 거슬리는 카랑카랑한 음성. 태사교에 누워 있던 제독 태감이었다. 그는 어느새 자세를 바로 하고 있었는데, 이상한 점은 단리백의 무위를 보고 나서도 그 어떤 흔들림도 없다는 것이었다.

단리백의 입가에 씁쓸함이 맺혔다.

"어렵게 되었군."

탁일항이 고개를 끄덕여 수긍했다.

"삼천의 군사. 게다가 잘 훈련된 정병."

단리백이 제아무리 고수라 할지라도 이 정도 규모의 정규군이 전면으로 나서면 이야기가 달라진다. 비록 개개인의 무위는 단리백과 비교할 수 없는 수준이었지만 군기로 무장한 정규군의 파괴력은 그 어떤 절대고수보다 두려운 것이었기 때문이다.

게다가 단리백은 연이은 격전으로 지쳐 있었다. 더구나 부상까지 안고 있는 상황에서 앞으로 몇 차례나 심검을 사용할 수 있을지 알 수 없었다.

무림인들은 집단전에 약하다. 물론 명문문파에는 검진을 비롯한 각종 진법이 존재하여 집단전을 대비하고 있으나 전장에 비하면 그 규모를 따질 수도 없이 미약했다. 그 수가 수백을 넘고 천을 넘어서는 순간 난전으로 치달아 진법 자체가 무의미해지는 것이다.

반면 수가 늘어날수록 그 힘이 배가 되는 조직이 있다. 수백 수천의 창검을 한 사람마냥 휘두르는 집단전의 귀신들. 목적을 위해 수단 방법을 가리지 않고 최대한 빠르고 효과적으로 적을 말살하는 집단, 바로 군대였다. 그 압도적인 파괴력 앞에서는 그 어떤 고수의 무위도 무용지물이 되고 마는 것이다. 더구나 소수가 아닌, 이와 같은 대규모의 병력이라면 말할 것도 없었다.

수장 두어 명을 베어 넘긴다 해도 상황은 크게 달라지지 않는다. 그 아래로 더욱 많은 계급이 존재하며 그들은 곧 새로운 수장이 되어 군을 통솔하기 때문이다.

제독태감의 여유도 여기에 기인한 것이다. 자신의 손 아래 들어온 군의 힘을 누구보다 잘 아는 그였다. 실제로 남궁정 역시 그에게 있어서는 쓰기 편리한 말에 불과했을 것이다.

이때 하늘을 바라보던 임소하가 단리백을 향해 미소를 던졌다.

"걱정 마세요. 그런 일은 벌어지지 않아요."

단리백이 바라보자 임소하의 미소가 더욱 짙어졌다.

"방금 별이 하나 떨어졌어요."

뜬금없는 그녀의 말에 단리백이 의아한 표정을 지었다. 환한 백주 대낮에 무슨 별이 보인단 말인가?

그때였다.

한 마리 전서구가 군 진영을 향해 다급히 날아들었다. 그리곤 이내 전서구를 읽던 전령이 사색이 되어 제독태감을 향해 황급히 달려갔다.

제독태감의 얼굴에서 여유가 사라진 것도 그때였다.

황제가 승하한 것이다.

제독태감의 얼굴에 한줄기 식은땀이 흘러내렸다.

아직은 때가 아니었다. 자신의 대계를 위해서라도 황제는 아직 살아 있어야 하는 것이다.

더구나 황제의 임종을 지키는 것은 자신이어야 했다.

황제의 유언. 그것이 무소불위의 칼이 될 수 있음을 모를 그가 아니었다. 황제의 곁을 지키는 태감들의 우두머리인 그가 이처럼 중요할 때 자리를 비웠다는 것은 돌이킬 수 없는 실수였다. 자칫 그의 권력을 송두리째 앗아갈 수 있는 손실로 작용할 수 있기 때문이다. 권력을 이양하는 과정에서 밀려날 수도 있었다. 자신의 자리를 넘보는 자들이 한둘이 아닌 이상, 이곳에서 언제까지 미적거리고 있을 수만은 없는 일.

"급히 환궁한다!"

제독태감의 명령이 떨어지기 무섭게 군 병력이 급히 철수를 시작했다. 그리고 머지않아 그들의 모습은 어디에서도 찾아볼 수 없었다.

그리고 그들이 나타났다.

소림과 무당을 위시한 구대문파의 정예들. 그 수는 무려 칠백을 헤아리고 있었다.

임소하가 단리백을 향해 입을 연 것도 그때였다.

"의숙, 부탁해요."

잠시 복잡한 시선으로 임소하를 바라보던 단리백이 나직이 한숨을 흘렸다. 그리곤 고개를 돌려 구대문파의 인물들을 바라봤다.

"돌아가. 당신들이 이대로 돌아간다면 마교 역시 발을 돌릴 거야."

나직한 음성. 하지만 그 안엔 누구도 거부하지 못할 존재감이 실려 있었다.

난데없는 단리백의 하대에 구대문파 진영에서는 소요가 번져 갔다.

이때 한 사람이 중후한 음성으로 불호를 외우며 앞으로 나섰다.

"아미타불. 불호신투 척 시주를 통해 본 파에 서신을 보내신 분이신지?"

단리백이 고개를 끄덕이자 눈썹 하얀 노승이 고개를 끄덕였다.

"소승은 원진이라 하오이다. 혹시 소승의 법명을 들어보신 적이 있소?"

"……!"

마교도들의 얼굴이 바위처럼 굳어졌다. 그도 그럴 것이, 신승 비광 이후 소림이 배출한 최고의 기재이며 당금 소림의 방장인 원진 대사가 바로 눈앞의 노승이었던 것이다.

단리백은 그를 힐끔 쳐다보았다.

"예전에."

예전에 들은 적이 있다는 뜻이었다.

원진 대사는 현재의 하북을 비롯한 강북 일대에서 가장 막강한 실력자 중 한 사람이었다. 그런 그가 별로 대단치 않은 삼류인물 같은 취급을 받고 있었다.

하지만 원진은 화를 내기는커녕 오히려 입가에 빙그레 미소를 지었다. 이어진 그의 말에 중인들은 놀라움을 금치 못했다.

"영광이오. 천하의 촉산혈성이 소승의 법명을 알고 있다니."

모든 것을 버리고 해탈을 추구하는 불가에서도 원진은 오랜 세월 호승심과 명예를 버리지 못해 소림 역사상 가장 큰 살계를 열었던 인물이었다. 하나 십 년 면벽 후 크게 달라져 지금의 방장 자리에 오를 수 있었다.

그러한 일화가 있는 만큼 원진은 자존심이 강한 인물이었고, 그런 만큼 스스로 먼저 자신을 낮추는 원진의 모습에 구대문파 인물들은 하나같이 놀라움을 금치 못하고 있었다. 그러나 각파의 수장들은 별반 놀란 눈치가 아니었다. 그만큼 당금 무림에서 단리백이 어떤 위치를 차지하고 있는지 여실히 보여 주는 것이기도 했다.

원진이 입을 열었다.

"하나 단리 시주의 요구는 무척이나 무리한 것임을 알고 계시는지?"

단리백은 대답 대신 손을 들어 올렸다. 그리곤 허공을 내리 긋듯 가볍게 휘둘렀다. 하나 그 결과는 놀라운 것이었다.

콰콰콰콰콰!

광풍과 함께 먼지가 걷히자 드러난 광경.

깊이를 헤아리기도 힘든 균열이 단리백과 구대문파가 도열해 있는 중간에 아로새겨져 있었다.

단리백이 입을 열었다.

"그 선을 넘어봐."

도발적인 단리백의 언사에 소림의 젊은 제자 한 명이 발끈하여 외쳤다.

"넘는다면 어찌할 테냐?"

단리백의 입가에 차디찬 미소가 어렸다.

"누구를 막론하고 그 선을 넘는 자는 죽는다."

"……!"

광오하기 이를 데 없는 단리백의 말에 구대문파의 인물들은 기가 막히다 못해 어이가 없을 지경이었다. 제아무리 절대고수라 할지라도 피범벅이 된 몰골로 구대문파의 정예를 상대로 저와 같은 호언장담이라니.

계도를 움켜쥐고 금방이라도 뛰어나갈 듯한 소림의 젊은 제자를 향해 입을 여는 사람이 있었다.

"자네, 원진 방장의 큰 제자인 혜묵이라고 했나?"

고개를 돌린 혜묵이 한 손으로 합장하며 고개를 조아렸다. 비록 외모는 젊었지만 그가 바로 반로환동한 화산의 태상장로인 무음매영임을 알아본 것이다.

조명 도장이 말을 이었다.

"자네 사부가 왜 입을 다물고 있는지 자네는 알겠는가?"

의아함에 고개를 돌린 혜묵이 흠칫하며 눈을 부릅떴다.

부르르 떨고 있는 사부의 모습. 면벽 이후 본 적이 없는 사부의 진노한 모습 때문이 아니었다. 사부의 창백하게 질린 얼굴 위로 빗물처럼 흐르는 식은땀.

원진뿐만이 아니었다.

원진을 비롯한 구대문파 수좌들의 얼굴은 하나같이 딱딱하게 굳어져 있었다. 그들은 단리백의 한 수에서 감히 짐작조차 하지 못할 경지를 느낀 것이다.

이때 소림 진영에서 한 사람이 걸어나왔다.

"아이야, 우리가 이대로 돌아간다면 네가 말했던 약조는 지켜질 테지?"

"……!"

무당과 화산, 그리고 아미를 비롯한 구대문파 수장들의 시선이 방금 입을 열었던 비광에게 모아졌다. 제자들 대부분은 아직까지 초대 촉산혈성과 구대문파 사이에 얽힌 비사를 모르고 있었다. 그런 상황에서 이처럼 공론화시킨다면 자칫 구대문파의 명예가 땅으로 곤두박질칠 수도 있는 것이다.

"제가 보증하지요."

어느새 장내에 한 사람이 모습을 드러냈다.

그를 알아본 누군가가 나직이 외쳤다.

"광룡도제!"

하후용이 너털웃음을 터뜨리며 포권을 취했다.

"알아봐 주시니 고맙습니다. 그리고 보증인은 저뿐만이 아닙니다."

그의 말이 끝나기도 전에 세 사람이 하후용의 뒤에 내려섰다.

마치 천계에서 하강하는 듯한 그들의 신법도 신법이었으나, 정작 그들의 정체를 깨달은 구대문파의 수장들은 할 말을 잃고 말았다.

"화룡신군!"

"설산검후까지!"

그들은 다름 아닌 백자강과 한설연, 그리고 단리영이었기 때문이다.

구대문파 쪽을 한차례 쓸어본 백자강이 입을 열었다.

"여기 있는 우리 셋과 설산검문 삼대 검후. 이 정도 전력이면 구대문파랑 싸워볼 만하지 않겠어? 아마도 무림 역사상 전무후무한 일이 되겠지."

애써 점잔을 빼고 잇던 비광의 얼굴이 백자강의 등장으로 와락 일그러졌다.

"쯧, 저 망할 자식. 다 늙어서도 성깔 더러운 건 여전하군."

혼자 툴툴대던 비광이 원진을 비롯한 구파일방의 수장들에게 고개를 돌렸다.

"어찌할 텐가? 자네들이 원한다면 나는 따르겠네. 저들과 싸워보겠는가?"

"……!"

그러나 어느 누구도 선뜻 나서 대답할 수 있는 인물이 없었다.

이때 단리백이 인상을 찡그리며 백자강을 바라봤다.

"도움은 필요없소."

백자강 역시 인상을 구기며 맞받아쳤다.

"버르장머리하고는. 공대를 써라. 네놈 조부와 나는……."

잠시 말끝을 흐리던 백자강이 뭔가 못마땅한 표정으로 말을 이었다.

"…친구 같은 사이였다."

하지만 막상 친구라는 단어를 언급하는 순간 진한 그리움이 밀려드는 백자강이었다.

이때 백자강의 곁을 지키던 한설연이 단리백을 향해 부드러운 미소를 건넸다.

"나나, 이이나 네 조부께 빚이 있단다. 칠십 년이 흘러 그 빚을 갚는다 생각하려무나."

그쯤 되자 단리백도 더 이상 아무런 말을 할 수 없었다. 백자강과 한설연의 표정에서 느껴지는 호의는 이제껏 느껴본 적 없는 남다른 것이었기 때문이다.

이때 비광이 짝 하고 손뼉을 치며 입을 열었다.

"자, 돌아가자. 그래도 사백 년간의 묵은 짐을 털 수 있으니 남는 장사 아니더냐?"

화산의 무음매영이 고개를 끄덕여 수긍했고, 시종일관 단리백을 잡아먹을 듯이 노려보던 청성의 연청운은 가장 먼저 신형을 돌렸다.

이윽고 그들이 모두 사라지자 탁일항이 단리백을 향해 입을 열었다.

"이와 같은 호의를 베푸는 이유를 알 수 없군요. 지금의 당신이라면 얼마든지 내 목을 날려 버릴 수가 있을 텐데요."

"한 모금의 술. 그때의 답례라고 해두지."

"…그런가요. 그 한 모금의 호의가 본 교를 살렸군요."

"질녀를 부탁한다."

말없이 단리백을 바라보던 탁일항이 힘없이 웃으며 단리백을 바라봤다.

“언젠가… 당신을 찾아가겠습니다.”

단리백 역시 웃으며 고개를 끄덕였다.

“언제든지.”

뒤늦게 도착한 호교마장들의 부축을 받으며 탁일항이 돌아섰다. 그리고 머지않아 마교의 인물들이 이를 뒤이어 하나둘 장원을 떠나기 시작했다.

임소하를 비롯해 그녀를 호위하기 위한 몇몇 인물만이 장내에 남았을 뿐이다.

“그럼…….”

임소하가 단리백을 향해 대례를 올렸다.

“부디 다시 뵙는 날까지 건강하세요.”

단리백은 말없이 고개를 끄덕였고, 임소하는 한참이나 일어설 줄을 몰랐다.

이윽고 천천히 신형을 일으켜 돌아서려는 임소하를 한초설이 불러 세웠다.

“야! 꼬맹이!”

임소하가 멈춰 서자 한초설이 잠시 머뭇거리다 입을 열었다.

“괜찮은… 거지?”

“네.”

“그렇다면 어째서 그렇게 금방이라도 울 듯한 표정을 하고 있는 거야?”

눈물을 가득 머금은 채 임소하는 비 맞은 배꽃처럼 웃었다.

"아프니까요, 의숙과 헤어지는 건."

"그럼 굳이 무리하지 않아도……."

안쓰러운 듯 입을 여는 한초설을 향해 임소하가 쏙 혀를 내밀었다.

"나보다 언니 걱정이나 해요. 몇 년이 될지 모르지만, 각오해 두는 게 좋을걸요. 다시 돌아오면 그때는 의숙 곁을 떠나지 않을 테니까."

"야! 방금 한 말 취소야. 빨리 가. 그리고 다신 돌아오지 마. 알았지?"

한초설이 임소하를 향해 휘휘 손을 저었다. 그러나 행동과 달리 그녀의 얼굴엔 진한 아쉬움과 안타까움이 배어 있었다.

한참 동안 서서 단리백을 바라보던 임소하가 이윽고 신형을 돌렸다. 그리고 이내 쏟아지기 시작한 뿌연 빗방울 속으로 멀어져 갔다.

그리고… 십 년이 지났다.

＊　　　＊　　　＊

축산에서 세 번째로 높은 현검봉(玄劍峰) 주위에는 유난히 안개가 짙게 깔려 있었다. 안개는 산의 중턱부터 깔리기 시작해 정상 부근에 이르러서는 그야말로 한 치 앞도 제대로 분간

할 수 없을 정도로 자욱하게 뒤덮고 있었다.

그 아래에서 정상을 올려보면 그저 희뿌연 구름만이 보일 뿐이고, 어디가 산정이고 어디가 하늘인지 도저히 분간이 가지 않았다.

그 짙은 안개 속을 뚫고 현검봉을 오르는 두 사람이 있었다.

"누군가 진법에 손을 댄 것 같아요."

젊은 여인의 말에 학사를 연상시키는 준미한 중년인이 웃으며 고개를 끄덕였다.

"저기 안개 속에 숨어 우리를 관찰하고 있는 악동의 짓인 것 같소."

"악동이 아니라 신선이겠지요."

여인의 말에 탁일항이 나직이 웃음을 터뜨렸다. 며칠 전 묵었던 약초꾼의 모옥에서 들었던 이야기를 떠올린 것이다.

약초꾼은 늙은 부모를 모시고 살았는데, 그들 역시 젊어서는 약초를 찾아 산을 탔다고 한다. 한데 어느 날 산을 오르다 낙석에 크게 다쳐 허리를 못 쓰게 되었는데, 어린 소동으로 모습을 바꾼 신선이 산삼을 비롯한 영약을 캐다 주었단다. 한데 그들 노부부의 말은 달랐다. 산에는 악귀가 살고 있다는 것이다. 산을 오르다 참혹한 시신의 산을 발견하고 놀라 발을 헛디뎠다는 것이 그들의 말이었다. 하지만 젊은 약초꾼은 그들이 인근에 출몰하던 흉악한 비적 떼였음을 알려줬고, 이곳 촉산은 신선이 거하는 곳이기에 함부로 올라선 아니 된다 여러 번 되뇌어 말해주었다.

여인이 빙그레 웃으며 안개를 향해 손을 내밀었다.

그러자 안개가 살아 있는 생물처럼 꿈틀대며 움직이더니 넓게 길을 틔워주었다.

"어?"

안개 속에서 놀란 음성이 흘러나온 것도 그때였다.

중년인이 조용히 웃으며 입을 열었다.

"어린 친구, 우리가 이곳이 초행이라 그런데 길을 알려주지 않겠는가?"

"어린 친구 아니에요. 이제 며칠만 지나면 아홉 살이 된다구요."

"하하, 이거 실례를 범했군."

너털웃음을 터뜨린 중년인이 어느새 자신들 앞에 모습을 드러낸 소년을 바라봤다.

새카맣고 초롱한 눈빛이 인상적인 소년이었다. 소년의 손에는 금방 딴 듯한 산딸기가 한 아름 가득 들려 있었는데, 입 주변이 과즙으로 얼룩져 있어 무척이나 귀여워 보였다.

이때 소년이 중년인의 위아래로 살피더니 고개를 절레절레 흔들었다.

"그건 무슨 뜻이지?"

중년인의 질문에 소년이 오히려 질문으로 응수했다.

"아저씨, 무림인이죠?"

"그건 왜 묻느냐?"

"이곳은 무림인들이 출입할 수 없는 곳이에요. 무림의 절대

금지라구요. 이곳을 오른 무림인치고 살아서 돌아간 사람이
없어요."
　"그렇다면 소협도 무공을 익힌 것 같은데, 꼬마 소협은?"
　"우씨, 꼬마 아니라니까요. 그리고 나는 예외예요."
　"어째서지?"
　"내가 이 산의 주인이니까요. 뭐, 정확히 따지자면 어른이
되고 나서지만요. 일단은 이곳의 차기 주인이에요."
　임소하와 탁일항의 시선이 마주쳤다.
　그렇다는 것은?
　탁일항이 소년을 향해 다시 입을 열었다.
　"네 이름이 무엇이냐?"
　"단리상. 그게 제 이름이에요."

『촉산혈성』終